《锺叔河集 · 念楼学短》
論語 子罕
逝者如斯夫
不舍晝夜
林河
EX-LIBRIS

念楼学短

锺叔河集

The collected works of Zhong Shuhe

9

念楼学短

岳麓書社 · 长沙

我的杯很小，但我用我的杯喝水。

——缪塞

编者说明

作者于一九八九年开始选读古人短文，写作读书笔记，逐步采用了“念楼读”“念楼曰”这种形式；九一年起陆续在报刊发表，专栏多称《学其短》。二〇〇一年《长沙晚报》改称《念楼学短》，二〇〇二年湖南美术出版社出书遂以此作书名，初版收《论语十篇》等一百九十篇，集历次发表时小引为自序。

二〇一〇年，安徽出版的《学其短》一书合同期满，并入本书，加上未入集文，共得五百三十篇，汇编为《逝者如斯》《桃李不言》《月下》《之乎者也》《毋相忘》五卷，杨绛为作《〈念楼学短〉合集序》，并于二〇一〇、二〇一四、二〇一六年三次重印。

二〇一八年，本书交由后浪出版公司印行，五卷本从此改为上下册。上册从《论语十篇》到《春在堂随笔八篇》，共文二百六十一篇，分为二十八辑。

《念楼学短》编入《锺叔河集》，上册书名不变，所收篇目和分辑内容也不变，只将杨序加一印版，自序移往下册，目录改为横排，书眉改依全集体例，并在书前加了八面图版。

二〇二一年五月　锺叔河

[图一] 杨绛序文手迹

《念楼学短》合集序

上个世纪的八十年代，錢鍾書曾主动为锺叔河先生的《走向世界》一书写过一篇序文。那時的錢鍾書才七十五岁，精力充沛。《走向世界》一书是促使国人向前看。

時光如水，不舍晝夜地流逝。二十年过去了。世事也随着变易。叔河先生这回出《念楼学短》合集，要求书价便宜，让学生买得起。他現在是向錢看了。他要我为这部集子也写一篇序。可是一转瞬间，我已变成年近百岁的老人。老人腕弱，要提笔写序，一支笔足有千斤重啊！可是“双序珠玉交辉”之说，颇有诱惑力。反正我实事求是，只为这部合集说几句恰如其分的话。《念楼学短》合集，选题好，翻译的白话好，注释好，批语好，读了能增广学识，读来又趣味无穷。不信，只要试读一篇两篇，就知此言不虚。多言无益，我这几句话，句句有千钧之重呢！

楊絳

二千零九年六月十二日

［图二／图三］杨绛来信的首页和末页

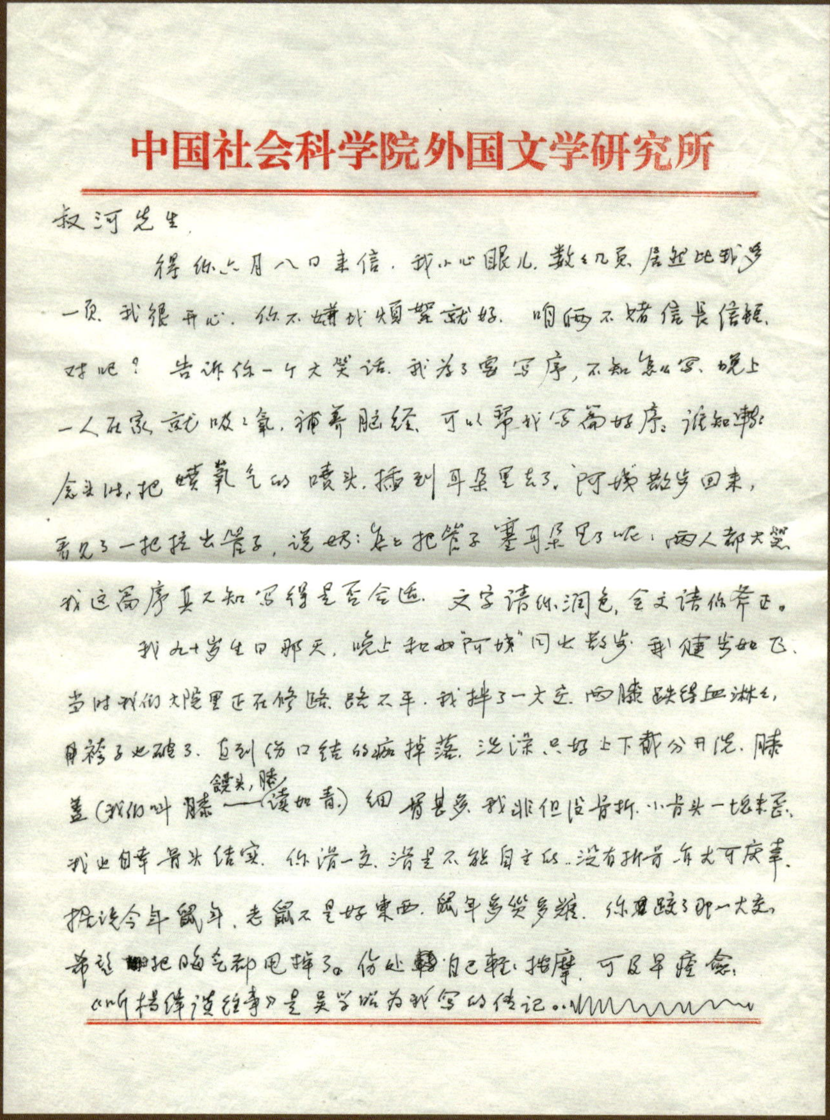

中国社会科学院外国文学研究所

叔河先生：

得你六月八日来信，我小心眼儿，数了几页，居然比我多一页，我很开心。你不嫌我烦絮就好。咱俩不赌信长信短，对吧？告诉你一个大笑话。我为了要写序，不知怎么写，晚上一人在家，就吸吸氧，补养脑筋，可以帮我写篇好序。谁知[illegible]念头时，把喷氧气的喷头，插到耳朵里去了。阿姨散步回来，看见了一把拉出管子，说：“怎么把管子塞耳朵里了呢！”两人都大笑。我这篇序真不知写得是否合适。文字请你润色，全文请你斧正。

我九十岁生日那天，晚上和我的“阿姨”同出散步，我健步如飞。当时我们大院里正在修路，路不平，我摔了一大交，两膝跌得血淋淋，裤子也破了。直到伤口结的痂掉落，洗澡只好上下截分开洗。膝盖（我们叫膝馒头，膝——读如青）细骨甚多，我非但没骨折，小骨头一些未蹩，我也自幸骨头结实。你滑一交，滑是不能自主的，没有折骨，亦大可庆幸。据说今年鼠年，老鼠不是好东西，鼠年多灾多难。你摔了那一大交，弄得把脑子都甩掉了。伤处自己轻轻按摩，可早早痊愈。

《听杨绛谈往事》是吴学昭为我写的传记……

（上）“告诉你一个大笑话，我为了要写序，不知怎么写，晚上一人在家，就吸吸氧……喷头插到耳朵里去了。”（来信共四页，此为第一页）

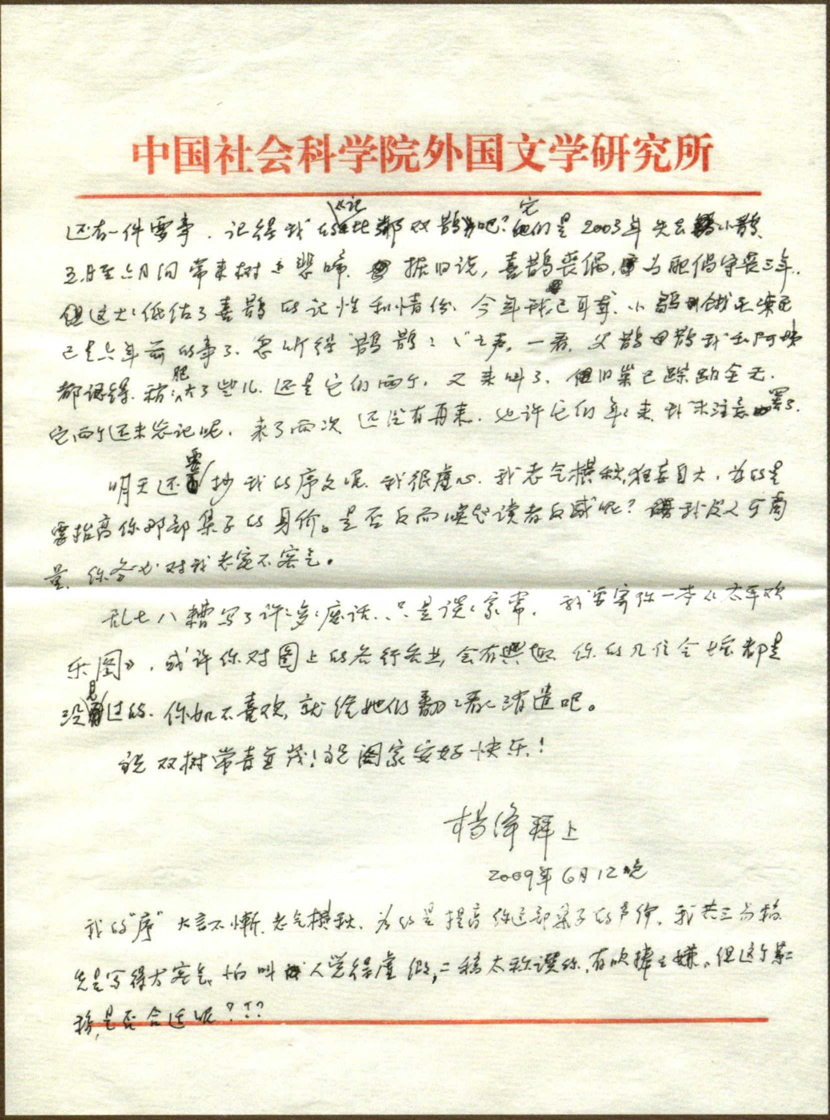

中国社会科学院外国文学研究所

还有一件要事。记得我以前说起那对喜鹊吧?它们是2003年先后[illegible]小喜鹊,五月至六月间常来树上叫啼。据旧说,喜鹊丧偶,会为配偶守丧三年。但这大大低估了喜鹊的记性和情份。今年我已耳背,小喜鹊[illegible]已是六年前的事了。总听得"鹊鹊""喳喳"之声,一看,父鹊母鹊我和阿姨都识得。稍胖了些儿。还是它们两个,又来叫了。但旧巢已踪迹全无。它们还未忘记呢。来了两次,还没有再来。也许它们年年来,我未注意罢了。

明天还要抄我的序文呢。我很虚心。我老气横秋,狂妄自大,为的是要指高你那部集子的身价。是否反而唤起读者反感呢?我找人商量,你们也对我老实不客气。

乱七八糟写了许许多多废话,只是说说家常。我要寄你一本《太平欢乐图》,或许你对图上的各行各业,会有兴趣。你的几位令媛都是没见过的。你如不喜欢,就给她们翻翻看看消遣吧。

祝双树常青茂盛!祝阖家安好快乐!

杨绛拜上

2009年6月12晚

我的"序"大言不惭,老气横秋,为的是提高你这部集子的身价。我共三易稿,先是写得太客气,怕叫人觉得虚假,二稿太称赞你,有吹捧之嫌。但这个第三稿,是否合适呢???

(上)"……我共三易稿,先是写得太客气,怕叫人觉得虚假;二稿太称赞你,有吹捧之嫌;但这个第三稿,是否合适呢???"(此为来信第四页)

www.csonline.com.cn
传真 2205035

橘洲·湖湘文

专制独裁者患自大狂妄想症小民不会着急，只可怜害了读书写字的人

武则天改字

钟叔河

"学其短"，本只想学古人文章写得短。但过眼少多，便觉得看文亦如看人，身材长相还在其次，要紧的是他的内涵。短短几十字，却要能超越时空，浓缩出人世的色香和历史的变相，这才经得起欣赏，也才值得来"学"吧。

——新元年四月 钟叔河

武则天称帝，改了国号改年号，还要改文字。她又特别信禁忌，只要有关吉凶祸福，说好说坏都相信，相信了就要改。

幽州人寻如意奏称："国(國)字中间的或字不吉利，好像在暗示新国家或者会出事。请改或为武，表示是武家的天下。"则天大喜，下令照改。

不久又有人奏："武字放在口中像被囚，大不吉。"又急令将新造的"⿴囗武"改"圀"，意思是天下八方都归于一统。

也许真是说好不灵说坏灵，十五年后唐中宗复辟，果然将武氏囚在上阳宫。

——《说文》：國从口或，或从口从戈；口是范围，口是城，戈是兵。有兵的城在一定范围内联合，便成了國。意义明明白白，改國为圀，岂非多此一举。专制独裁者患自大狂妄想症小民不会着急，只可怜害了读书写字的人。

后来洪秀全对当王

（上）二〇〇一年五月九日《长沙晚报·橘洲》续开专栏，原本和外地一样称"学其短"

古人云"以史为鉴"，其实这乃是一面孽镜，照得出人们的前世和来世

怕当宰相想病死

钟叔河

当宰相，恐怕是想当官的人最高的追求。可是在汉武帝连杀几位宰相后，公孙贺想起前几位的结局，便哭着不肯接受任命。结果他还是被迫当上宰相，终于被满门抄斩了。

生病死，恐怕是每个人都很害怕的结局。可是在武则天铲除李姓时，许王李素节被押往京城，路上听到人家哭丧，想到李家人连连被杀，却说道："能病死在床上多么好啊，还用得着哭吗？"结果走到龙门驿，即被勒死了。

•［念楼曰］我读汉武"秋风起兮白云飞"，见武后问"宰相因何失此人"，常不禁微笑，觉得古今人情毕竟相去不远。但看到这些杀人、被杀的表演，尤其是表演得如此精彩时，又像突感风寒，毛戴起来。

古人云"以史为鉴"，其实这乃是一面孽镜，照得出人们的前世和来世。无数相斫中反映出来的人性的横强和软弱，无奈和悲哀，都能超越时空现在眼前，真比贾天祥正照风月鉴还好看，如果真能做一个冷静的旁观者的话。

•［宋·孔平仲·珩璜新论］宰相，人所欲也。汉武帝时屡诛宰相，公孙贺涕泣不肯拜，以前有死也。既拜后，果族灭。死，人所恶也。唐武后杀害李宗，许王素节追赴都，道闻丧哭者，谓左右曰："病死何可得，而须哭哉！"以前有非命也。至龙门驿，缢焉。

学其短

［图四］专栏原称『学其短』

（左）五月三十日第三期，仍称『学其短』

【图五】后来改称『念楼学短』

2001年5月9日 星期三

责编 奉荣梅 版式 吴志立

，又将國字改为□中一。及至人民当家作了主，当不再称王，便在王旁加点，了玉字。玉比或少了三笔，是简化。但我想，印刷无须笔笔印，看书看报也无须笔笔看，简不简有何区。其实将手写体规范一下是了，难道写得出 and 还不出 AND 么？

● 天授中，则天好改新，又多忌讳。有幽州人寻如上封云："國子中或，或乱象，请□中安武以镇之。"天大喜，下旨即依。月余，上封者云："武退在□中，与囚字无异，不祥之甚。"则天愕然，遽追制改令中为"八、方"字。后孝和即位，果幽则天于上阳宫。

（唐·张鷟《朝野佥载》）

附注：天授：为武则天在公元六九〇年改国号为周时改用的年号。

图：作为异体字，尚存于大字典中，作为一千三百年前那次文字改革的化石标本。

学其短

橘洲·湖湘文

263.net

在被咬的人看来，也就是"阎王易见，小鬼难缠"了

狗比主人凶

钟叔河

●仁宗皇上修宫殿，有人写的诗里有两句：

秦始皇、唐明皇，皇宫刚造成

陈胜、吴广、安禄山便起了兵

被检举出来，呈交皇上。皇上却只念了头一句：

上高台，穿红的执事引着前行

说："这算什么诗，还值得看么?"便丢在一旁不再过问。其实皇上哪里没有看全文，不过是不想鼓励揭发者，不想惩办写诗的人罢了。

●［念楼曰］西洋俗话道，"狗比主人凶"，读此乃深有同感。夫狗与主人，立场并无二致，一个要揭发检举，一个却假装胡涂者，无他，所轻重不同罢了。狗只希望得到一块骨头，或因为这人昨天呵叱过它一声，记了恨，主人却要顾及整个的家业。在被咬的人看来，也就是所谓"阎王易见，小鬼难缠"了。

此文虽似歌德，实是但丁。宋仁宗(昭陵)有没有"尧舜之用心"很难说，不像雍正皇帝那样挖勘寻蛇打则是肯定的。这与其说是为了"回护"臣民，还不如说是为了自己"享国长久"吧。

●［宋·王明清·玉照新志］诗话云，昭陵时近臣赋诗一联云："秦帝宫成陈胜起，明皇殿就禄山来。"或有谮于九重者。上览其首句云，"朱衣吏引上高台"，即不复视。[illegible]语以为"器量如此，何足观耶?"谤焰遂息。呜呼！昭陵岂不见全篇，倘尽以过目，则不可回护矣。此尧舜之用心，宜乎享国长久。

念楼学短

（右）从第四期（六月六日）起才改称『念楼学短』

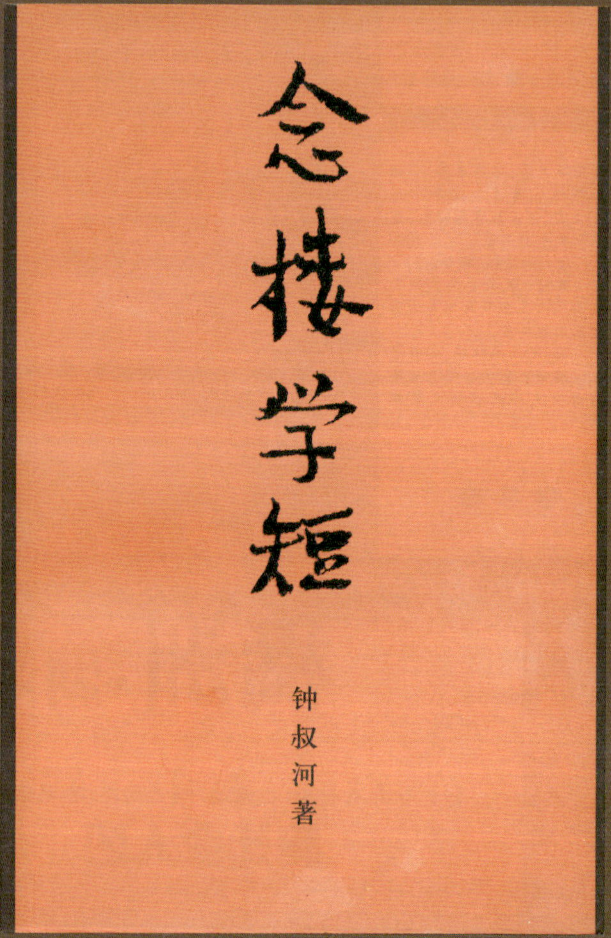

（上）二〇〇二年湖南美术出版社出书，即以“念楼学短”为名

［图六］《念楼学短》初版一卷本

［图七］五卷本《念楼学短合集》

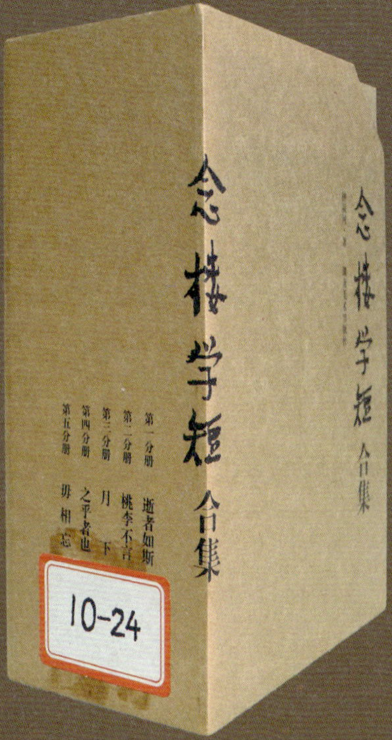

（上）二〇一〇年，湖南美术出版社将一卷本扩编为五卷本《念楼学短合集》

（下）《念楼学短合集》第三次印本

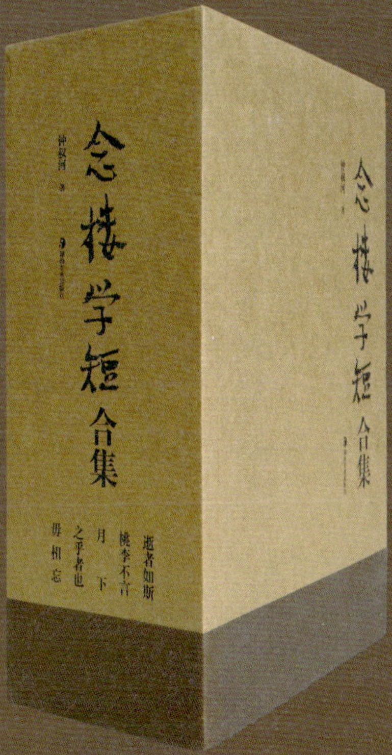

（上）《念楼学短合集》五卷：
《逝者如斯》《桃李不言》《月下》《之乎者也》《毋相忘》

［图八］ 五卷本的五卷书

目　录

·孟子九篇·

·檀弓十篇·

· 左传八篇 ·

· 国语九篇 ·

·战国策十篇·

·庄子十篇·

·诏令十四篇·

·奏对十四篇·

·箴铭九篇·

·书序十四篇·

·文论九篇·

·诗话九篇·

·世说新语十一篇·

·容斋随笔九篇·

·老学庵笔记十篇·

· 宋人小说类编十篇 ·

· 南村辍耕录五篇 ·

· 菽园杂记六篇 ·

· 古今谭概五篇 ·

· 广东新语八篇 ·

·广阳杂记十一篇·

· 巢林笔谈十篇 ·

· 子不语八篇 ·

·阅微草堂笔记八篇·

·扬州画舫录九篇·

· 两般秋雨庵随笔八篇 ·

· 春在堂随笔八篇 ·

· 图版目录 ·

杨绛序

上个世纪的八十年代，钱锺书曾主动为锺叔河先生的《走向世界》一书写过一篇序文。那时的钱锺书才七十五岁，精力充沛。《走向世界》一书是促使国人向前看。

时光如水，不舍昼夜地流逝。二十年过去了。世事也随着变易。叔河先生这回出《念楼学短》合集，要求书价便宜，让学生买得起。他现在是向钱看了。他要我为这部集子也写一篇序。可是一转瞬间，我已变成年近百岁的老人。老人腕弱，要提笔写序，一支笔足有千斤重啊！可是“双序珠玉交辉”之说，颇有诱惑力。反正我实事求是，只为这部合集说几句恰如其分的话。《念楼学短》合集，选题好，翻译的白话好，注释好，批语好，读了能增广学识，读来又趣味无穷。不信，只要试读一篇两篇，就知此言不虚。多言无益，我这几句话，句句有千钧之重呢！

二千零九年六月十二日

论语十篇

师生之间

【念楼读】 颜渊和子路陪侍在孔子身旁，孔子对他俩道："随便谈谈各人的志愿好吗？愿意怎样地生活？愿意成为一个什么样的人？"

子路道："我愿意真心慷慨地对待朋友，自己的车马和好衣裳都拿来和朋友一起使用，用坏了穿旧了也不在乎。"

颜渊道："我愿意做个谦逊的人，不夸耀自己的优点，不张扬自己的成绩。"

子路反过来对孔子道："请先生也谈谈自己的志愿。"

孔子道："惟愿老年人和我在一起能过得安详，朋友们和我在一起能互相信任，少年人和我在一起以后还能想起这段时光。"

【念楼曰】 孔子曾经被法定为最伟大的导师，是官方明令崇拜的偶像，所以后来才要打倒孔家店。其实他本是苏格拉底、柏拉图一流，若不被包装成大成至圣的金身，原可在思想史上占一席，不至于死尸还要从坟墓里被拖出来烧灰。

《论语》中我最喜欢"公西华侍坐"一章，不但"浴乎沂，风乎舞雩，咏而归"的描写动人，师生之间亦即教育者和被教育者之间，提倡自由地"各言尔志"，平等地进行讨论，此在今日亦属不可多得。可惜的是它篇幅较长，故取此章。

孔子身为导师而不说大话，最为可取。

各言尔志

论语

颜渊季路侍．子曰．盍各言尔志．子路曰．愿车马衣裘与朋友共．敝之而无憾．颜渊曰．愿无伐善．无施劳．子路曰．愿闻子之志．子曰．老者安之．朋友信之．少者怀之．

【六十一字】

○本文录自《论语・公冶长》。《论语》是孔子的语录，共二十篇，每篇分为若干章（本书统一称篇）。

○孔子，春秋时鲁国陬邑（今山东曲阜东南）人，名丘，字仲尼。

○颜渊名回，季路（子路）姓仲名由，都是孔子的学生。

○『车马衣裘』，『裘』字前诸本均有『轻』字，阮元、钱大昕认为系后人误加的，从删。

○标题原有者照用，原无者由著者新加，全书皆同。

逝者如斯

【念楼读】 孔子站在河岸上，眼望着奔流不断的河水，不禁感叹道：

“要过去的，就这样一去不回头地过去了，没日没夜的啊！”

【念楼曰】 李泽厚著《论语今读》，说“这大概是全书中最重要一句哲学话语”（原文如此）。我很惭愧，不懂哲学，对于“哲学话语”知道应该尊重，却不大想去亲近，因为它们总使我觉得太玄了。事物和生活本来是明白和生动的，自有其意思和趣味，多少总能理解一点；若是经过哲学家一分析一提高，头脑简单如我者，往往反而不知所云。

我以为孔子是一位仁人，也可以称之为智者，却不是今人所谓的哲学家，虽然二者都是 philosopher。

《论语》中的孔子不像他被供在圣堂上的样子，更不像他后世的徒子徒孙。“逝者如斯”这句话流露出的无常之感，普通人触景生情时总也有过，读到它便会想到，原来两千五百年前的老夫子也有同我们一样的感受和情思，从而觉悟到人性的永恒和伟大。而他老人家把话说得这么精炼这么好，不要说我自己说不出，就是“大江流日夜”“不尽长江滚滚来”等名句比起来也不免逊色。于此又可见智慧的力量的确可以超越时空，逝者如斯，唯思想能长在耳。

子在川上　　论语

子在川上曰．逝者如斯夫．不舍昼夜．

【一十四字】

〇本文录自《论语·子罕》。

夺不走的

【念楼读】 孔子道："三军司令的指挥权，是能够被剥夺的；人的思想和意志，即使是一个普通的人，只要他有自信，能坚持，那也是无法剥夺，夺不走的。"

【念楼曰】 旧小说写"老匹夫"，是在骂人。常说的"匹夫之勇"也含贬义。直到读宝应刘氏父子的《论语正义》：

> 匹夫者，《尔雅·释诂》："匹，合也。"《书·尧典·疏》："士大夫已上，则有妾媵；庶人无妾媵，惟夫妻相匹。其名既定，虽单，亦通谓之匹夫匹妇。"

才明白，原来匹夫便是无权势无力量蓄妾侍（小蜜、二奶……）的平头百姓。

如果相信"天赋人权"，则人人生而平等，都有独立的人格、自由的思想，都有发表意见、坚持意见的权利。古人所云立志、持志、不可夺志，意思也差不多，但多半只是理想。因为在东方历史上专制政治的现实中，不要说匹夫，就是卿士大夫，要坚持自己不同于君王的意志和意见，也很难很难，是要付出很大代价的。

时至现代，情况当然不同了。梁漱溟要坚持自己的意见，中央人民政府委员当不了，还可以当政协委员；小汽车没得坐了，还可以坐三轮车。后来他又拒绝批林批孔，还真的说了"匹夫不可夺志"的话，可算是绝无仅有的老匹夫了。

不可夺志

论语

子曰.三军可夺帅也.匹夫不可夺志也.

【一十五字】

○本文录自《论语·子罕》。

什么最重要

【念楼读】 子贡问怎样才能使国家稳定，孔子道："要有充足的粮食储备，要有强大的武装力量，还要有广大人民的信任。"

"若不能同时保证这三项条件，怎么办？"

"宁可削弱武装力量。"

"若是仍不能兼顾，又怎么办？"

"宁可减少粮食储备。"孔子道，"可能会因缺粮死人，但人总难免要死；失去了人民的信任，政府必垮，国家必乱，死人只会更多。"

【念楼曰】 孔子讲仁。《中庸》云："仁者人也。"郑玄注："读如相人偶之人。""相人偶"语出《仪礼》，意为人与人平等相亲。阮元云："必人与人相偶而仁乃见。"仁就是要推己及人，视人犹己，就是讲人道主义。

讲仁，就要把人放在第一位。故厩中失火，孔子只问"伤人乎"，不问马。可是这里又说"自古皆有死"，难道孔子也认为，既然死人的事情是经常发生的，那么死一些人便无足轻重，即使死掉几个亿，不是还有几个亿吗？

我想孔子的本意决非如此，而是强调必须先得到人民的信任，统治才能合法。强加给人民的统治，它造成的痛苦和死亡，会比遭灾荒更多。

维持统治的一切条件中，人民的信任是最最重要的。孔子的政治思想，这一点最为正确。

子贡问政

论语

子贡问政。子曰：足食足兵民信之矣。子贡曰：必不得已而去于斯三者何先。曰：去兵。子贡曰：必不得已而去于斯二者何先。曰：去食。自古皆有死。民无信不立。

【六十字】

〇 本文录自《论语·颜渊》。

〇 子贡姓端木，名赐，是孔子的学生。

君臣父子

【念楼读】 齐景公问孔子："理想的政治社会秩序，应该是怎样的呢？"

孔子答道："君王就应该要像个君王，臣子就应该要像是臣子，父亲就应该要像个父亲，儿子就应该要像是儿子。"

"讲得好啊，"齐景公听了以后道，"真的，如果做君王的不像君王，做臣子的不像臣子，做父亲的不像父亲，做儿子的不像儿子，国家即使再富足，我又怎么会有好日子过呢？"

【念楼曰】 君臣之称，现在已变为领导与被领导者，不好类比了。父子之称则至今未变，却常听到父亲埋怨儿子不像话："他倒是成了我的爷，我硬是在跟他做崽。"真父不父，子不子矣。

原说"君君，臣臣，父父，子子"是旧伦常，革命要破旧秩序，不能容它。其实孔子那时并非革命时代，并没有革命者。和孔子争夺过生源的少正卯，五条罪状也没一条是犯上作乱即革命。盗跖"日杀不辜，肝人之肉"，亦并未杀父杀君，因为国君被杀会有记载，他自己的老太爷也就是大名人柳下惠的父亲，如被杀也会有记载，做叉烧肝的原料还是小小老百姓。

我没正式为过臣，更没为过君，难言君臣之事。为子和为父却稍有经验，凭良心讲，还是觉得"父父，子子"的好，不愿意"父不父，子不子"。

齐景公问政

论语

齐景公问政于孔子。孔子对曰：君君，臣臣，父父，子子。公曰：善哉！信如君不君，臣不臣，父不父，子不子，虽有粟，吾得而食诸？

【四十六字】

○本文录自《论语·颜渊》。

○齐景公是前五四七至前四九〇年间齐国的国君，孔子于前五一七年到齐国见过他。

偏激和清高

【念楼读】 孔子说:“与人共事,能找到思想不左不右,言行不激不随的人,那是最理想的;若是找不到,就宁愿找偏激一点、清高一点的人了。偏激的人,起码他还有活力,有追求;清高的人,至少不会无所不为、太不要脸。”

【念楼曰】 孔子最欣赏中行,就是行中道,不左不右。但中行绝不是无个性无原则地“跟风”,这从孔子对狂狷的态度看得出来。

除了中行,孔子便宁取狂狷,深恶痛绝的(用朱熹的话形容)却是乡愿。何谓乡愿? 朱注云:“谓谨愿之人也,故乡里所谓愿人,谓之乡愿。”那么,孔子为什么要深恶痛绝地称“谨愿之人”为“德之贼”,而宁愿找偏激清高的人呢? 对于这个问题,孟子的答复是:

> 非之无举也,刺之无刺也。同乎流俗,合乎污世。居之似忠信,行之似廉洁。众皆悦之,自以为是,而不可与入尧舜之道。故曰,德之贼也。

第一句说找不出他什么毛病,第三、四句说考察没发现问题,群众意见更是一致说好,就该进班子了。看来孔子恨的只是他“同乎流俗,合乎污世”,狂狷可取的也只有不同和不合这两点。

前几十年,右的左的都吃了亏,狂狷者被整得更惨,受益最多的,正是“众皆悦之”的乡愿,现在的情形恐怕仍是如此。

必也狂狷乎

论语

子曰．不得中行而与之．必也狂狷乎．狂者进取．狷者有所不为也．

【二十五字】

○本文录自《论语·子路》。

忠不忠

【念楼读】 子贡道:“管仲恐怕不能算是行仁义的人吧?齐桓公杀了管仲的主公公子纠,管仲并没有以身殉主,反而做了桓公的臣子,帮助他统治齐国。”

孔子却不以为然,说:“管仲辅佐齐桓公,使齐国强大,齐桓公成为诸侯的领袖。各国的政治经济因此而得到发展,人民至今还在享受他的好处。假如没有管仲,华夏很可能会遭异族侵凌,我如今只怕也会披头散发,穿游牧民族的衣服了。难道个人为了对主子表忠信,便可以不顾天下人的利益,一索子吊死在山沟沟里头,不明不白地去做主子的殉葬品吗?”

【念楼曰】 孔子说过“臣事君以忠”,但这是以“君使臣以礼”为条件的。如果君使(支使)臣不以礼(不合乎道德规范,不符合人民利益),则臣事君亦不必忠。他并没有提倡无条件服从,没有提倡愚忠。

其实,即使君无失礼,臣亦未必非得为之尽忠。公子纠失国,非由于失礼失德,而由于对手太强,孔子却仍能原谅管仲的不死。这里有一个最重要的原因,就是管仲留下自己一条命以后,为齐国和天下的百姓做了好事,“民到于今受其赐”。看来,忠不忠,要看对人民尽没尽心,不能只看对“主公”尽不尽节。

论管仲　　论语

子贡曰，管仲非仁者与，桓公杀公子纠，不能死，又相之。子曰，管仲相桓公，霸诸侯，一匡天下，民到于今受其赐，微管仲，吾其被发左衽矣。岂若匹夫匹妇之为谅也，自经于沟渎而莫之知也。

【七十二字】

○本文录自《论语·宪问》。

○管仲，原与召忽同佐齐公子纠。公子纠与公子小白争位，管仲奉命伏击小白，射中带钩。后小白得胜，即位为齐桓公。公子纠、召忽均被杀，管仲却因鲍叔牙之荐做了齐桓公的大臣。

○与，同『欤』。

何必使劲敲

【念楼读】 孔子居留卫国时，有次在击磬作乐，一个背草包的人从门前过，正好听见了清亮的磬声。

“听这敲磬的声音，是有心要别人欣赏的吧。”背草包的人说道，“把这磬敲得当当响，好像在说：‘没人知道我呀，没人知道我呀！’岂不有些可鄙吗？

“没人知道自己，也就罢了，何必如此使劲地去求呢？不是有两句这样的歌谣吗：

河水深，过河不怕打湿身；河水干，扎起裤脚走浅滩。

也不看看现在是一河什么样的水，就值得你这样舍生忘死地想去投入吗？”

“他也太武断了。”孔子听到这些话以后，说道，“不过，若要我去说服他，只怕也难呢。”

【念楼曰】 《论语》记载了门人弟子对孔子的许多称颂，也记载了持不同意见者对孔子的不少批评，并未削而不录。

孔子当时已有很高的声望。“仲尼日月也，无得而逾焉。”“夫子之不可及也，犹天之不可阶而升也。”对他够崇拜的了。但崇拜者多是弟子门人，孔子仍只是导师而非领袖，没有被戴上“纸糊的假冠”，谁都碰不得，背草包的讲他几句亦无妨，这是孔子的一大优点。

荷蒉者

论　语

子击磬于卫。有荷蒉而过孔氏之门者。
曰。有心哉。击磬乎。既而曰。鄙哉。硁硁乎。
莫己知也。斯已而已矣。深则厉。浅则揭。
子曰。果哉。末之难矣。

【五十三字】

○本文录自《论语·宪问》。
○『深则厉，浅则揭』是《国风·匏有苦叶》中的句子。

阿鲤

【念楼读】 孔子的儿子阿鲤，和陈亢他们同在孔子门下读书。

有回陈亢问阿鲤："老师也教了你一些没有给我们大家讲过的东西吗？"

阿鲤答道："没有啊。有次父亲一个人站在院子里，见到我快步走过，只问：'读了《诗》吗？'我答说：'没有。''不读《诗》，没法学写作呢。'出来后我就读了《诗》。

"有次他又一个人站在院子里，见到我快步走过，又问：'读了《礼》吗？'我答说：'没有。''不读《礼》，不会懂规矩呀。'出来后我就读了《礼》。

"他单独对我说的就是这两次，对大家不也是讲的这些吗？"

听了孔鲤的回答，陈亢高兴地说道："我这一问，有了三个收获：知道了该学《诗》，知道了该学《礼》，还知道了高尚的人不会特殊照顾自己的儿子。"

【念楼曰】 本章记录对话十分生动，至今仍然符合人们的语言习惯。金圣叹评《水浒传》瓦官寺和尚道：

> "师兄请坐，听小僧……"智深睁着眼道："你说你说。""……说，在先敝寺……"

以为"章法奇绝，从古未有"。其实孔门弟子在这里记录对话，同样省去了主语，《水浒传》的章法，不是从古未有，而是古已有之。

陈亢问伯鱼

论语

陈亢问于伯鱼曰．子亦有异闻乎．对曰．未也．尝独立．鲤趋而过庭．曰．学诗乎．对曰．未也．不学诗．无以言．鲤退而学诗．他日又独立．鲤趋而过庭．曰．学礼乎．对曰．未也．不学礼．无以立．鲤退而学礼．闻斯二者．陈亢退而喜．曰．问一得三．闻诗．闻礼．又闻君子之远其子也．

【一百字】

○本文录自《论语·季氏》。

○陈亢是孔子的学生，字子禽。

○伯鱼名鲤，是孔子的儿子，也是孔子的学生。

○《诗》即《诗经》，《礼》指《仪礼》，皆孔子所编订，用以教授。

疯子的歌

【念楼读】 楚国人接舆，看上去有点疯疯癫癫，人称其为“楚疯子”。有次他特地从孔子的车旁走过，嘴里唱着自己编的歌：

凤凰呀凤凰，请看看这世界成了个什么名堂。
过去的已经没法挽救，未来的还来得及商量。
刹车吧，赶快刹车吧！做官的绝没有好下场。

孔子听了，连忙下车，想和他谈谈；接舆却急急忙忙走开了，孔子没能够和他交谈。

【念楼曰】 这个“楚疯子”和页一六中那位背草包的，以及长沮、桀溺、荷蓧丈人、晨门者……都是散居于田野或市井中的隐者。他们的观点多接近道家（《庄子》中便记有接舆的言行，包括歌凤兮这件事），跟当权者不合作，对（儒家的）主流思想不认同，觉得孔子恓恓惶惶地东奔西跑犯不着，总想喊醒他。这是出于惺惺惜惺惺的好意，孔子对此完全理解，亦能报之以同情。

这是在“黄金时代”里才有的现象。后来思想渐“定于一”，孔子被塑造成正统思想的偶像。伟大的导师、伟大的领袖兼于一身，百家变成了两家，绝对正确的当然要战胜绝对不正确的，文化思想交由专政机关处理，此种自由的批评、平等的讨论便不复可见。

楚狂接舆　　论语

楚狂接舆歌而过孔子曰．凤兮凤兮．何德之衰．往者不可谏．来者犹可追．已而已而．今之从政者殆而．孔子下．欲与之言．趋而辟之．不得与之言．

【五十五字】

○本文录自《论语·微子》。
○接舆，楚国人，是佯狂避世的隐士。
○辟，通『避』。

孟子九篇

尴尬的王

【念楼读】 孟子见齐宣王时，对宣王道："假如大王的臣民中，有人要到楚国去，行前拜托朋友照顾家小。等到他回来，却见到妻儿在挨饿受冻。大王看他对这位朋友该怎么办？"

宣王答道："马上绝交，不要这样的朋友。"

又问："管人的头头管不了手下的人，该怎么办？"

宣王答道："撤他的职，停止他的工作。"

又问："整个国家的政治腐败，社会混乱，又该怎么办？"

这一下宣王尴尬起来了。他望望这边，望望那边，支支吾吾把话题扯开了。

【念楼曰】 《史记·孟子荀卿列传》开头就说：

> 孟轲，邹人也，受业子思之门人。道既通，游事齐宣王，宣王不能用。

"道既通"，就是学问已经很好，至少语言文字的功夫是上乘的，逻辑严密，词锋犀利，本文就是好例，请他当个"士师"应可胜任。为何"不能用"呢，恐怕正是词锋太犀利，弄得"王顾左右"下不来台的缘故。《四书集注》本卷首引宋儒之言曰：

> 孟子有些英气。才有英气，便有圭角。英气甚害事。

孟子称"亚圣"，说话作文带英气、有圭角，还"不能用"，这大概就是古代东方的政治和文化。

王顾左右

孟子

孟子谓齐宣王曰：王之臣，有托其妻子于其友而之楚游者，比其反也，则冻馁其妻子，则如之何？王曰：弃之。曰：士师不能治士，则如之何？王曰：已之。曰：四境之内不治，则如之何？王顾左右而言他。

【七十四字】

○本文录自《孟子·梁惠王下》。《孟子》为孟子及其门人所作，共七篇（各篇又分为上、下），篇以下分章（本书统一称篇）。

○孟子，名轲，字子舆，战国时邹地（今山东邹城）人。

○齐宣王是前三一九年至前三〇一年间齐国的王。

暴君可杀

【念楼读】 齐宣王问孟子道:"商汤原来向夏朝称臣,却用武力赶走夏桀;周武王本也是商朝的诸侯,却带头起兵攻打纣王。这些是不是真有其事?"

孟子回答道:"史书上是这样记载的。"

宣王道:"臣子居然敢于犯上,杀掉自己的君王,这难道是允许的吗?"

"严重摧残人民的君主,是害民的强盗;全靠暴力统治的君主,是专制的暴君;强盗和暴君,都是反人道的罪犯。"孟子道,"只听说纣这个坏事做绝、天怒人怨的家伙终于被清算,没听说谁杀了自己的君王啊。"

【念楼曰】 墨索里尼曾是意大利的"领袖",结果被处死倒吊在街头。齐奥塞斯库曾是罗马尼亚的"总统",也和老婆同时被枪毙。处死他们,的确没听说有谁大声抗议"弑君",因为他们双手早沾满人民的鲜血,早就是杀人犯。杀人者死,天理昭彰。

法官判死刑,刽子手执法,那是依法杀人,即使法太严刑太酷,本人还不至于成杀人犯,上国际法庭去受审。指挥大兵团作战,杀敌几千几万,更属战争行为,不由统帅负责。只有夏桀、商纣、墨索里尼这类残民以逞的独夫民贼,才会被清算;即如波尔布特能保全首领死在床上,孟夫子的骂他也是逃不脱的。

未闻弑君也

孟子

齐宣王问曰．汤放桀．武王伐纣．有诸．孟子对曰．于传有之．曰．臣弑其君．可乎．曰．贼仁者谓之贼．贼义者谓之残．残贼之人谓之一夫．闻诛一夫纣矣．未闻弑君也．

【六十一字】

〇本文录自《孟子·梁惠王下》。

〇汤是商朝的建立者。夏桀荒淫无道，汤起兵攻桀，大胜，桀出奔，夏遂亡。

〇武王是周朝的第一代天子。商纣暴虐，武王会合诸侯伐之，纣兵败自焚而死。

暴力无用

【念楼读】 孟子道:“靠暴力压服别人,不管旗号多堂皇,口号多漂亮,也是行霸道;在国际关系上行霸道的,必然是大国。

“靠德政吸引人,重视人,一切以人为本的,便是行人道;行人道的,不一定要是大国。商汤起初的领地不过七十方里,周文王也只有一百方里。

“以暴力压服人,人心是不会服的,不过一时无力抵抗罢了。以德行感化人,人才会心悦诚服。孔子门下的弟子,都敬服孔子。《诗经》歌颂武王建成镐京,天下归心,是这样说的:

> 从西方到东方,从南方到北方,
> 人们的心都向着这里向着中央。

这便是德行感化人的结果啊。”

【念楼曰】 在动物世界里,大概完全靠“以力服人”(人在此作代词用,代表猴、鹿种种)。但是猴子争王、雄鹿争偶亦有规则,分胜负后天下便可初定,败者暂时退避,下一轮再来争雄,跟美国的民主、共和两党差不多。胜者并不“宜将剩勇追穷寇”,非得把对手斩尽杀绝不可。此种自然法则,可能便是初民道德的萌芽。

前苏联一把手戈尔巴乔夫新出版的回忆录中说:“作为达到政治目的的手段,暴力是没有用的。”旨哉言乎,难道他也早读过《孟子》?

以德服人

孟　子

孟子曰．以力假仁者霸．霸必有大国．以德行仁者王．王不待大．汤以七十里．文王以百里．以力服人者．非心服也．力不赡也．以德服人者．中心悦而诚服也．如七十子之服孔子也．诗云．自西自东．自南自北．无思不服．此之谓也．

【八十六字】

〇本文录自《孟子·公孙丑上》。

〇文王，周武王的父亲姬昌，原为商之诸侯。

〇七十子，孔子门下才德出众的学生有七十二人，称七十二贤或七十二子，此系举其成数。

〇《诗·大雅·文王有声》：『镐京辟雍，自西自东，自南自北，无思不服，皇王烝哉。』

偷鸡的故事

【念楼读】 宋国的大夫戴盈之对孟子道:“要恢复古时的办法,将农业税降到十分之一,还要减免市上的关税,这一时难以做到。只能先将税率改轻些,来年再彻底改,您看如何?”

孟子没有作正面的回答,却给他讲了下面这个故事:

“某人有个坏毛病,隔天总要从别人那里偷一只鸡。后来有人告诫他说:‘偷鸡这样的坏事,有品格守规矩的人是不会干的。’他听了便说道:‘我愿意改,先改为每个月偷一只鸡,来年再彻底改正。’

“既然知道应该改,那么就快一些改吧,何必等到来年呢。”

【念楼曰】 孟子之文,最著名的当然是“有为神农之言者许行”一章,气盛理足,论敌完全无法反驳,读来跟看鲁迅、毛泽东的文章一样过瘾,可有时又觉得太霸气了。即如此篇,譬喻固妙,话亦简峭,的确是篇好杂文;但减田赋免关税究系国之大事,要求和停止偷鸡一样喊做到就做到,也未免不很合情理。

《孟子》七篇中佳文甚多,却少见《论语》“子在川上”“吾与点也”之类有人情味可以当作散文读的篇章。这和孔子能宽容长沮桀溺,孟子却要辟杨朱墨翟,或同是一理。

说孟子强词夺理,我还没有这胆子,梁启超《论中国学术思想变迁之大势》里却好像的确是这样说的。

何待来年

孟　子

戴盈之曰，什一，去关市之征，今兹未能，请轻之，以待来年然后已，何如？孟子曰，今有人日攘其邻之鸡者，或告之曰，是非君子之道。曰，请损之，月攘一鸡，以待来年然后已。如知其非义，斯速已矣，何待来年。

【七十八字】

○本文录自《孟子·滕文公下》。

○戴盈之，宋国的大夫。

有毛病

【念楼读】 孟子说:“一个人如果一心只想当导师,只想教训别人,他一定是有毛病了。”

【念楼曰】 孟子曾说,“君子有三乐”,其一是“得天下英才而教育之”;又曾严厉批评过陈相,说他不该“师死而遂倍(背)之”。可见他本是重视教育、提倡尊师的。这也是儒家的传统。

孟子认为有毛病的,一不是正正经经传道授业解惑的师。孔墨诲人不倦,是为了理想,为了责任;人们尽可不接受他们的教育,却不能不予以相当的尊重。二不是老老实实教童子的学堂先生。他们选择这个职业,是为了养家糊口;即使认白字,好吃,想女人,也顶多被写入《笑林广记》,哪有资格上经书?

这里讲的毛病,全在“好为人师”的“好”字上。“好”即是有瘾,瘾一重,便会产生种种精神症状。如果只是发花痴,或整天自言自语,倒还罢了。若是成了偏执狂、妄想症,小则像“马列主义老太太”那样聒噪难耐;大则如邪教之传播“经文”,教别人赴汤蹈火;再大的则是洪秀全,发一阵高烧便成了上帝的次子,编出什么《原道醒世训》,硬要“点化”大众跟他去建立地上的天国。其症结皆在于自以为是伟大的导师,不听他的就不行。结果在世上造成无数麻烦,给世人带来无穷痛苦,毛病大矣。

人之患

孟子

孟子曰．人之患．在好为人师．

【十一字】

○本文录自《孟子·离娄上》。

读书知人

【念楼读】 孟子对万章道："以学问和品行在本地知名的人，一定会结交本地知名的人；在诸侯王国内知名的人，一定会结交本国以内知名的人；在普天下知名的人，一定会结交普天下知名的人。

"切磋学问，砥砺品行，只靠和朋友交流还不够，得取法乎上，追随古时的智者贤人。他们人虽然故去了，他们的思想和著述却还存在着。读他们的书，便能接近他们，了解他们的为人和时代，也就等于和他们交了朋友。

"从书中结交古时的智者贤人，可算是最高级的交友方式了。"

【念楼曰】 古人著书，是为了表达自己的思想感情。太史公"隐忍苟活"，唯一的原因是"恨私心有所不尽"，一定得写完《史记》，"藏之名山，传之其人"。要传的这一点"私心"，便是他的思想感情。两千年后的我们，读其书，知其人，论其世，犹不能不为之感动，觉得汉武何止"略输文采"，实乃视臣民如草芥的大暴君。于是我们便和两千年前的太史公有了交流，并从而获益。

当然，古人之中，也有当官以后"改个号，讨个小，刻部稿"的；也有为了当官应制作文，为了得钱卖脸卖文的。这样的"书"印得再多也难传世，故我们亦无须为错交俗物而过虑。

友善士

孟子

孟子谓万章曰。一乡之善士。斯友一乡之善士。一国之善士。斯友一国之善士。天下之善士。斯友天下之善士。以友天下之善士为未足。又尚论古之人。颂其诗。读其书。不知其人可乎。是以论其世也。是尚友也。

【八十字】

○本文录自《孟子·万章下》。

○万章，战国齐人，孟子弟子。

○尚，同『上』。

○颂，同『诵』。

杯水车薪

【念楼读】 孟子说:“人道主义是人类进步的观念,它应该能不断克服不人道的现象,就像水能够灭火一样。现在有的地方,不人道的现象普遍地、大量地存在,有时口头上也讲讲人道主义,却像端一小杯水往满满一车柴的熊熊大火上泼洒,熄不了火,便说此时还不具备灭火的条件。这其实是在反对人道主义,等于参与和助长不人道的罪行。

“不人道的恶行,终归是要被人类弃绝,彻底灭亡的。”

【念楼曰】 “人道主义”是一个新词,我们的古书中没有它,只有“仁”。但我以为,用“人道主义”译“仁”是可以的。《说文解字》:

仁,亲也,从人从二。

二人者,自己和别人也。将人和己都当作人,不当成异类,相亲而不相斗,此之谓仁,即人道主义。

“四人帮”把人道主义全送给资产阶级,只剩下医院墙上的“革命人道主义”。苏联批判过《第四十一》,严责红军女战士当孤岛上只剩下她和一个“漂亮的蓝眼睛”白军时,不立刻一枪崩掉他(虽然最后还是崩了),反而和他谈恋爱。我想,若此红军媄驰离休后当了董事长,白军也没有被崩掉,老了从海外回来投资,久别重逢,岂不会成为如今拍电视的好材料吗?

仁之胜不仁

孟子

孟子曰．仁之胜不仁也．犹水胜火．今之为仁者．犹以一杯水．救一车薪之火也．不熄．则谓之水不胜火．此又与于不仁之甚者也．亦终必亡而已矣．

【五十六字】

〇本文录自《孟子·告子上》。

不能尽信书

【念楼读】 孟子道："专门记载古代历史的《书经》，也不能完全相信。如果硬要说它绝对正确，没有半点错误，那还不如不要它为好。

"我看《周书·武成》篇，便只取其一部分，因为它写武王伐纣，有的叙述明显是夸大了。武王统率的是大行仁义之师，各方响应，征伐的又是不仁不义已极的商纣，绝对孤立，胜负形势显然，当然一战即胜，仁者也决不会好杀。可是它写牧野之战'血流漂杵'，意思是战场上流的血，将舂臼的木棒都漂浮起来了，这怎么可能呢？"

【念楼曰】 《尚书》是"经"，《孟子》后来也是"经"，成为当了领袖又要当导师的专制帝王统一思想的本本，同时又成为考试的科目，抄都不准抄错一个字，谁还敢质疑它们说得不对。

杵的直径至少四厘米，使它漂起来恐非血深好几寸不可。武王伐纣即使用人海战术，河南的黄土地上要积几寸深的血，亦断无可能。那么《周书》原说得不对，孟子的批评则是对的。

本来经书也是人的著作，有对有错亦是当然，祖师爷自己有时还能承认，而后世信徒偏要奉为金科玉律，岂不可笑。

"凡是派"早不吃香了，但在十一届三中全会以前，谁又敢说"凡是"不对呢。想到这里，又无论如何笑不起来了。

不如无书

孟子

孟子曰：尽信书，则不如无书。吾于武成，取二三策而已矣。仁人无敌于天下，以至仁伐至不仁，而何其血之流杵也。

【四十四字】

○ 本文录自《孟子·尽心下》。

○ 武成，《尚书·周书》的篇名，记武王伐纣之事。

○ 策，古书写在一片片的竹简上，简又称策。

○ 杵，此处指在石臼中舂捣谷物用的木棒。

民重于国

【念楼读】 孟子道:“人民是首先应当尊重的,国家是第二位要尊重的,至于统治者个人,比较起来,就不那么特别需要尊重了。

“必须得到人民的信任,才适合当最高的统治者;而只要得到最高统治者的信任,便可以当诸侯;只要得到诸侯的信任,就可以当官吏。最高统治者的重要性尚不及国家的重要性,更何况诸侯和官吏呢?

“所以,如果诸侯的行为危害了国家,便应该换掉他。如果人民作了贡献,尽了义务,而国政不修,灾祸频仍,便应该改变国家的最高统治者。”

【念楼曰】 在民国四年北京第一公园(现在的中山公园)挂牌以前,社稷坛的名和实都还存在着,就在天安门旁边。辛亥革命以前,这里更是国家的象征、统治权力的象征。崇祯皇帝宁死不离京,恪遵“君死社稷”的古训,便赢得了不少尊敬;而后来的亡国之君,做了日本的干儿子,又向联共(布)呈交入党申请书(结果自然不批准),便只能令人瞧不起了。

民为贵

孟子

孟子曰，民为贵，社稷次之，君为轻。是故得乎丘民而为天子，得乎天子为诸侯，得乎诸侯为大夫。诸侯危社稷，则变置。牺牲既成，粢盛既洁，祭祀以时，然而旱干水溢，则变置社稷。

【六十八字】

〇 本文录自《孟子·尽心下》。

〇 社，土神。稷，谷神。古时设坛庙祭祀社稷，视之为国家的象征。

〇 牺牲，宰杀来祭祀神祇的牲畜。

〇 粢盛，装在祭器中祭祀神祇的谷物。

檀弓十篇

死后别害人

【念楼读】 成子高病倒了，病势十分沉重。庆遗进病房请问他道：“您的病已经不轻了，万一……，怎么办呢？”

子高知道这是在征询自己对后事的意见，于是对庆遗道：“听别人说过，一个人活着总要于人有益，死后总要于人无害。我即使活在世上对人没有多少益处，死后也不能让坟墓占掉良田，给后人留下祸害呀！你们找一块不能栽种的地将我埋掉就得啦。”

【念楼曰】 古人重丧葬，统治阶级尤其如此，劳民伤财在所不惜。成子高却是个例外，他不想在自己死后，修坟墓还要占掉大片有用的土地，认为这是“以死害于人”。他的生死观，实在远高于古代大修陵墓的秦皇汉武。

关于《檀弓》的文章，洪迈谓之“雄健精工，虽楚汉间诸人不能及”；胡应麟称其“在《左传》《考工》之上，《公》《穀》所远不侔”；陈世崇评《沐浴佩玉》一章“迭四‘沐浴佩玉’字，而文不繁”，《齐大饥》一章“省二‘饿者黔娄’字，而文愈简”，誉为古人叙事的典范。本篇则不仅文字“精工”，思想更为可取。

成子高

檀弓

成子高寝疾。庆遗入请曰。子之病革矣。如至乎大病。则如之何。子高曰。吾闻之也。生有益于人。死不害于人。吾纵生无益于人。吾可以死害于人乎哉。我死。则择不食之地而葬我焉。

【六十九字】

〇本文录自《礼记·檀弓上》，檀弓本是人名，《礼记》记其言，遂以其名作篇章名。

〇成子高，春秋时齐国的大夫。

〇革，通『亟』，很急迫的意思。

想起袁世凯

【念楼读】 鲁穆公问子思道:“离开原来的君主改投新君的臣子,还为死去的旧君服丧,是古时的规矩吗?”

子思答道:“古时读书做官的人,为君主服务时,一切都依规矩;不得已离开君主时,也一切都依规矩,所以依规矩为旧君服丧。如今读书做官的人,想巴结君主时,可以将身体给他当做坐垫;改换门庭后,又可以反戈一击,恨不得将他推入万丈深渊。只要不带着军队杀过来就不错了,还有什么为旧君服丧的规矩可讲。”

【念楼曰】 民国成立后不久,代表清廷下退位诏书,决定“将统治权公诸全国,定为共和立宪国体”的隆裕太后便去世了。民国大总统袁世凯特遣专使吊唁,送了这样一副挽联:

> 后亦先帝之臣,本变法心传,遂公天下;
> 礼为旧君有服,况共和手诏,尚在人间。

“礼为旧君有服”出于《孟子》,看来袁世凯还是将隆裕视为旧君,愿意为之“尽礼”的,虽然迫使孤儿寡妇“逊国”的也是他。

这已是百年前的旧事了。社会道德观念的变化,应该说比时间的变化更快,袁世凯若生于今日,恐怕连假惺惺亦不必做,夏寿田、张一麐辈的笔杆子也无须劳烦了。

不过平心而论,挽联还是副好挽联。如今就是要讲礼数,又到哪里寻找这样的作者呢?

为旧君反服

檀弓

穆公问于子思曰．为旧君反服．古欤．子思曰．古之君子．进人以礼．退人以礼．故有旧君反服之礼也．今之君子．进人若将加诸膝．退人若将坠诸渊．毋为戎首．不亦善乎．又何反服之礼之有．

【七十二字】

〇本文录自《礼记·檀弓下》。

〇子思，即孔伋，孔子之孙。

争接班

【念楼读】 卫国的大夫石骀仲死了，他没有正妻生的嫡子，只有姬妾生的六个庶子，要用龟卜决定谁来继承，说是得修饰仪容佩戴玉饰，才能卜得吉兆。

有五个庶子都忙着修饰仪容佩戴玉饰，只有石祁子说："哪有为父亲服丧，却修饰仪容佩戴玉饰的呀！"便不修饰仪容不佩戴玉饰去占卜，结果却是他卜得了吉兆。

卫国的人，都说这次的龟卜真灵验。

【念楼曰】 接班人的位子总是要争的。民主国家还好办，一人一票，选出来就是，即使选上个混蛋，也可以弹劾、罢免。家天下的国家则不大好办，父传子，子传孙，外人固然无话可说，祸起萧墙变生肘腋也叫人防不胜防。李家的老二杀了老大、老三，朱家的叔叔逼死了亲侄子，爱新觉罗家即金家的阿哥们也斗得凶，雍正虽未亲手杀人，八阿哥、九阿哥仍"暴卒"于高墙之内。像石家庶子这样以占卜分胜负，要算顶文明的了。

"五人者皆沐浴佩玉"，石祁子偏不，仍然披麻戴孝，哀毁骨立，真是个孝子，难怪"有知"的乌龟会选中他。

石祁子接了班，"五人者"悔不该沐浴佩玉也迟了，但大夫第的禄米还是会分给他们一份，玉饰也还是会让他们佩戴的。

沐浴佩玉　　檀弓

石骀仲卒．无嫡子．有庶子六人．卜所以为后者．曰．沐浴佩玉则兆．五人者皆沐浴佩玉．石祁子曰．孰有执亲之丧而沐浴佩玉者乎．不沐浴佩玉．石祁子兆．卫人以龟为有知也．

【七十五字】

○本文录自《礼记·檀弓下》。

○兆，此处指用龟甲占卜，卜得吉兆。

○古礼，孝子居丧，须『衰绖憔悴』，故不宜修饰打扮。

是不是蠢猪

【念楼读】 工尹商阳随同公子弃疾追击吴军，追上以后，公子对商阳道："这是国家的事，你赶快拿起弓来啊！"商阳拿出了弓，公子又道："你射呀！"

商阳开弓射杀了一人，便收弓入袋。但楚军的车马还在继续追，又追上了，公子又对商阳说，商阳又射杀了两人。

两次射杀人后，商阳都掩上了自己的眼睛，接着便叫停车不追了，说："庆功酒不去吃了，我也不去坐上头了；已经杀了三名敌军，我们总算执行命令了。"

孔子说："商阳也在杀人，但还是很有节制的呢。"

【念楼曰】 语云"盗亦有道"，现在说的是战争杀人亦该有道，即应该遵守规则，遵守国际法。二战中日军虐杀战俘，违犯了国际公法，负责的主官山下奉文，战后便因此受审判，被处死；如果无此恶行，只在两军阵前指挥作战，杀敌再多，这只"马来之虎"也不会上绞架。

孔子是肯定工尹商阳的，认为他"杀人之中又有礼"，这"礼"便是当时的规则。所谓"不重伤"（不重复杀伤已负伤者）、"不禽二毛"（不擒拿老者），宋襄公身体力行的，也正是当时的规则，却被讥笑为"蠢猪式的仁义道德"。那么，为了不做蠢猪，就得杀伤兵，抓老者，将仁义道德、人道主义全都抛弃吗？

商阳不追"穷寇"，不求多杀，是不是"蠢猪"呢？也不知公子弃疾有没有向楚子报告他作战不力，楚子又是如何处置的。

工尹商阳

檀弓

工尹商阳与陈弃疾追吴师。及之。陈弃疾谓工尹商阳曰。王事也。子手弓而可。手弓。子射诸。射之。毙一人。韔弓。又及。谓之。又毙二人。每毙一人。掩其目。止其御。曰。朝不坐。燕不与。杀三人。亦足以反命矣。孔子曰。杀人之中。又有礼焉。

【八十七字】

○本文录自《礼记·檀弓下》。

○工尹，楚国的官名。商阳则是任此职的人名。

○陈弃疾，即楚公子弃疾，曾为楚灭陈，故称。

孟姜女

【念楼读】 齐庄公发兵袭击莒国，在一处名叫“夺”的地方发生战斗，大夫杞梁在那里战死了。杞梁的妻子到路上来迎接丈夫的灵柩，哭得十分悲伤。

庄公派人到路上去慰问她。她说：“主公的臣子如果是犯法而死，尸首就应该公开示众，妻子也应该拘禁起来；如果不是犯法而死，开吊的地方就应该在他自己家里，父母总算给我们留下了几间破房子，主公不必派人来到这荒郊野外。”

【念楼曰】 杞梁妻便是后世传说中的孟姜女。

从表面上看，杞梁之妻只是争一个合乎规格的丧礼，跟如今领导干部的遗属争追悼会谁主持，悼词怎么写差不多。其实她是对国君发动战争，驱使臣子去“为国捐躯”有深切的不满，对国君假惺惺地派人来“路祭”更不满，才会将战死疆场和砍头示众相提并论。

齐庄公称霸主远不够格，也要称兵耀武，对外侵略去打莒国。后来的专制君主，越热心打仗的，越能青史留名，秦皇、汉武、唐(太)宗、宋(太)祖便是典型，成吉思汗的武功更为显赫。

至于东征西讨要死多少个杞梁，有多少杞梁妻要“哭之哀”，唐宗宋祖们是不会怎么考虑的，死了多少亿，不是还有多少亿吗？顶多“使人吊”一下，送上一个“高山下的花环”。

但老百姓心中是有数的，于是创造了哭倒长城的孟姜女。

杞梁妻　　檀弓

齐庄公袭莒于夺．杞梁死焉．其妻迎其柩于路．而哭之哀．庄公使人吊之．对曰．君之臣不免于罪．则将肆诸市朝．而妻妾执．君之臣免于罪．则有先人之敝庐在．君无所辱命．

【六十六字】

〇本文录自《礼记·檀弓下》。
〇莒，春秋时国名，城在今山东莒县境内。

苛政猛于虎

【念楼读】 孔子一行经过泰山旁边，见有个妇人在坟墓前哭得十分凄惨。孔子很用心地听了一会，便要子贡去问她道："听你这样哭，一定有很伤心的事吧。"

妇人说："是啊，从前我公公就是被老虎咬死的，后来丈夫也是被老虎咬死的，如今儿子又被老虎咬死了。"

孔子问："为什么不搬家离开此地呢？"

"因为这里的政府比较好，当官的不那么凶啊。"

"大家都听到了吧，"孔子对学生们道，"你们得好好记住，暴虐的政府比老虎还可怕啊！"

【念楼曰】 老百姓活得真不容易，一家三代都被老虎咬死了，既无人来抚恤慰问，也不见解珍解宝兄弟俩，奉了杖限文书来为民除害。三十六计走为上吧，人多之处没有吊睛白额虎，那戴官帽穿官服的同样要吃人肉喝人血，他们虽然只生两只脚，敲骨吸髓却比四只脚的更凶残；又不敢往山更深、林更密的地方走，那里大老爷们不会去，大虫却更多了。于是只好在吾舅吾夫吾子的坟旁守着，难过得不行便哭一哭，但哭声太大哭得太久也不行，怕招得老虎再来。真不容易啊！

《孔子过泰山侧》是《檀弓》中传诵最广的一篇，几十年前，几乎各种课本都选上它，不知为什么如今却不选了，也许是老虎和苛政都没有了的缘故吧。

孔子过泰山侧　　　　檀弓

孔子过泰山侧．有妇人哭于墓者而哀．夫子式而听之．使子贡问之曰．子之哭也．壹似重有忧者．而曰．然．昔者吾舅死于虎．吾夫又死焉．今吾子又死焉．夫子曰．何为不去也．曰．无苛政．夫子曰．小子识之．苛政猛于虎也．

【八十三字】

○本文录自《礼记·檀弓下》。

○式，将双手搁在车轼上，是乘车人表示敬意的一种姿势。

○壹，肯定的意思。

人的尊严

【念楼读】 齐国闹大饥荒，一个名叫黔敖的人，到大路旁去向逃荒的饥民施放食物。见有个饿汉趺趺撞撞地走来，趿拉着鞋子，奇怪的是还用袖子遮着脸。黔敖忙迎上前去，一手端着水，一手端着饭食，招呼那饿汉道：

“哎！来吃啊！”

饿汉露出脸来望了黔敖一眼，冷冷地说：

“我就是不吃‘哎’起我来吃的饭，才走到这一步的。”说着便继续趺趺撞撞地走过去了。

黔敖跟着他走，向他道歉，但他硬是不肯接受施舍，终于饿死了。

曾子听说以后道：“何必呢？开头‘哎’你可以不接受，后来向你道了歉，也就可以接过去吃了。”

【念楼曰】 《檀弓》的文字真的很好，读时不仅能欣赏文章之美，而且从中可以看到极有性格的古人。

黔敖是一位古时的慈善家、志愿者。他以个人身份参加社会救助，而他对因饿肚子发脾气的汉子，是多么宽容，多有礼貌。那汉子宁可饿死，也要保持自己作为人的尊严，又是多么令人起敬。近日阅报，见有乞丐跪地讨钱去嫖老妓女，两千馀年来要饭的人格变化之大，叹为观止矣。

齐大饥

檀弓

齐大饥．黔敖为食于路．以待饿者而食之．有饿者蒙袂辑屦．贸贸然来．黔敖左奉食．右执饮曰．嗟．来食．扬其目而视之曰．予唯不食嗟来之食．以至于斯也．从而谢焉．终不食而死．曾子闻之曰．微与．其嗟也可去．其谢也可食．

【八十五字】

○本文录自《礼记·檀弓下》。

○辑，原注为敛，是收的意思，说因饿者无力穿鞋。我却纳闷如何收法，夹在腋下岂不更加费力？收入行囊黔敖又怎能见到呢？

○曾子，名参，与其父曾皙都是孔子的学生。

会讲话

【念楼读】 晋国的赵文子新建府第落成，大夫们都备礼来祝贺。张老大夫致贺词道："多宏伟呀，多美丽呀！在这里笑，在这里唱，在这里高兴得流眼泪，族人和客人都团聚在这里。"

文子接着致答词道："我赵武能够在这里笑，在这里唱，在这里高兴得流眼泪，族人和客人都团聚在这里，那就是托大家的福，能够一生平安，直到追随列祖列宗于地下了。"说完又恭敬地跪下行礼。

张老和文子的致辞，听者无不称好。都说，这真是既会恭维，又会答谢。

【念楼曰】 赵家世代为晋重臣，晋文公"反国及霸，多赵衰（赵武的曾祖父）计策"（《史记》）；衰子盾为晋上卿，专国政者二十馀年；盾子朔娶了晋景公之姊，刚生下赵武，赵家就被灭门，男人全被诛杀，只留下赵武一个，是为"赵氏孤儿"，有戏剧传世，便是至今还在演的《搜孤救孤》。

杀赵朔满门，说是屠岸贾"不请"（君命）所为，我想这是不大可能的。十五年后，晋景公又要为姐夫平反，遂"胁诸将"使"攻屠岸贾，灭其族，复与赵武田邑如故"，赵家又复兴了。新府第造得美轮美奂，父亲被杀、母亲裤内藏孤，却还不曾忘记，难怪赵武要祷祝神灵，只求能"全要领以从先大夫于九京（原）"了。

政治斗争真是残酷而不可预测的啊，在专制制度下。

善颂善祷

檀　弓

晋献文子成室．晋大夫发焉．张老曰．美哉轮焉．美哉奂焉．歌于斯．哭于斯．聚国族于斯．文子曰．武也得歌于斯．哭于斯．聚国族于斯．是全要领以从先大夫于九京也．北面再拜稽首．君子谓之善颂善祷．

【七十七字】

○本文录自《礼记·檀弓下》。

○文子，姓赵名武，即赵孟。

○发，打发礼物，前往别人家庆贺。

○要领，人的腰和颈。

○九京，郑玄和孔颖达都认为『京』为『原』之误，指地下。

犬马的待遇

【念楼读】 孔子养的狗死了，要子贡将死狗拿去埋葬，对他说：

“常言道，破了的帘幕不要丢弃，留着来埋马；破了的伞盖不要丢弃，留着来埋狗。我家里穷，没有伞盖，也得拿床席子去包起它，不要让泥土直接压着它的头啊。”

【念楼曰】 狗作为宠物，如今的地位是比较高了，死后也有好好埋葬它的了。但在过去，犬马列于“六畜”，而畜牲不过是活的工具或玩具，爱惜不爱惜它全凭主人，谈不到死后还有什么“待遇”。孔子葬狗，实行“狗道主义”，乃是他仁爱之心的一种体现。爱惜和自己亲近过、为自己服务过的一切生命及其载体，即使是犬马的身躯，这只有有仁爱之心的、有道德的人才能做得到，普通的人是难以做到的。

君王称“圣”称“神”，其实他们的道德和智慧，最多亦只是普通人的水平，往往还在普通人之下。孟子曰：“君之视臣如犬马，则臣视君为国人。”如犬马恐怕正是君视臣的常态，如手足者殆属仅见，如草芥者当亦不少。士大夫都成了犬马，草根民众则犬马不如了。

现代极权国家的君王（也有不叫君王的，如希特勒之称“元首”，墨索里尼之称“领袖”……），视臣民尚不如犬马者，恐怕更多一些，苏联的赫鲁晓夫，便曾经将准备投入战争的军民称为“一堆肉”。一堆肉，拿去红烧清炖都随便，也无须用席子卷起来埋。这些专制独裁者，真是古往今来世界上最没有道德的人。

仲尼使埋狗　　　檀弓

仲尼之畜狗死．使子贡埋之．曰．吾闻之也．敝帷不弃．为埋马也．敝盖不弃．为埋狗也．丘也贫．无盖．于其封也．亦予之席．毋使其首陷焉．

【五十一字】

〇本文录自《礼记·檀弓下》。

朋友之道

【念楼读】 孔子有个老朋友叫原壤，他的母亲死了，孔子去帮他整治棺椁。原壤却爬上准备做棺椁的木材堆，说："好久了，我没有痛痛快快地唱歌了啊！"便唱起歌来：

长满了点点的哟，那是花狐狸的头；

女人般软软的哟，那是拿斧子的手。

孔子知道原壤是在打趣自己不会拿斧子，却装作没有听见。同去的人对孔子说："瞧他这种态度，您不必再在这里帮忙干了吧。"

孔子回答道："亲人不应该不像亲人，朋友也不应该不像朋友啊！"

【念楼曰】 关于原壤，《论语》中有这么一节叙述：

原壤夷俟，子曰："幼而不孙弟，长而无述焉，老而不死，是为贼。"以杖叩其胫。

大意是说，原壤在孔子来时蹲着不起身，孔子道："少年时傲气十足，长大了无所作为，老到这样了还如此放肆，怎么行。"于是用手杖轻轻敲他的小腿，想请他站起来相见。

如果不读《檀弓》，只看《论语》，好像孔子真是海瑞设置的"司风化之官"，见了谁不合意就会用"警棍"打。如今才知道，原壤原来是"孔子之故人"，两老朋友一个是诲人不倦的夫子，另一个却如朱熹集注所说的，"母死而歌，盖老氏之流，自放于礼法之外者"。叩其胫也好，歌狸首也好，都含有调侃之意，也就是虽然道不同却仍能互相理解的朋友之间在进行箴规。

原壤母死

檀弓

孔子之故人曰原壤．其母死．夫子助之沐椁．原壤登木曰．久矣予之不托于音也．歌曰．狸首之斑然．执女手之卷然．夫子为弗闻也者而过之．从者曰．子未可以已乎．夫子曰．丘闻之．亲者毋失其为亲也．故者毋失其为故也．

【八十五字】

〇本文录自《礼记·檀弓下》。

左传八篇

怀璧其罪

【念楼读】 虞国的国君称虞公。虞公有个弟弟，人称虞叔。虞叔藏有一块美玉，虞公向他索要，他开头不肯答应，想想又后悔了，说："周地有句俗话说得好，'老百姓本来没犯法，有了宝贝就犯了法'；留这玉有什么用，只会给我带来祸害。"于是他将玉献给了虞公。

可是虞公接着又来索要他的宝剑。这时虞叔终于忍不住了，说："这样没完没了地要，最后就会来要我的命。"便举兵造反，迫使虞公逃亡到共池去了。

【念楼曰】 韩愈说，"《春秋》谨严，左氏浮夸"。这里说浮夸并无贬义，是形容左氏会作传，会演义，把《春秋》虽简明但未免枯燥的经文演活了。像这一则，便是一个精彩的故事。

故事再精彩，过了两千五百年，记得的人毕竟不多了。但"匹夫无罪，怀璧其罪"这句话，却稳站在成语辞典上，比故事本身经久得多。

只要有人凌驾于别人之上，不仅有夺人之"璧"的特权，而且有科人以"罪"的特权，这句话就会在人们的口头上和心头上传下去。

夺的方式可以变。秦始皇徙天下豪富十二万户于咸阳，十二万户的"璧"就归他了。乾隆叫沈德潜代他作诗，作出来的也就成御制诗了。如虞公者犹小儿科，所以东西没夺到还得跑。

虞公出奔

左传

初。虞叔有玉。虞公求旃。弗献。既而悔之。曰。周谚有之。匹夫无罪。怀璧其罪。吾焉用此。其以贾害也。乃献之。又求其宝剑。叔曰。是无厌也。无厌将及我。遂伐虞公。故虞公出奔共池。

【六十七字】

○本文录自《左传·桓公十年》。《左传》是左丘明（生卒年不详）为鲁史《春秋》作的『传』。

○虞，春秋时诸侯国名，地在今山西平陆一带。

○旃，在这里作『之』字用。

○共池，地名，在平陆之西。

政治与亲情

【念楼读】 公子突即位当了郑伯，拥立太子忽的祭仲还在朝中掌权。郑伯很不放心，便拉拢祭仲的女婿雍纠，叫他杀掉自己的丈人公。雍纠接受了任务，便请祭仲到郊外赴宴，准备下手。

雍太太觉察到了这个阴谋，忙回娘家问娘："父亲和丈夫比，哪一个更亲?"娘道："凡男人都可为夫，父亲却只有一个，怎么能相比呢。"于是她便把自己的担心告诉了父亲："雍家的筵席不在家里办，却要到郊外去，您可得当心啊。"

于是祭仲先动手杀掉了雍纠，将尸首摆在周家的池塘边示众。郑伯知大势已去，只好出国逃亡，临行教人带上雍纠的尸，指着死尸道："密谋让女人知道，死也活该。"

【念楼曰】 按理说，女婿请岳丈饮宴，女儿找母亲谈心，都是亲情之举。由姻缘联系着的祭雍两家，关系本来是融洽的。可是突然女婿要杀岳丈，女儿要决定是让丈夫杀父亲，还是帮父亲杀丈夫。如此血淋淋，如此不容情，全是政治斗争进入家庭的结果，真是你死我活的斗争啊。

常言政治有理无情。郑伯叫雍纠杀祭仲，想必也讲了大义灭亲一类大道理，但却摧毁了人之所以为人的亲情。读史常觉政治斗争可怕，尤其是无规则可循，不公开进行，策划于密室，操作于暗箱的政治斗争，更使人毛骨悚然。

祭仲杀婿

左传

祭仲专．郑伯患之．使其婿雍纠杀之．将享诸郊．雍姬知之．谓其母曰．父与夫孰亲．其母曰．人尽夫也．父一而已．胡可比也．遂告祭仲曰．雍氏舍其室．而将享子于郊．吾惑之．以告．祭仲杀雍纠．尸诸周氏之汪．公载以出．曰．谋及妇人．宜其死也．

【九十一字】

〇本文录自《左传·桓公十五年》。

〇祭仲，春秋时郑国的大夫，因拥立太子忽（昭公），为由宋国支持即位的公子突（厉公）所忌，险遭谋杀。事泄，厉公出奔，昭公复位。

〇伯，爵位名。郑伯，郑国的国君。此时的郑伯即郑厉公。

抗旱

【念楼读】 夏天久旱不雨，据说是女巫和尪人在作怪，把他们捉来烧死，天就会下雨了。

国君准备下令捉人时，臧文仲谏阻道："这不是抗旱的办法。只有以工代赈，省吃俭用，劝富济贫，补栽补种，才能度过灾荒。天灾和女巫、尪人有什么关系？上天既然让他们生在世上，便不会同意将他们弄死。如果他们真有制造灾害的能力，烧死他们也只会旱得更加厉害。"

国君听从了他的话。结果本年虽然因旱成灾，出现了饥荒，却并没有发生大的动乱。

【念楼曰】 人类面临的问题非常多，细究起来却只两个：怎样对待自然？怎样对待人？任何一个问题处理不好，都会跌大跟头，走大弯路，甚至毁灭自己。古印加和古罗马可以为证。

人在大自然面前是无力的。古汉语无"大自然"一词，只称"天"。须知人只能顺天，替天行道已属自不量力，逆天而行更是自找苦吃。最糟的则是获罪于天遭了报应，却拿人来出气。历朝统治者这样干的很多，焚巫尪即是一例。

臧文仲是可敬的。他知道对付天灾只能尽人力行人道，做得一分便是一分。他也知道即使是为了救人（灾），杀人也是违反天意的，天不会答应。这实在是人道主义在历史长夜中闪光。孔夫子虽然骂过他，他的这番话仍堪称金不换。

臧文仲谏焚巫尪

左传

夏大旱。公欲焚巫尪。臧文仲曰。非旱备也。修城郭。贬食省用。务穑劝分。此其务也。巫尪何为。天欲杀之。则如勿生。若能为旱。焚之滋甚。公从之。是岁也。饥而不害。

【六十一字】

〇本文录自《左传·僖公二十一年》。文中的『公』便是鲁僖公。

〇臧文仲，鲁国的大夫。

〇尪，音汪，脸只能朝天的残疾人。迷信以为上天怜惜尪人，怕雨水注入他的鼻孔，因而不下雨。

〇修城郭，古人注释说是为防备外国趁旱灾来侵犯。其实只要说以工代赈便可以了，因为城郭总是为了防备外敌的。

比太阳

【念楼读】 狄人来侵犯我(鲁)国的边界,国君连忙向晋国告急,因为晋国是诸侯的盟主。

晋国执政的大臣原是赵衰,这时已经交权给儿子赵盾——赵宣子。得知狄人侵鲁,宣子便派了贾季前去责问在狄人那里主事的酆舒,要求停止侵犯。

在谈完正事以后,酆舒问贾季道:"贵国的新执政,比起他的父亲来,哪个更贤明、更能干呢?"

贾季答道:"在敝国人心目中,他俩都是明亮的太阳。赵衰若是冬天的太阳,赵盾就是夏天的太阳啦。"

【念楼曰】 东周列国,都得办外交,这方面的人才不少。贾季答酆舒,既宣传了本国执政的威望如日中天,又警告了对方别希望新领导会软弱,"他可是六月的太阳,厉害着呢"。

秦汉大一统后,此类精彩表现反而少了。自己强时便去"系楼兰王颈",别人强时便送公主去和亲,用不着讲究外交辞令和艺术。一人独裁,对"北走胡南入越"的人越来越不放心。郭嵩焘使英,去听音乐会都有人打小报告。如果他敢在外国人面前说恭亲王是冬天的太阳,曾中堂是夏天的太阳,那就是里通外国反老佛爷,不判斩立决也会判斩监候。

贾季言赵衰赵盾　左传

狄侵我西鄙。公使告于晋。赵宣子使因贾季问酆舒。且让之。酆舒问于贾季曰。赵衰赵盾孰贤。对曰。赵衰冬日之日也。赵盾夏日之日也。

【五十二字】

○本文录自《左传·文公七年》。文中之『我』即鲁国，『公』即鲁文公。

○贾季，晋国的大夫。

○赵氏，晋国当权的世家，从赵衰起执政，其子赵盾即赵宣子。后三家分晋，赵为其一。

○狄，分布于秦、晋北方的异族，后逐渐壮大，多次南侵。

○酆舒，狄人之相。

冤大头

【念楼读】 陈灵公、孔宁、仪行父同夏姬淫乱，三人不顾君臣之礼，都贴身穿着夏姬的内衣，在朝廷上互相显示，开下流玩笑。大夫泄冶看不下去，对灵公进谏道："国君和大臣白昼宣淫，怎么给国人做榜样，而且自己的名声也不好，快把女人的内衣收起来吧！"

灵公一时下不了台，只好说："我改嘛！"转身却找孔宁、仪行父商量。二人主张杀掉泄冶，灵公也不说不行，等于默认。于是泄冶被杀。

孔子知道这事以后，说道："不是有两句诗吗？'对那些不要脸的人呐，千万别跟他们讲规矩'，真好像是为泄冶写的呀。"

【念楼曰】 旧小说将夏姬写成淫得不得了的女人，古人也说她"杀三夫一君一子，亡一国两卿"，仿佛真是祸水。其实她不过如古希腊海伦，男人人见人爱，沾上舍不得丢罢了。说到淫和祸国祸人，根子还是陈灵公。孔、仪虽身为高干，也只是镶边，未脱带马拉皮条的本色。

冤大头却是泄冶。昏淫之"君"犹禽兽，禽兽是听得进人话的吗？那时列国来去自由，看不惯何不远走高飞，等陈国大扫除后再回来。若真不能容忍，或欲一死以成名，又何不先行夏征舒之事，一箭把昏君射死，然后自裁，总比死在拉皮条的人的手里好一些。

陈杀其大夫泄冶　　左传

陈灵公与孔宁仪行父通于夏姬．皆衷其衵服以戏于朝．泄冶谏曰．公卿宣淫．民无效焉．且闻不令．君其纳之．公曰．吾能改矣．公告二子．二子请杀之．公弗禁．遂杀泄冶．孔子曰．诗云．民之多辟．无自立辟．其泄冶之谓乎．

【八十三字】

○ 本文录自《左传·宣公九年》。题依《公羊传》《穀梁传》。

○ 灵公为陈国君，孔宁、仪行父为陈大臣。夏姬美而淫，初嫁子蛮，子蛮死后嫁陈大夫夏御叔，生子征舒。御叔死后，与灵公等多人淫乱。征舒杀灵公，导致楚国入侵，后征舒被杀。夏姬被俘后被配给连尹襄老为妻，襄老旋死。申公巫臣又教她托辞归郑，随即自己离开楚国娶了她。

好有好报

【念楼读】 晋悼公与楚争郑，不胜而归，也想让民众松一口气，魏绛便建议采取下列措施：

放赈放贷，先帮最贫困的人改善处境。除动用国家储备外，从国公本人起，殷实之家都要尽量拿出自己的积蓄。公家的仓库空了，百姓的困乏也就缓解了。

对于可以生利的事业，取消国家的禁令和大户的垄断，放开让民众经营，遏制少数人的贪心。

厉行节约，祭礼以布帛代替珠玉，宴会宰牲畜只准宰一头，公用的器物不再添置，车辆、仪饰也只求够用，因陋就简。

如此办了一年，国政便上了轨道。之后晋楚三次兵戎相见，楚国都没能占上风。

【念楼曰】 魏绛的建议，一是帮助弱势群体，二是扶植民间经济，三是减少铺张浪费。这第三条看似枝节，却关系重大。君王纵有与民休息之心，如果举行典礼大肆粉饰铺张，迎宾宴客力求丰盛光彩，办公楼越造越高，专用车越换越好，扶贫济困、增产增收岂不又要打一折八扣？

魏绛之父魏犨佐文公成霸业，子魏收为平公破狄兵，三世有功于晋，而以这次最为有德于民。有德于民者民怀之，后来晋室解体，“三家分晋”中有魏一家，可算是好有好报。

晋侯谋息民

左传

晋侯归，谋所以息民。魏绛请施舍，输积聚以贷，自公以下，苟有积者尽出之，国无滞积，亦无困人，公无禁利，亦无贪民，祈以币更，宾以特牲，器用不作，车服从给，行之期年，国乃有节，三驾而楚不能与争。

【七十七字】

○ 本文录自《左传·襄公九年》。

○ 晋侯归，指晋悼公为了与楚争霸，会合诸侯攻郑，不胜而归。

○ 魏绛，晋国大夫。后三家分晋，魏为其一。

品德更珍贵

【念楼读】 在宋国，有人得到了一块玉，拿去献给子罕。子罕不受。献玉的人道："这请玉工看过，玉工说它很珍贵，才敢来献的。"

"这玉是你的珍贵东西，不贪污不受贿的品德是我珍贵的东西。"子罕道，"玉若给了我，你我珍贵的东西便都失去了，还不如各自留着的好。"

那人一听，跪下磕头道："小小老百姓，拿着这么贵重的宝玉走来走去，实在不安全，献出来也是为求平安啊。"

子罕便把他暂时安置在本城，找来玉工将玉琢磨好，卖了个好价钱，让他带上钱回家。

【念楼曰】 古时玉的价值超过今时的钻石，虞公为玉失国，卞和为玉刖足，秦王为换赵之玉璧愿割十五城，谁不爱玉呢？

宋人献玉以求平安，当然要献给当大官掌大权、能够给他平安的人。子罕为宋司马，相当于现在的国防部长，正是这样的人，却偏不接受。难道子罕和虞公他们不一样，是特殊材料制成的人吗？非也，所异者只是他有更贵重的东西——品德。他不愿以自己的品德去换别的东西，即使是玉。

品德就是人格，是善美，是理想。古人虽不可能有为党为人民的伟大理想，但子罕追求完美品德的这种个人理想毕竟是可贵的。

不受献玉

左传

宋人或得玉．献诸子罕．子罕弗受．献玉者曰．以示玉人．玉人以为宝也．故敢献之．子罕曰．我以不贪为宝．尔以玉为宝．若以与我．皆丧宝也．不若人有其宝．稽首而告曰．小人怀璧．不可以越乡．纳此以请死也．子罕置诸其里．使玉人为之攻之．富而后使复其所．

【九十九字】

○本文选自《左传·襄公十五年》。

○子罕，时为宋司马。

城门之战

【念楼读】 鲁定公八年春天，周历正月间，定公发兵攻齐，围住了阳州的城门。

攻城还没开始，战士们列坐在城下稍事休息。大家说射手颜高的弓最硬，拉开它得百八十斤气力，便要过他的弓来传着看。

这时阳州城内的齐军突然冲杀出来。颜高忙从身边抢过另一张不怎么好的弓应战。齐人籍丘子鉏已经冲到他面前，手起刀落，砍倒了他。接着又砍了一个。但颜高毕竟是颜高，倒下去时还对准籍丘子鉏面门一箭，从颊部射入，将其射死了。

射手颜息也竭力迎战，一箭正中敌人眉心。他却说："我真没用，本该要射中他眼睛的啊。"

原来要进攻的鲁军，这时只能退了。冉猛假装伤了脚，最先退。他的哥哥冉会见了便大喊："猛子啊，退在后！"

【念楼曰】 本篇只取其叙事精彩。《左传》写战争本最有名，城濮之战、郯之战的意义比得上双堆集、孟良崮战役，而后者记述文字多过前者数十万倍，能传诵的却少见。本篇原文九十三字，只写一次战斗，而鲁军指挥之懈怠，齐军出击之迅疾，颜高、颜息之尽力，冉氏兄弟之勇怯，一一活灵活现。抓住有特征的细节，生动地记录下来，便能使读者对全局有真实的了解，强于按统一口径作宣传的军事报道远矣。

鲁师败于阳州

左传

八年春王正月，公侵齐门于阳州，士皆坐列，曰：颜高之弓六钧，皆取而传观之。阳州人出，颜高夺人弱弓，籍丘子鉏击之，与一人俱毙，偃，且射子鉏中颊，殪。颜息射人中眉，退曰：我无勇，吾志其目也。师退，冉猛伪伤足而先，其兄会乃呼曰：猛也殿。

【九十三字】

○本文录自《左传·定公八年》。『公』即鲁定公。

○颜高、颜息、冉猛、冉会都是鲁军的战将。

○钧，计量单位，等于三十斤。

○籍丘子鉏，齐军的战将。

国语九篇

甲鱼太小了

【念楼读】 公父文伯请南宫敬叔吃酒席，邀露睹父做客。席上的主菜是甲鱼，个子很小，露睹父很不高兴。请吃甲鱼的时候，他说了一句："等甲鱼长大了再来吃。"便起身走了。

文伯的母亲知道以后，很生儿子的气，道："你死去的老子说过，祭祀时应该敬奉'尸'，酒席上应该敬奉上座的贵宾。甲鱼有多金贵？为什么不办得丰盛些？使得客人生气。"于是将文伯赶出了家门。

过了五天，鲁国的大夫们来向老太太求情，她才让文伯回家。

【念楼曰】 客嫌酒菜是恶客，历来对露睹父的看法都不好。"等甲鱼长大了再来吃"，悻悻然的态度也太现形，殊少大夫的风度。

但转念一想，吊起人的胃口来，又不让他满足，也是相当缺德的。比如说出本书，先炒得一片锅瓢响，说是什么封笔之作，不快去买便会失之交臂；端上桌来却清汤寡水，捞得块碎皮烂肉还不知是不是甲鱼，也难怪人生气。

《随园食单・带骨甲鱼》云："甲鱼宜小不宜大，俗号'童子脚鱼'才嫩。"长沙也有"马蹄脚鱼四两鸡"之说。那么文伯家厨子选材原不错，若能如随园在山东杨参将家席上所见，"一客之前以小盘献一甲鱼"就好了。

文伯之母

国语

公父文伯饮南宫敬叔酒，以露睹父为客。羞鳖焉，小，睹父怒。相延食鳖，辞曰："将使鳖长而后食之。"遂出。文伯之母闻之，怒曰："吾闻之先子曰：'祭养尸，飨养上宾。'鳖于何有？而使夫人怒也。"遂逐之。五日，鲁大夫辞而复之。

【八十二字】

○本文录自《国语·鲁语下》。《国语》与《左传》同叙春秋史事，不同的是按国别多记言，作者据说也是鲁国史官左丘明。

○公父文伯、南宫敬叔和露睹父，都是鲁国的大夫。

○尸，祭祀时代表先人受祭的人，可以是活人，也可以是草人。

自家杀自家

【念楼读】 晋惠公杀了里克之后，又后悔道："全是冀芮，让我错杀了国之重臣，里克的罪不至死啊！"

郭偃知道了这事，道："轻率进言的是冀芮，轻率杀人的却是主公。轻率进言是事主不忠，轻率杀人会天理不容。事主不忠该得惩罚，天理不容会受报应。惩罚若重便得判死刑，报应到时主公也就难得有第二代了。记着吧，结局恐怕不久就会到来了。"

惠公一死，秦国便送公子重耳回晋为文公，刚刚继位的怀公和冀芮都被杀掉了。

【念楼曰】 先是晋献公杀世子申生，还要杀重耳和夷吾，是父杀子。献公死后，里克以三公子名义，杀了献公临终嘱咐让接班的奚齐，还有奚齐的胞弟卓子，和那个新鲜的遗孀小老婆，是兄杀弟，子杀庶母。惠公（夷吾）杀里克是防重耳，可他死后重耳仍然回国杀了他的儿子怀公，是叔杀侄。这里杀的全是自家人，只有里克以管家自居，管得太热心，白搭上一条命。若说历史只是一部阶级斗争史，试问这里的阶级如何划分？

过去到奴隶社会找奴隶起义，找到个盗跖。先不说这本出自庄生的寓言，就算实有其人，也是仕为士师的柳下惠的弟弟，肯定出身奴隶主。而且他杀的全是无辜，还要炒人肝下酒，活生生一个杀人狂，就是在今天恐怕也该枪毙。

惠公悔杀里克

国语

惠公既杀里克而悔之．曰．芮也使寡人过．杀我社稷之镇．郭偃闻之曰．不谋而谏者冀芮也．不图而杀者君也．不谋而谏．不忠．不图而杀．不祥．不忠受君之罚．不祥罹天之祸．受君之罚死戮．罹天之祸无后．志道者勿忘将及矣．及文公入．秦人杀冀芮而施之．

【九十八字】

○本文录自《国语·晋语三》。

○惠公，晋献公之子，名夷吾，因献公宠骊姬，与兄重耳先后出奔。献公死后，里克杀掉骊姬之子，惠公在秦国支持下回晋即位，因怕里克拥护重耳，便听亲信冀芮的话，杀了里克。

○郭偃，晋大夫。

○施，杀后将尸示众。

跟着走

【念楼读】 公子重耳在外流亡了十九年，后来回国即位，成了春秋五霸之一的晋文公。

文公出亡时，守库房的小臣头须没有跟着走。文公回国后，头须来见。文公不愿见他，叫接待人员说主公正在洗头。

“洗头得低着头，低着头时想事想不清，难怪主公不愿见我了。”头须道，“跟着走的人，不过是身不由己的奴才；没有跟着走的人，留下也是在为国家做事，何必怪罪他们。当国家领导人的，如果要与普通人为仇，该提心吊胆的就太多了。”

文公听到头须这番话，立刻接见了他。

【念楼曰】 问邓小平长征中干什么，答复只有三个字：跟着走。在历史重要关头，跟不跟着走，确实是一个关系前途命运的大问题。

以跟不跟着走划线，乃是领导者看人用人的常规。文公开头不理头须，可以理解。难得的是在听到头须发牢骚后，不仅没有龙颜大怒，办他污蔑攻击之罪，反而立即改变态度予以接见，其能成为霸主而非庸主，实非偶然。

跟着文公走的人，至少赵衰、狐偃等人，都是人才而非奴才，这一点头须说错了。若要办他的罪，“材料”尽可不必像办胡风那样去找人“交”。文公除了霸才，还有几分雅量，实在难得。

文公遽见竖头须　　国　语

文公之出也．竖头须守藏者也．不从．公入．乃求见．公辞焉以沐．谓谒者曰．沐则心覆．心覆则图反．宜吾不得见也．从者为羁绁之仆．居者为社稷之守．何必罪居者．国君而仇匹夫．惧者众矣．谒者以告．公遽见之．

【八十字】

〇 本文录自《国语·晋语四》。

〇 文公，晋献公之子，名重耳，因骊姬之祸流亡在外十九年，得狐偃、赵衰等之助。惠公死后，在秦国支持下回晋，杀公子圉（怀公）即位，是为晋文公，终成春秋五霸之一。

〇 竖头须，竖即小臣，头须为人名。

知难不难

【念楼读】 晋文公问郭偃道:“开头我以为治理国家很容易,如今却觉得越来越难了,这是为什么呢?”

郭偃回答道:“主公以为这件事情很容易做时,做起来自然会越来越难;主公觉得做起来很难时,只要一直做下去,慢慢也就会觉得容易了。”

【念楼曰】 从诸子群经中可以欣赏古人的智慧,其实读史也是一样。这里说的,并不包括诸侯帝王争权夺位、争城夺地的阴谋和阳谋,因为血腥味太浓,读起来会觉得这部“相斫书”太沉重,殊少接近智慧之乐。但若能离开政治军事斗争这条“主线”,即使在暂停和稍息时,当政和执事者只要稍微顾及物理人情(请勿误会为送干部的“人情”),人性向善的一面便会显现出来,智慧之美哪怕在一桩小事、几句对白上也会发光,尽够我们欣赏。

晋文公四十二岁开始流亡,六十一岁才得到晋国。正所谓“艰难险阻备尝之矣,民之情伪尽知之矣”,并不是子承父业或夤缘时会得来的位子。见竖头须和问郭偃,都能看出他的智慧,也就是他长期体察人情物理所造就的能力。郭偃的答话,也算得上是一句格言。孙中山说知难行易,也许部分是受了他的启发。

郭偃论治国

国语

文公问于郭偃曰．始也吾以治国为易．今也难．对曰．君以为易．其难也将至矣．君以为难．其易也将至焉．

【四十字】

○本文录自《国语·晋语四》。

当头一棒

【念楼读】 这一天，范文子很晚才下班回家。

“为啥忙到这么晚?”父亲武子问他。

“秦国来人在朝堂上发问时，故意使用隐语。大夫们对答不出，我只好一连三次发言，幸好没有出丑。”文子这样回答。

武子一听就火了：“别人不是对答不了，是要让有经验的前辈出面。你还幼稚得很，却要三次抢在别人前面出风头。我若不在了，你还能干得了几天!”

说着举起手杖就打，打断了文子的帽簪。

【念楼曰】 此为一则很有趣味的记事。老爸是退休的正卿(首席部长，执国政)，儿子刚被立为列卿，都是大臣，却动手就打，可见古人教子之严。帽子上的簪子都打断了，下手不轻呐。

范武子曾为太傅，订立晋法；又统上军，是邲之战唯一的功臣；政绩战绩，举国公认。文子是正牌高干子弟，年纪不大便当上了卿，与父亲的威望自然有关，故不免有些骄气。幸好有这当头一棒，从此谦虚谨慎，终能为晋名臣，后来的声望甚至超过了老爸。

武子斥文子为“童子”。其实这“童子”在这前后已经代表晋国参加过弭兵之会，表现出色；又曾经为副手佐郤克伐齐，在鞍之战中立下战功。他倒不是全凭父荫坐直升机上来的。

范文子被责

国语

范文子暮退于朝．武子曰．何暮也．对曰．有秦客廋辞于朝．大夫莫之能对也．吾知三焉．武子怒曰．大夫非不能也．让父兄也．尔童子而三掩人于朝．吾不在晋国．亡无日矣．击之以杖．折委笄．

【七十二字】

○本文录自《国语·晋语五》。

○范文子（士燮）是武子（士会）的儿子。武子为正卿，执国政，灵公八年告老，晋遂以郤献子（郤克）为正卿，并立范文子为卿。

父亲的心

【念楼读】 晋楚两军在靡笄山决战，晋军大获全胜，郤献子率三军凯旋。范文子（士燮）是上军的指挥官，凯旋入城时却走在最后。

“燮儿呀，你也晓得我在眼巴巴地望着你早些回来吗?”文子的老爸见到了他，忙说。

“三军的统帅是郤老总，胜利的光荣应该属于他。入城式上我若走在前，多少会分散对他的注意，所以走在后头。”文子回答道。

“你能这样想，就不会犯错误了，我放心了。”老爸高兴了。

【念楼曰】 范武子时时不忘教子，范文子事事谨遵父训，在当时这是完全合乎标准的模范行为。而“燮乎，女（汝）亦知吾望尔也乎”一句，则充分表现出老父亲的心，表现出他对去打大仗的儿子的担心、渴念和怜爱。如果删去这十个字，文章便没了“颊上添毫”之妙，感染力和可读性都会差多了。

“文化大革命”中躲着读曾国藩为他病逝的弟弟作的挽联：

英名百战总成空，泪眼看河山……

心想现在说“英雄流血不流泪”，这样眼泪巴巴地嗟叹“总成空”，岂不会动摇斗志，在“高山下的花环”旁是绝对挂不出来的。而曾家兄弟的斗志，却反而更高了。可见真情才是人性的流露，反对温情则是违反人性的，也不会有助于获得胜利。

范武子知免

国语

靡笄之役．郤献子师胜而返．范文子后入．武子曰．燮乎．女亦知吾望尔也乎．对曰．夫师．郤子之师也．其事臧．若先则恐国人之属耳目于我也．故不敢．武子曰．吾知免矣．

【六十四字】

〇本文录自《国语·晋语五》。

〇靡笄，齐国的山名，在今山东历城之南，晋景公十一年齐晋鞍（地名）之战的主战场。

〇郤献子为鞍之战晋军中军元帅，兼统上、下军。范文子为上军之将。

想快点死

【念楼读】 鄢之战，范文子指挥晋军的下军。得胜回国后，他找来家庙的祭师，对他们说：

“咱们的国君本来就有骄气，过于自信。这回又打了胜仗，功业更加显赫了。那有修养的人还难免被胜利冲昏头脑，何况骄傲的人。国君身边的亲信又多，无功受赏，定会更加放肆。依我看，晋国很快就会发生动乱了。

“你们是我的祭师，请为我祈祷快些死去吧，能赶在动乱之前死去便算是解脱了。”

这是晋厉公六年的事情。第二年夏天，范文子死了。冬天，晋国便发生动乱，先是郤氏三人被杀，最后国君也被杀掉了。

【念楼曰】 “夫人情莫不贪生恶死”，太史公被割了卵子还这样说。范文子累世为卿，荣华富贵尽堪留恋，何以却要求快死？盖知大厦将倾，无法置身事外。与其在动乱中被诛杀，被乱杀，甚至被虐杀，横竖也是死，还不如自行了断来得干净，这和癌症病人之求安乐死差不多。但此仍需要有洞察力和决断力，亦即是智慧，不是人人都做得到的。

据说老鼠都知道离开将沉的船，某些人的脑子，恐怕比老鼠都不如。

文子知晋难

国语

反自鄢。范文子谓其宗祝曰。君骄泰而有烈。夫以德胜者犹惧失之。而况骄泰乎。君多私。今以胜归。私必昭。昭私难必作。吾恐及焉。凡吾宗祝。为我祈死。先难为免。七年夏。范文子卒。冬。难作。始于三郤。卒于公。

【七十九字】

○本文录自《国语·晋语六》。

○鄢，郑国地名，即今河南鄢陵。晋厉公六年，晋军大败楚郑联军于此。

○七年，晋厉公七年。

○三郤，郤锜、郤犨和郤至，郤克死后他们继续在晋执政。

逮鹌鹑

【念楼读】 晋平公打猎，射伤一只鹌鹑，命一个叫阿襄的小臣去逮来，结果却让那鹌鹑逃脱了。平公大怒，将阿襄关了起来，说要杀了他。

叔向当时便听说了，晚上平公和他见面时，又提起这件事，还是说要杀阿襄。

“该杀呀，快杀吧！”叔向对平公道，“咱们的先君唐叔，在徒林射死凶猛的野牛，用它的皮做成甲，表现了胆量和武艺，才被封为晋国之君。如今您是唐叔的继承人，却连一只鹌鹑都射不死，到手的猎物也失掉了，真有点对不起先君啊。还是赶快杀掉阿襄为好，免得这件事传开，晋国丢丑。”

晋平公越听越不好意思，心想，若真杀了阿襄，岂不更加张扬，只好赦免了阿襄。

【念楼曰】 史书所记的讽谏和谲谏，有些不仅故事本身有趣，人物神态和语言也精彩。这些都属于太史公所说的滑稽，和后来林语堂译作幽默的差不多是一回事。它使严肃的话题变得轻松一些，说者和听者便可以减少紧张，效果也就会比较好。但是也得在至少有一点起码的宽容度的条件下才能如此。如果都像在洪武爷雍正爷面前那样开不得半点玩笑，则诤谏固不行，谲谏和讽谏亦会成为诽谤讥讪，罪名比逮不住一只鹌鹑大多了。

叔向谏杀竖襄　　国语

平公射鹞不死，使竖襄搏之，失。公怒，拘将杀之。叔向闻之，夕，君告之。叔向曰：君必杀之。昔吾先君唐叔射兕于徒林，殪以为大甲，以封于晋。今君嗣吾先君唐叔，射鹞不死，搏之不得，是扬吾君之耻者也。君其必速杀之，勿令远闻。君忸怩，乃趣赦之。

【九十四字】

○本文录自《国语·晋语八》。

○叔向，晋大夫，是晋平公为太子时的师傅。

○唐叔，周成王幼弟，分封于翼（今山西翼城西），建国号唐，后改称晋。

只为多开口

【念楼读】 范献子出使鲁国时，有次问起具山和敖山的事情。鲁人的回答，却只提这两座山的所在地，不说山名。

献子觉得奇怪，说："不就是具山和敖山吗？"

鲁人说："那是我国先君的名讳啊。"

献子回晋国后，见了同事和朋友就说："人真不能没有知识。我因为不知道'具''敖'是鲁国先公的名讳，所以出洋相，丢了丑。如果将人比作树木，知识便是树的枝叶；没有枝叶的树木不仅难看，活也活不了呢。"

【念楼曰】 "一物不知，儒者之耻"，我以为是儒者说的大话。世界上事物这样多，信息这样丰富，要想无一物不知，恐怕谁都做不到。像具山和敖山这样两座不大的山，尤其是这两座山和几代以前鲁公的名字的关系，远处的人（即使是儒者）的确是难以知道的。

问题在于范献子并非常人，而是出使鲁国的晋大夫，那么他就本该多些鲁国的知识，一时咨询不及至少可以藏点拙，不必多开口问东问西。湖南在查处《查泰莱夫人的情人》时，有主管官员责问："中英关系如今还可以，你们为什么偏要出《撒切尔夫人的情人》？"其实当官的不知道世界名著不是什么新鲜事，是非只为多开口。此人之出洋相，也只是吃了多开口的亏。

范献子聘鲁

国语

范献子聘于鲁，问具山敖山，鲁人以其乡对。献子曰：不为具敖乎？对曰：先君献武之讳也。献子归，遍戒其所知曰：人不可以不学。吾适鲁而名其二讳，为笑焉。唯不学也。人之有学也，犹木之有枝叶也。木有枝叶，犹庇荫人，而况君子之学乎。

【九十一字】

○本文录自《国语·晋语九》。

○范献子，名士鞅，范文子之孙。

○具山、敖山，鲁国之二山，均在今山东蒙阴境内。

○献武之讳，鲁献公名具，鲁武公名敖。古时讳称君父之名，故鲁人不直呼具山和敖山。

战国策十篇

明白人难做

【念楼读】 名医扁鹊去看秦武王，王将自己的病状告知扁鹊，扁鹊答应给治好。王身边的人却七嘴八舌，说："大王的病，跟耳朵有关，跟眼睛也有关，很不好治，只怕治不好反而会影响听力和视力。"说得秦王没了主意，只好将这些话告诉扁鹊。

扁鹊听了十分生气，把拿在手里准备施治的砭石（治病用的尖石器，有如后来的金针）往地下一丢，说："大王让明白人来做事，却又让不明白的人说三道四来阻挠；国家大事如果也这样办，秦国就会亡在大王您的手里。"

【念楼曰】 明白人从来就怕碰不明白的人。在看病这件事情上，扁鹊当然是当时第一明白人，但他既不能使秦王身边没有那些不明不白的人，也无法使秦王不去听那些不三不四的话，只好气得砸自己挣饭吃的家伙。

到底扁鹊给秦武王治病没有呢？史无明文，只知武王是举鼎折胫而死的。即使他并未给秦王治病，自亦无碍扁鹊之为良医；在旁边说风凉话的人更不会受任何影响，吃亏的只是秦武王自己的身体。

可见明白人难做，即使有扁鹊那样的本事。不明白的人胡乱发表意见，倒是可以毫不负责的，两千三百年前即如此矣。

扁鹊投石

战国策

医扁鹊见秦武王。武王示之病。扁鹊请除。左右曰。君之病在耳之前目之下。除之未必已也。将使耳不聪。目不明。君以告扁鹊。扁鹊怒而投其石。曰。君与知之者谋之。而与不知者败之。使此知秦国之政也。则君一举而亡国矣。

【八十六字】

◯ 本文录自《战国策·秦二》。《战国策》分国记述战国至秦的史事，由汉朝的刘向编辑整理成书。

◯ 秦武王，秦王政（始皇）前四代的秦王。

玉石和鼠肉

【念楼读】 讲到平原君时，范雎说了这样一个故事：

“郑国人将没加工的玉石叫做‘璞’，周地人将没熏干的鼠肉叫做‘朴’，‘璞’‘朴’同音。有个周地人在一家郑国商人门前吆喝着‘买朴啊’，郑国商人正想买玉石，说是‘要买’，让他拿出来瞧瞧，却原来是老鼠肉，便表示不买了。

“如今平原君名满天下，都称之为贤公子，平原君也以贤德自居。而赵国自武灵王降为主父，便一直不得安宁，直到沙丘祸作，平原君一直都在赵国当大臣，哪有什么贤德的表现。

“郑国商人买璞，还得先瞧瞧。各国君王争颂平原君，却都只信虚名，不看实际；在这件事情上，各国君王就不如那个郑国商人聪明了。”

【念楼曰】 璞和朴，如今讲普通话声调微有不同，但在长沙话里的读音还是一样的。实际上却一个是玉石，一个是老鼠肉（湖南山区有些地方仍称放在“吸水坛子”里贮存的肉为“朴肉”），此名实之不同。

范雎对平原君名过其实不以为然，但是平原君这个人，太史公虽说他“未睹大体”，仍不失为“翩翩浊世之佳公子”。如今名满天下超过平原君的人多着呢，他们的皮包里装的到底是璞玉还是鼠肉，最好让其先拿出来瞧一瞧，在向他们鼓掌欢呼之前。

应侯论名实 战国策

应侯曰．郑人谓玉未理者璞．周人谓鼠未腊者朴．周人怀朴过郑贾曰．欲买朴乎．郑贾曰．欲之．出其朴视之．乃鼠也．因谢不取．今平原君自以贤显名于天下．然降其主父沙丘而臣之．天下之王尚犹尊之．是天下之王．不如郑贾之智也．眩于名．不知其实也．

【九十八字】

〇本文录自《战国策·秦三》。

〇应侯，范雎在秦国的封号。

〇平原君，赵公子胜的封号。

〇沙丘，赵国地名。

〇主父，赵武灵王废其太子章，传位于少子何（惠文王），自称主父，以平原君为相。四年后废太子作乱，公子成、李兑等诛杀废太子，进而在沙丘围主父之宫，主父饿死。

辩士

【念楼读】 秦王和一位名叫中期的辩士争论,没有能争赢,非常生气。中期却若无其事,踱着慢步走开了。

维护中期的人,眼见中期可能要吃大亏,便对秦王说:

"这个又蠢又倔、不懂事的中期啊!幸亏遇着了贤明的君王。若是同夏桀王、商纣王顶撞,脑袋还能不搬家?"

结果,秦王并没有惩办中期。

【念楼曰】 春秋战国,辩士盛行。最有名的当然是苏秦、张仪,《六国拜相》的戏至今还在演。

辩士的本事,全在口舌。张仪被打得呜呼哀哉,只要舌头还在,便不着急。他们靠口舌合纵连横,靠口舌封侯拜相,靠口舌"位尊而多金",荣华富贵。这一切都是为君王服务的,也只有为君王服务才能实现。所以,辩士说到底也还是人臣,不过是口舌之臣罢了。古希腊罗马也有辩士,那是一种自由职业,靠替人辩护维生。中国古时没有公开审判法庭辩论那一套,自然只有君王驾前为臣一条路走。

我这样笨口拙舌的人,做辩士是做不来的。在古希腊做,最多没有主顾上门;若是在专制古国,万一驷不及舌顶撞了大王,捉将官里去时,只怕自己想找辩护人也找不到了。

为中期说秦王

战国策

秦王与中期争论．不胜．秦王大怒．中期徐行而去．或为中期说秦王曰．悍人也中期．适遇明君故也．向者遇桀纣．必杀之矣．秦王因不罪．

【五十二字】

○本文录自《战国策·秦五》。

○中期，秦之辩士。

送耳环

【念楼读】 齐国的王后死了。在王的身边,有七位年轻受宠的嫔妃。薛公田婴想要知道,在这七位妃子中,谁会成为新的王后,便给王送上七副耳环,其中有一副特别贵,特别漂亮。

第二天进宫,薛公注意哪位妃子戴上了这副耳环,便向王建议立她为王后。

【念楼曰】 田婴在历史上出名,主要是因为有个好儿子孟尝君。古时贵族的女人多,儿子自然不会少,田婴便有四十多个儿子。孟尝君的母亲只是一名"贱妾",生下这个儿子,田婴连要都不想要的,后来却让他成了袭爵继位的人。贱妾之子固然非凡,能让贱妾之子继位的父亲之非凡亦可以想见。

田婴为他的异母哥哥齐宣王早已经做过不少工作。送耳环这件事只是件小事,也很看得出他的聪明,却总不禁使人想到伺候君王之不易。亲为弟兄,贵为首相,为了揣摩七个小老婆中哪个会扶正,为了能够"先意承志",把扶正的事办在前头,办得使大王满意,竟得如此地挖空心思;那么,薛公这个封爵要保住也太不容易了,不是吗?

古语云,刚日读经,柔日读史。史书写得好的,确有文学性、可读性,但却不是柔性读物,如果边读边想的话。

薛公献珥

战国策

齐王夫人死，有七孺子皆近。薛公欲知王所欲立，乃献七珥，美其一。明日视美珥所在，劝王立为夫人。

【三十九字】

○本文录自《战国策·齐三》。

○薛公，齐相国田婴的封号。

○齐王，齐宣王。

邻人之女

【念楼读】 田骈在稷下学宫讲学，门徒很多，名气很大。有个齐国人来求见，见面后恭敬地说：

"很佩服先生的高论，不愿当官，只愿为文化作贡献……"

"哪里，哪里。"田骈很高兴地表示着谦逊，道，"你从哪里听到这些的啊？"

"从邻居的女儿那里呀。"齐国人答道。

"这是怎么说？"田骈略感意外。

"我邻居的女儿，三十岁了，总讲不愿结婚，可是已经连生了七个孩子；婚是没有结，却比结了婚的还会生孩子。"齐国人说，"先生您总讲不愿做官，可是门徒上百，收入上万；官是没有做，也比做官的还会弄钱呀！"

田骈连忙中止接见，转身走开了。

【念楼曰】 战国时学术独立，知识分子自由讲学，地位和收入有时多一些，倒是好社会的好现象。我想那个齐国人未必对此有意见，而是田骈的"高议"调子太高，议得太多，惹恼了他，才会跑到稷下来，开了这个不大不小的玩笑。

诸子百家中，我最佩服的是庄子，最喜欢的却是许行。自己的信仰自己坚持，自己的主张自己实行，何必皇皇如也大肆宣传，更何必"设为"这"设为"那，惹得爱清净的人生气。当然，若是讲的一套，做的又是一套，那就更加要不得了。

齐人讥田骈　　战国策

齐人见田骈曰．闻先生高议．设为不宦．而愿为役．田骈曰．子何闻之．对曰．臣闻之邻人之女．田骈曰．何谓也．对曰．臣邻人之女．设为不嫁．行年三十．而有七子．不嫁则不嫁．然嫁过毕矣．今先生设为不宦．訾养千钟．徒百人．不宦则然矣．而富过毕也．田子辞．

【九十七字】

○本文录自《战国策·齐四》。

○田骈，齐人，战国时著名的学者。

说客

【念楼读】 齐楚两国相争，夹在齐楚之间的宋国，原想保持中立。齐国施压逼迫宋国表态，宋国只好表示支持齐国。子象便替楚王做说客，对宋王道：

“楚国没有对宋国施压，反而失去了支持，便一定会学齐国的样来施压。齐国一施压就得到了支持，今后更会不断向宋国施压。使两个拥有强大军事力量的大国都来施压，宋国岂不太危险了吗？

“‘一边倒’跟着齐国去打楚国吧，如果打胜了，齐国独霸天下，首先吞并的必然是宋国；如果打败了，弱小的宋国又哪能抵抗强大的楚国呢？”

【念楼曰】 子象为楚游说宋王，是典型的说客行为。说客也就是辩士，其辩才的确了得，三言两语便把利害挑明了。

子象劝宋王不要一边倒，而要对齐国打楚国牌，对楚国打齐国牌，在大国之间保持平衡，保持中立。从地缘政治看，这的确是高明的外交政策，比把自己捆在老大哥战车上强得多。

说客不为君王所用时，亦只是一介匹夫，却可以对外交政策、国际关系说三道四。若在前时伊拉克，又有谁敢对萨达姆联谁反谁发表半点不同意见呢？故我虽不很喜欢说客，却很羡慕说客们所处的环境。

子象论中立

战国策

齐楚构难。宋请中立。齐急宋。宋许之。子象为楚谓宋王曰。楚以缓失宋。将法齐之急也。齐以急得宋。后将常急矣。是从齐而攻楚。未必利也。齐战胜楚。势必危宋。不胜。是以弱宋干强楚也。而令两万乘之国。常以急求所欲。国必危矣。

【八十八字】

○本文录自《战国策·楚一》。

○子象，楚之辩士。

听音乐

【念楼读】 魏文侯请田子方喝酒，旁边奏起了音乐。文侯听着，说道："这编钟的音没调准吗？听起来不协调，左边的偏高呀。"

田子方没答话，只微微一笑。

"先生笑什么呢？"文侯问。

"我听说，贤明的国君，心思都放在国事上；不贤明的国君，心思才放在吹打弹唱上。"田子方道，"现在您这样精通音乐，对于国家的政事，我怕您就会不那么精明了。"

"先生说得好。"文侯道，"我一定会记住您的教导。"

【念楼曰】 好声色乃人之常情，但君王并非常人。他拥有非常的权力，就该负起非常的责任，要对国家前途、人民福祉负责，不应该像李后主和宋徽宗那样沉浸在艺术里。后主和徽宗放弃自己的责任，只知利用特权追求声色之乐，个人虽博得多才多艺的名声，南唐和北宋末世的老百姓就惨了。

如果并没有李煜和赵佶的才能，却偏喜欢作艺术秀，耍人来疯，见了舞台就想登场表演，那就比后主和徽宗都不如，更比不上魏文侯，只能归入唐昭宗一类。

当然，在这样的"玩君"统治下，更不会出现田子方。

田子方谏文侯　战国策

魏文侯与田子方饮酒而称乐。文侯曰：钟声不比乎？左高。田子方笑。文侯曰：奚笑？子方曰：臣闻之，君明则乐官，不明则乐音。今君审于声，臣恐君之聋于官也。文侯曰：善。敬闻命。

【六十七字】

○本文录自《战国策·魏一》。

○田子方，孔子弟子子贡的学生，战国时期有名的贤人。

○魏文侯，名斯，用李悝变法，魏以富强，北灭中山，西取秦三河之地。

牛马同拉车

【念楼读】 公孙衍到了魏国，被任命为大将，却感到无法和相国田繻合作。辩士季子为了帮助他解决这个问题，便去见魏王，对王道：

“大王您见过牛驾辕马拉套的车子吗？无论怎么赶，连一百步也走不了。您因为公孙衍有将才，才用他为将，可是又要田繻给他拿主意；这真是捉了黄牛来驾辕，却叫马拉套，牛马都累死了也是到不了目的地的，吃亏的却是大王的国家，您恐怕得考虑考虑。”

【念楼曰】 古时马和牛都驾车，王恺的“八百里駮”便是有名的快牛。但牛和马不同的一点，便是马可以有三驾马车，甚至四马车、六马车，牛却只能单干。此乃物性之异，亦犹鸭可以成群放养，鸡却无法成行齐步走。故要马跟牛一起来拉车（服牛骖骥）确实难以做到。就是牵一头牛来让两匹马夹着它站在那里，牛马也会各自走开，不会“团结”在一块。

随便举出一两个人们共见共知的例子，使听者接受自己的意见，而且心悦诚服，此是战国策士（辩士、说客）的擅场之技，但也得君王能听和肯听。若为君者自恃“英明”，兼天地亲师于一身，担子一肩挑，自然听不进下面的意见，那就哪怕再会说也无用。

公孙衍为魏将

战国策

公孙衍为魏将，与其相田繻不善。季子为衍谓梁王曰：王独不见夫服牛骖骥乎，不可以行百步。今王以衍为可使将，故用之也；而听相之计，是服牛骖骥也。牛马俱死，而不能成其功，王之国必伤矣。愿王察之。

【八十字】

○本文录自《战国策·魏一》。

○公孙衍，号犀首，原为秦臣，后入魏为将。

○田繻，即田需，魏相国。

○季子，辩士一流人物。

○梁王，即魏王。魏都大梁（今开封）。

狗咬人

【念楼读】 新城君在魏国位高权重，怕遭忌刻，对于别人在魏王面前议论自己非常敏感。因为白圭常见魏王，身边人提醒他，得防着白圭一点。白圭知道以后，便对新城君道：

“夜里在外面走的人，不一定非奸即盗；他能够保证自己没做坏事，却不能保证人家的狗不对着他叫。同样的，我能够保证自己不会在大王面前议论你，却不能保证别的人不在您面前说我啊！”

【念楼曰】 现在养狗看家的比较少了。五十多年前，不要说在乡下，就是在城里到陌生人家去，或走其旁边经过，常得提防被狗咬。抗战时期疏散到山村中的学生，对此尤其印象深刻。其实真正被咬的也不多，不过那露出白牙咆哮着猛冲上来的恶形，胆小如我者确实很怕。

据说狗对你咆哮时，最好的办法是朝它作揖。荷马史诗写英雄阿迭修斯(即奥德修斯)回家，牧场的狗狂吠奔来，他立即蹲下身子，放下行杖，狗便走开了。亚里士多德说得好，对于卑屈的人怒气自息，狗也不咬屈身的人。这可以做作揖之说的注解。但也有人说，狗停止进攻是怕人弯腰捡石头，未知孰是。

如今的狗都成了宠物，见生人就狂吠的少了，咬自家人的倒是见到过一两回。此盖是狗之变性，谁遇上了只能自认倒霉。

白圭说新城君　战国策

白圭谓新城君曰：夜行者能无为奸，不能禁狗使无吠己也；故臣能无议君于王，不能禁人议臣于君也。

【四十字】

○本文录自《战国策·魏四》。
○白圭，魏大夫，后为相。
○新城君，魏国的重臣。

不是时候

【念楼读】 卫国有人家办喜事，备了马车去接新娘。新娘子上车时问：“拉套的马是谁家的？”赶车人道：“是借来的。”新娘便道：

“要鞭打就打拉套的马，别打驾辕的。”

到了家门口，扶新娘下车时，新娘子又对伴娘道：“你看，火盆烧得太旺了，等下你快把它弄灭，怕失火。”

进到内院，见院中放着个石臼，新娘又说：“这东西妨碍走路，得移到窗户下面去。”

新娘子这三句话，都引起了骇笑。她的话说错了吗？没错，只是说的不是时候。

【念楼曰】 好像有人说过，这位新娘并不该受讪笑，“慎勿为好”乃是古人训女的话，已不适用于今时了。一进门就当家做主，颇有新官上任的气势，正该庆幸收了个能干的儿媳妇呢。但对于只打借来的马不打自家的马这一点，替新娘子说公道话的人却没说什么，大概他想要的正是这样“能干”的媳妇或老婆。

但是，说话的确不能说得不是时候。王造时说苏联不该承认“满洲国”，梁漱溟说农民收入少生活苦更值得关怀，马寅初说在中国不能提倡英雄母亲多生孩子，罗隆基说纠正错案要设立专门机构，“皆要言也，然而不免……者，早晚之时失也”，也是话说得不是时候啊。

卫人迎新妇

战国策

卫人迎新妇，妇上车，问：“骖马谁马也？”御曰：“借之。”新妇谓仆曰：“拊骖，无笞服。”车至门，扶，教送母：“灭灶，将失火。”入室见臼，曰：“徙之牖下，妨往来者。”主人笑之。此三言者，皆要言也，然而不免为笑者，早晚之时失也。

【七十八字】

◎本文录自《战国策·宋卫》。

庄子十篇

我是谁

【念楼读】 庄子晚上做梦，梦中自己成了一只蝴蝶，在空中翩翩飞舞，十分自由快乐，一点也没想到庄周是谁。霎时梦醒，却还是原来的庄周，手是手，脚是脚，伸直了躺在床上。

庄子于是乎想道：我是谁呢？是我梦中成了蝴蝶，还是蝴蝶梦中成了庄周呢？这两种情况，难道不是同样都有可能发生的吗？

我刚才感到很快乐，是因为我成了蝴蝶，能够在空中自由地飞翔。这是两脚落地的庄周从未体验过，也根本不可能体验到的。

蝴蝶和庄周是不同的"物"，感受才会不同。但"物"不可能永存，一觉也好，一生也好，总会要变化，要消亡。"物"如果"化"去了，感觉和意识等等一切还能不变吗？

【念楼曰】 称死亡曰物化，自庄子始。庄子以寓言述人生哲理，汪洋恣肆极矣。尝谓庄子如能复活，肯定不会用电脑，而其智慧较现代人为何如？两千三百年来文章的进化，难道只表现在数量的增长膨胀上吗？

有人说白话文比文言文好，他自己的文章又是白话文中最好的，比庄子之文自然好得多。庄子梦中变为蝴蝶，他是高级文人，当然也会做梦，不知梦中变成了什么？至少也该是在进化树上位置比蝴蝶高得多的某种哺乳动物吧。

梦为胡蝶

庄子

昔者．庄周梦为胡蝶．栩栩然胡蝶也．自喻适志与．不知周也．俄然觉．则蘧蘧然周也．不知周之梦为胡蝶与．胡蝶之梦为周与．周与胡蝶．则必有分矣．此之谓物化．

【六十二字】

〇本文录自《庄子·齐物论》。《庄子》三十三篇，分内篇、外篇和杂篇，篇下再分章（本书统一称篇）。
〇胡，通『蝴』。
〇庄子，名周，战国时宋国蒙地（今河南商丘）人。
〇昔，可通『夕』。
〇喻，通『愉』。
〇本文中的前三个『与』字均同『欤』。

千万别过头

【念楼读】 人的生命是有限的，知识和成就则是无限的。以有限的生命去作无限的追求，人便会活得很累很累。明知如此，若还执迷不悟，更是枉抛心力，结果只会更糟。

人在社会上，不能不做大众都认为该做的“好事”，但不必为了得到好名声，做得过了头。人有时亦难免做点大众说是“坏事”的事，也不要做得过了头，触犯国家的法律和社会的准则。

总而言之，凡事都要循中道、依常理而行，千万别过头。这样，人的精神和身体便能宽泰安详，可以顺其自然地生活了。

【念楼曰】 苦恼和麻烦，大都是做得过了头造成的。作物适当密植本可增产，密得过了头则会人为造出“自然灾害”来。华罗庚用数学为生产服务本是好事，但算出叶子面积证明光合作用还有好大潜力，密植还可以再密，服务也服过头了。他后来若不是硬不服老要出国讲学，亦不至于倒在东京的讲台上，还是吃了过头的亏。

我本凡夫，颇多俗念，一生像玻璃窗内的苍蝇，碰壁碰够了，岂止过头，没碰断头已属万幸。行年七十，方知六十九年之非，读龚定盦、瞿秋白“枉抛心力”之句，觉得悔悟真是来得太晚了。秉烛而行，宁可摸索，决不再盲从乱碰，庶几可以尽年乎。

吾生有涯

庄子

吾生也有涯，而知也无涯，以有涯随无涯，殆已；已而为知者，殆而已矣。为善无近名，为恶无近刑，缘督以为经，可以保身，可以全生，可以养亲，可以尽年。

【五十八字】

○本文录自《庄子·养生主》。

○督，人背部的中脉。缘督，守中合道的意思。

选择自由

【念楼读】 庄子在濮水上钓鱼，楚王派了两位大夫先来，代表国王表示："希望将楚国的事情烦累先生。"要庄子去做官。

庄子没放下钓竿，头也不回地道："听说楚国有只'神龟'，已经死去三千年了，楚王将它用丝绸包起，竹匣装起，供奉在圣殿上。不知道这只乌龟，是愿意像这样死去留下甲骨受供奉呢，还是宁愿活着拖起尾巴在泥里爬呢？"

"当然愿意活着在泥里爬。"大夫们回答。

"那么，两位请回吧。"庄子道，"让我拖着尾巴在泥里爬吧。"

【念楼曰】 与庄子同生活于两千三百多年前的古希腊智者第欧根尼，亦鄙视安富尊荣，居木桶中，冬日坐桶外晒太阳。征服世界的亚历山大大帝屈尊步行前去看他，问："想要我为您做点什么吗？"他答道："想请你走开，别遮了我身上的阳光。"

在权威面前，第欧根尼和庄子都选择了自由。

儒家以"学而优则仕"为理想和责任，每批评庄子消极。古希腊智者则学而优不必仕，讲学当辩护士靠施舍（如D氏）均可维持物质的生活，以保持精神的自由。庄子选择自由，钓于濮水却未必能养生，不做大官仍不得不做漆园吏。如果到濮水上来的不是楚大夫而是秦皇帝，顶撞他（秦皇帝）又会有怎样的后果？想想也是很有趣的。

曳尾涂中

庄子

庄子钓于濮水。楚王使大夫二人往先焉。曰。愿以境内累矣。庄子持竿不顾。曰。吾闻楚有神龟。死已三千岁矣。王巾笥而藏之庙堂之上。此龟者。宁其死为留骨而贵乎。宁其生而曳尾于涂中乎。二大夫曰。宁生而曳尾涂中。庄子曰。往矣。吾将曳尾于涂中。

【九十七字】

○本文录自《庄子·秋水》。

真能画的人

【念楼读】 宋元公想要一幅画，画师们应召而至，见过国公行过礼，都挤着站在国公的周围。差不多有半数人无法靠近，只好站在圈子外边。大家舔的舔笔尖，调的调彩墨，都专心致志地等着国公交任务。

有一位画师却到最后才从从容容地到来，上殿也不像别人那样急步走，见过国公行过礼后，知道要画画，便不再侍立，转身回去了。

元公注意到他，叫人跟着去察看。只见他回到屋里，把衣裳一脱，打起赤膊，岔开两条腿坐着，显出十分放松的样子。

元公听说后，高兴地道："行啦，这才是真能画的人呀！"

【念楼曰】 闻风而动，争先恐后，此乃文艺侍从之常态。既靠领导吃饭，就不能不看领导的脸色，贴身紧跟便是最要紧事，不然又怎能了解领导意图呢？而领导多是外行，要的首先是舔笔头、调颜色这样的场面，即所谓"文化搭台"。只要经费批到了手，再找别人来"创作"也容易，反正画得好不好并不重要，重要的是先挤进圈子去察言观色、先意承志。

这次宋元公却不从围在身旁舔笔头的画师中选拔，偏偏看中了脱衣解带打赤膊的这一位，实在是例外。

解衣盘礴

庄子

宋元君将画图。众史皆至。受揖而立。舐笔和墨。在外者半。有一史后至者。儃儃然不趋。受揖不立。因之舍。公使人视之。则解衣盘礴。裸。君曰。可矣。是真画者也。

【六十字】

〇本文录自《庄子·田子方》。

〇宋元君即宋元公，庄子之前五六代的国君，《庄子》是把他作为寓言中的人物来写的。

〇儃，此处读『坦』音。儃儃，很闲散很放松的样子。

〇盘礴，箕坐，即将两腿屈曲分开而坐，是一种放松的姿势。

得心应手

【念楼读】 大司马那里，有个锻造钩刀的工匠，已经八十岁了。他打出来的钩刀，每一把的轻重都一样，从来不差分毫。

有次大司马问这个老工匠："你干得这样好，是因为手巧呢，还是另外有什么原因呢？"

他答道："是因为我有我自己的一套方法。从二十岁起，我就干上了打钩，眼里看的全是钩，心中想的也全是钩。对别的事物我全不关心，专心致志的只有打钩一件事。久而久之，就能得心应手，所有工序都很纯熟，所有器材都听支配，自然而然便能锻造出轻重一样的钩刀了。"

【念楼曰】 原文中的"钩"，诸家均释为带钩。带钩系青铜铸成（用失蜡法），有的还要嵌金银，根本捶（锻打）不得。战国时已经用铁，这应该是铁打的武器才对，也才会归管兵的大司马管。带钩属于民品，得归大司空管。

锻件每件重量不差毫分，只有用模锻的方法才能做到。八十岁老锻工说，他有自己的一套方法，应该就是模锻法。

古人云，六经皆史，诸子亦何独不然。庄子的文章"大率皆寓言也"，但涉及"形而下"的事物时并不外行。这一节文章，除了哲学和文学的价值外，还有工艺史的价值。

捶钩者

庄子

大马之捶钩者。年八十矣。而不失豪芒。大马曰。子巧与。有道与。曰。臣有守也。臣之年二十。而好捶钩。于物无视也。非钩无察也。是用之者。假不用者也。以长得其用。而况乎无不用者乎。物孰不资焉。

【七十五字】

○本文录自《庄子·知北游》。

○大马，即大司马，管军事的大官。

○与，同『欤』。

没有对手了

【念楼读】 庄子送葬经过惠子的坟墓时，回头对跟随的人说：

“有个郢都人，在自己鼻尖上涂一小点白粉，薄得像苍蝇的翅膀，叫匠石把它弄掉。匠石抡起他的斧子，呼呼生风，顺势斫下来，白粉干干净净地削掉了，鼻尖却丝毫没有伤着。郢人站在原处纹丝未动，面不改色。

“后来国君听说了，把匠石找来道：‘给我再干一次。’匠石道：‘我的确斫过，可是，给我做对手的郢人已经死掉了，没法再干了。’

“我也一样。自从惠夫子死去，我也没有对手了，没有人可以交谈了。”

【念楼曰】 斧子抡得呼呼地响，一斧斫掉了鼻尖上薄薄一层白粉，鼻子却一点没受伤，真是神了。我看，更神的却是站在那里的郢人。因为在鼻尖上涂粉虽然容易，人人都行；而在大斧迎面斫来时一动不动，面不改色，却非得对对手的本领有充分的了解和绝对的信任不可，此则大难。庄子末了的几句话，实在很是悲哀，因为他感到了深深的寂寞。

昔钟子期死，伯牙终身不复鼓琴。盖对手——知音本极难得，或有一焉，纵如庄惠辩驳不休，也还不会寂寞。若早早去了，或因他故中道分乖，便是人生最大的不幸，只能留下深深的遗憾。

郢人

庄子

庄子送葬．过惠子之墓．顾谓从者曰．郢人垩漫其鼻端若蝇翼．使匠石斫之．匠石运斤成风．听而斫之．尽垩而鼻不伤．郢人立不失容．宋元君闻之．召匠石曰．尝试为寡人为之．匠石曰．臣则尝能斫之．虽然．臣之质死久矣．自夫子之死也．吾无以为质矣．吾无与言之矣．【百零二字】

○本文录自《庄子·徐无鬼》。

○惠子，即惠施，庄子的友人。

○郢人，楚国郢都地方的人。

○匠石，姓石的匠人。

儒生盗墓

【念楼读】 儒家口口声声不离《诗》《礼》，有回大小两个儒生去盗墓，大的站在外边发问道："东方快亮啦，干得怎么样了？"

"里衣里裙还没脱下来哩，口里倒是含了颗珠子。"小的在墓穴里答道。

"有珠子好呀！《诗》不是这样吟唱的吗：

> 青青的麦苗儿呀，长满在山坡上呀。
> 生前不做善事呀，别把珍珠陪葬呀。

你快抓住他的头发，按住他的胡须，用锤子压住他的下巴，再慢慢扒开他的双颊，——这时要特别注意，千万别弄坏了这口里的珠子呀！"

【念楼曰】 盗墓贼看来古已有之，一面吟诵着儒家经典的《诗》，一面掘开墓穴去剥死人衣裳，扒开死人嘴巴去掏里头的珍珠的盗墓之"儒"，则很可能只会出现在庄子的笔下。

但转念一想，对比度大得令人难以置信的事情，其实并不罕见。陈希同和学生对话时，被问及多少级别拿多少钱，他两手一摊："多少级？一下子真记不起。多少钱？总有好几百元吧，细数没注意过，反正够用了。"十足口不言钱的清廉相，背地里却正在造高级别墅，受巨额贿赂。胡长清副省长作报告大讲共产主义道德，皮包里却揣着一个假身份证和一包春药。如此之大的反差，又岂是大儒小儒可比的呢？

诗礼发冢

庄子

儒以诗礼发冢。大儒胪传曰：东方作矣。事之何若？小儒曰：未解裙襦，口中有珠。诗固有之曰：青青之麦，生于陵陂。生不布施，死何含珠为！接其鬓，压其顪，而以金椎控其颐，徐别其颊，无伤口中珠。

【七十四字】

〇本文录自《庄子·外物》。
〇胪传，上对下发话。
〇『青青之麦』四句，《诗经》中没有，注者或说是佚诗，其实更可能是庄子的创作。
〇顪，音诲，这里指腮下的胡须。

无用之用

【念楼读】 惠子对庄子道："你说的这些道理，我看都是无用的。"

"知道什么是无用，便能讨论什么是有用了。"庄子回答道，"像你和我站在上面的大地，难道说它还不宽不厚吗？但此刻对于你和我来说，有用的却只有脚底下这一小块。可是，如果把除了这块以外的地都挖掉，一直深挖到九泉，我和你站脚的这一块还有用吗？"

"当然没有用了。"惠子说。

"那么，'无用'的用处，岂不十分明白了吗？"庄子说。

【念楼曰】 《辞海》称庄子为哲学家，通常都如此说。但古无所谓哲学，这名词还是十九世纪才从日本拿来的。

我这个人没有哲学头脑，很怕学哲学。二十世纪五十年代被编入"中级组"，学米丁、康斯坦丁、斯大林的哲学著作，还要写笔记作发言，思之犹有馀悸。后来到了街道上，"全民学哲学"，那么多文章，读得头昏脑胀，不读又不行，更是难忘。而庄子此文，却轻灵隽永，实在是绝妙的散文小品，闪烁着智慧的光辉。读来不禁要问，这也是哲学么？

日文"哲学"源出西文 philosophy，意为"爱智慧"，这才对了，庄子真爱智者也。

惠子谓庄子　　　　　庄　子

惠子谓庄子曰．子言无用．庄子曰．知无用．而始可与言用矣．夫地．非不广且大也．人之所用容足耳．然则厕足而垫之致黄泉．人尚有用乎．惠子曰．无用．庄子曰．然则无用之为用也亦明矣．

【七十二字】

〇本文录自《庄子·外物》。

寂寞

【念楼读】 放在水中让鱼进来，一进来便出不去的那种用篾编成的“籮”，是为了鱼才设置的。人如果捕到了鱼，籮便可以搁在一边了。

装在草地上让兔子踩，一踩脚便被夹住，跑也跑不脱的弶，是为了兔子才装起的。人如果捉住了兔，弶便可以搁在一边了。

长长短短的话，都是为了让人明白自己的意思，才讲给他听的。人们如果理解了你的意思，那些话也可以搁在一边了。

唉！怎样才能遇到那能够理解我的意思的人，来和我交谈啊！

【念楼曰】 读这一篇，也和读《郢人》一样，深深地感觉到了庄子的寂寞。

寂寞恐怕是具大智慧和大怜悯心者必然的心情。所以，爱罗先珂才会不停地诉苦道：

> 寂寞呀，寂寞呀，在沙漠上似的寂寞呀！

有岛武郎也才会在自述中说：

> 我因为寂寞，所以创作。

这恐怕也是《庄子》三十三篇的成因吧。

孔子诲人，是为了理想。墨子垂言，是出于责任。苏秦、张仪掉舌，是为了荣利。庄子和他们都不同，他是为了不寂寞。但打比喻作寓言，竭智尽心，理解者恐终难得。空有运斤成风的本领，却碰不到对手，终不能不寂寞矣。

得鱼忘筌

庄子

筌者所以在鱼，得鱼而忘筌，蹄者所以在兔，得兔而忘蹄，言者所以在意，得意而忘言，吾安得夫忘言之人而与之言哉。

【四十六字】

○本文录自《庄子·外物》。

○筌，此指一种用竹篾制成的渔具，湖南人称为籇（音豪）。籇在《汉语大字典》中只释为竹篙，但确实有一种读做『豪』的渔具，只能写成『籇』字。

○蹄，此指一种用夹脚的办法捕小兽的猎具，现在多称之为弶。

少宣传

【念楼读】 庄子说:“要弄明白一个道理,还是比较容易的;明白道理以后,要能够含蓄,不急于宣传,急于发表,那就比较难了。

“求知不是为了教化别人,是为了使自己能了解世界,能找到回归自然、通向天人合一境界的途径。一有所知就想宣传,则是为了使别人知道自己,为了从别人那里达到自己的目的。

“古时(理想)的人取的是前一种态度。”

【念楼曰】 孔子也说过:“古之学者为己,今之学者为人。”这和庄子所说“古之人,天而不人”,倒似乎多少有一点可以相通。

现在一说为己,好像便成了“个人主义”。其实先圣昔贤的“为己”,绝非满脑子升官发财,“为人”也不是指戴上白手套到校园拾垃圾,指的是出世和入世两种不同的人生观。

孔子承认古之学者高明,自己却要入世,“三月无君,则皇皇如也”,东奔西走,惹得和庄子一派的长沮、桀溺在旁边讲风凉话。他们俩对世事也看得清,却不耐烦去管别人,在孔门弟子看来自然不免消极。但“滔滔者天下皆是也”,即使是圣人,又能有什么法子? 若是太积极了,一心只想治国平天下,一手拿宝书、一手拿剑地大干,子民们来不及接受教化便掉了脑袋,岂不太惨。

知道易勿言难

庄子

庄子曰.知道易.勿言难.知而不言.所以之天也.知而言之.所以之人也.古之人.天而不人.

【三十四字】

〇本文录自《庄子·列御寇》。

诏令十四篇

将许越成

【念楼读】 孤王争霸的最大目标是齐国，因此决定接受越国乞和结盟的请求，群臣不得干扰此一战略部署。越国若能从此改变对我国的态度，我的目的即已达到；如若不改，打败齐国回来，再发兵惩罚它就是了。

【念楼曰】 吴王夫差认为越王勾践已经完全臣服于他了，决定不再乘胜追击，不再灭亡越国，而要举全国之兵，北上与齐争霸。

此诏令要言不烦，几句话便将改变战略方针这件大事说清，又解除了诸大夫心中对越国的疑虑，可谓有一定道理，算得上好文章，故将其列为诏令十四篇之一（按时间先后也该它第一）。

霸主枭雄也有写得出好文章的，因为他们有一股王霸之气，而被"培养"出来的二世祖三世祖便不行。夫差此文，虽写得好，但可惜对形势估计错误，尤其是对勾践估计错误，杀掉伍员带兵北上后，越军就来攻姑苏，让伍员被砍下的头颅在城门楼子上干瞪眼。（伍员人头并未挂城门，姑从俗说言之。）

不以成败论英雄，看历史故事，楚汉相争，吴越春秋，都是如此。夫差胜利时对失败者能宽大，失败后要求对手给予同等待遇被拒绝时不怕死，形象至少是完整的，也不难看。若勾践败后带上老婆同为臣妾，尝粪舔痔什么都俯首甘为，一翻盘就"宜将剩勇追穷寇"，只认江山不认人，连文种、范蠡都不认，就太穷形恶相了。

告诸大夫　　　　　　　　　　吴王夫差

孤将有大志于齐．吾将许越成．而无拂吾虑．若越既改．吾又何求．若其不改．反行．吾振旅焉．

【三十五字】

◎本文录自《国语·吴语》。

◎吴王夫差，前四九五年至前四七三年时的吴王。

约法三章

【念楼读】 父老们在秦朝的严法重刑压迫下，受的苦太多，也太久了。敢说上头不是，就会满门抄斩；互相发几句牢骚，也要杀头示众。言之痛心。

各路义军前已商定，谁先攻入函谷关，即在关中为王。我军最先入关，即应在此负责。为了维持秩序，现与父老们协商，先立法三条：杀人偿命，伤人和抢劫的，分别治罪。其馀秦朝的苛法，均一概废除。希望全体官民都能各安其业。

我军起义灭秦，一心为民除害，决不侵害百姓，大家切勿惊慌。部队出城驻在霸上，是为了等待各军领袖前来，共同安排善后，并无他意。

【念楼曰】 此是西汉开国第一篇大文章，体现了汉高祖和萧何、张良等人很高的政治水平和政策思想。

第一句"父老苦秦苛法久矣"，就很得人心。秦法之苛，苛就苛在不给人民思想言论自由，提倡告密，大搞斗争，镇压严，株连广。秦得天下不过十四年，并不久，人们都受不了，就觉得久了。

说先入关是"为父兄除害，非有所侵暴"。不宣扬暴力，叫大家"毋恐"，承诺了免于恐惧的自由，这比送矿泉水可能更有效。

宣布还军霸上"待诸侯至"，缓称王，不抢先摘桃子，也是高明的策略，想必出于子房（张良），不是做亭长和沛县小吏的人想得到的。

入关告谕　汉高祖

父老苦秦苛法久矣，诽谤者族，耦语者弃市。吾与诸侯约，先入关者王之，吾当王关中。与父老约，法三章耳：杀人者死，伤人及盗抵罪。馀悉除去秦法。吏民皆安堵如故。凡吾所以来，为父兄除害，非有所侵暴，毋恐。且吾所以军霸上，待诸侯至，而定要束耳。

【九十七字】

〇本文录自《全汉文》卷一。
〇汉高祖刘邦，前二〇二年至前一九五年在位。

千里马

【念楼读】 皇家的仪仗队走在前头，随行车辆跟在后面。按照常规，参加庆典的日行速度是五十里，大队人马行军一日只走三十里。如果骑着你们给我送来的千里马，一个人我能够先跑到哪里去呢？

所以，这千里马对我实在没有什么用处，我并不需要它。特此布告天下，再也不要寻求这类稀罕东西来贡献了。

【念楼曰】 一百多年以后，汉元帝初元元年（前四十八年）珠崖（在海南岛）又反，元帝欲发军击之。贾捐之时待诏金马门，建议以为不当击，说从前孝文皇帝"偃武行文"，绝逸游，塞货赂，引此诏以为证。

汉文帝本是以俭德著名的明君，"却千里马"却得好，明发诏书使天下咸与闻之，公开打马屁精一个大嘴巴，则做得更好。

都承认权力带来腐化，其实从当权者的个人品质看，亦未必个个生来就是坏坯子。许多人都是吃了献千里马拍马屁唱颂歌的小人的亏，才由清醒变得糊涂，胡作非为起来。

若是本来就有夸大狂、妄想症倾向的人做了皇帝，更会忘乎所以，大干荒唐事，结果是祸延国家民族，害死上千万人。修阿房宫，坐龙船逛扬州，犹其小焉者也。

却献千里马诏

汉文帝

鸾旗在前，属车在后，吉行日五十里，师行三十里。朕乘千里之马，独先安之？朕不受献也，其令四方毋求来献。

【四十二字】

◯ 本文录自《汉书·贾捐之传》。

◯ 汉文帝刘恒，前一八〇年至前一五七年在位。

非常之人

【念楼读】 不平凡的事业，需要不平凡的人才。千里马往往不易调教，干大事的人，也难免别人对他有看法。好马没有被驯服时，可能弄翻过马车；不一般的人若未能得到重用，也常常会不大守规矩。问题只在于怎样驾驭、怎样使用他们。

兹命令：各州郡主官注意从本地方各级官吏、读书人和普通百姓中，发现和选拔有突出能力的人才，特别是足以担当军政要职，以及能出使远方外国，完成重要使命的。

【念楼曰】 汉武帝本人也是一个非常之人，又是一个想建非常之功的非常之主，这求贤诏更是其非常之举。我曾有句云，“能使人奴拥钺旄”，谓其用卫青为大将军也。这个“从奴隶到将军”的纪录，好像过了两千多年才打破。

有卫青等为将，有张骞等“使绝国”，这位非常之主的确建立了非常之功。但非常之主却是非常不容易伺候的，《汉书》中说，在公孙弘后“继踵为丞相”者六人，仅有一人能终其位，“其馀尽伏诛”；“飞将军”李广功最多却不得封侯，后因失道细故被迫自杀；太史公司马迁管“文史星历”，为李陵讲了几句话，竟被处了宫刑。这都是非常之人在非常之主手下遭非常之祸的例子。

看将起来，平常之人，还是选择平常之主为好。

求贤诏　汉武帝

盖有非常之功，必待非常之人。故马或奔踶而致千里，士或有负俗之累而立功名。夫泛驾之马，跅弛之士，亦在御之而已。其令州郡察吏民有茂材异等可为将相及使绝国者。

【六十八字】

○本文录自《全汉文》卷四。
○汉武帝刘彻，前一四一年至前八七年在位。
○跅（音拓）弛，放荡不羁。

关心低工资

【念楼读】 官吏不廉洁，办事不公平，国家的政治就会混乱。现在的低级官吏要做的工作并不少，工资却实在微薄。如果吃饭的问题都不能解决，想要他们不从老百姓身上打主意，恐怕就困难了。兹决定：俸禄在一百石以下的人员，加俸十五石。

【念楼曰】 中国官吏的薪水从来都不高。查《大清会典》，文职官之俸，一品岁支银一百八十两，二品一百五十五两，三品一百三十两，四品一百五两，五品八十两，六品六十两，七品四十五两，八品四十两，正九品三十三两有奇，从九品、未入流三十一两有奇。四品知府相当于今之地厅级，七品知县则是县处级，都不能算"小吏"。如果以清朝的八品官为例，年薪四十两，即白银一千二百五十克，以每公斤白银为人民币三千元计算，合人民币三千七百五十元，月收入仅三百一十二元五角。

汉宣帝给每年俸禄百石以下的小吏加俸十五石，西汉一石约三十公斤，一百一十五石约三千四百五十公斤，折合人民币六千元，月收入约五百元。加俸以后的小吏，还会不会"侵渔百姓"呢？

"三反五反"运动中当积极分子，听传达说贪污分子可以分几类定处分重轻，"吃饭的"（工资不够维持生活的）从轻，"养汉的"（为了乱搞两性关系的）从重，"操蛋的"（弄了钱去进行反革命活动的）则杀无赦。如今公务员一家温饱不会有问题，贪污为了"吃饭的"总该没有了吧。

益小吏俸诏 汉宣帝

吏不廉平，则治道衰。今小吏皆勤事，而俸禄薄，欲其毋侵渔百姓，难矣。其益吏百石以下俸十五。

【三十七字】

〇本文录自《全汉文》卷六。

〇汉宣帝刘询，前七四年至前四九年在位。

给老同学

【念楼读】 古时有作为的君王，都有以宾师之礼相待的友人；我怎敢将子陵看成臣下，随随便便召唤你呢？

但是，担负着国家的重任，我像是在薄冰上行走；又如腿脚受了创伤，确实需要扶助。如果说，当年的绮里季并未小看高皇帝，张良请他出山保太子他肯来，难道今天的严子陵却定要看不起我这个坐江山的老朋友吗？从前许由宁愿老死在箕山，听说尧帝要请他出山就跳进颍河洗耳朵，未免太矫情，相信你总不会学着他那样做吧。

【念楼曰】 读《后汉书》，知严光"少有高名，与光武同游学"，而光武却是"年九岁而孤，养于叔父"，得"勤于稼穑"，后来才读书，"略通大义"。两人同学，很可能严光还有几分优越感。

> 及光武即位，(光)乃变姓名，隐身不见。帝思其贤，乃令以物色访之。后齐国上言，有一男子，披羊裘钓泽中。帝疑其光，乃备安车玄纁，遣使聘之，三反而后至。

此诏应是在使者"三反"时写的，给足了老同学面子。

严光为何隐身不见，召之不来呢？无非是残存的优越感也就是自尊心作怪。三召四召，不还是来了吗？前人有诗：

> 一着羊裘便有心，虚名浪说到如今；
> 当年若着渔蓑去，烟水茫茫何处寻。

古时又没有户口管理制度，真要逃名，还会逃不掉吗？

与严光

汉光武帝

古大有为之君．必有不召之臣．朕何敢臣子陵哉．惟此鸿业．若涉春冰．譬之疮痏．须杖而行．若绮里不少高皇．奈何子陵少朕也．箕山颍水之风．非朕所敢望．

【六十字】

○本文录自叶楚伧《历代名家短笺》。

○严光，字子陵，少时与光武同游学，光武即位后隐居不出。

○汉光武帝刘秀，汉高祖九世孙，东汉王朝的创建者，公元二五年至五七年在位。

对吴宣战

【念楼读】 此次奉命讨逆，大军南下，荆州刘表之子刘琮望风而降。八十万人马现已完成水战训练，即将开向东吴，准备同将军的部下进行一次演习。

【念楼曰】 曹操自己没有称帝，却是真正的帝王。帝王有的会打仗，却不能文，如朱元璋、皇太极；有的有文采，却不会治国用兵，如宋徽宗、李后主；更多的则既不能文又不能武，只能称昏君、暴君，昏君不过多吸民脂民膏，暴君就要人民大流其血。

又能武又能文的帝王，曹操该排在第一。且不说《短歌行》《观沧海》，就是这封在赤壁之战前写给孙权的宣战书，一场八十万人的大会战，写得如此轻松，毫不装腔作势，真是难得。如果换上别人，即使写得出，又岂能举重若轻如此。

曹操还有件事别的帝王无论如何也比不上，便是儿子个个强，他“有后”。《魏文帝集》和《陈思王集》，在汉魏六朝名家别集中，都跟《魏武帝集》一样，被公认为第一流、上上品。在文学史上，“三曹”的地位比在政治史上更高，千秋万世后还会有人要读他们的作品。

别的帝王和准帝王也有自诩“文武双全”的，却大都“无后”。即使生养过的，生出来的比起曹丕、曹植来只能算弱智，也就等于“无后”了。

与孙权书

曹操

近者奉辞伐罪，旌麾南指，刘琮束手。今治水军八十万众，方与将军会猎于吴。

【三十字】

○本文录自《全三国文》卷三。
○孙权，字仲谋，此时据有江东六郡，后称帝，国号吴。
○曹操，字孟德，此时以『汉丞相』名义统治北方，旋封魏王，死后称魏武帝。

抚恤死者

【念楼读】 为了挽救国家，平息暴乱，我起兵征战；根据地的人民，付出了惨重的代价，死事者极多。旧地重过，整天在路上走，居然见不到一张熟识的面孔，使我深深感到悲哀。

兹命令：为绝了代的阵亡将士从其亲戚中选立后嗣，给他们分田地，买耕牛，让他们受教育。还要为死者建立祠庙，以时祭祀。亡灵得到安息，我身后也就可以少一点遗恨了。

【念楼曰】 《三国志·魏书·武帝纪》："太祖武皇帝，沛国谯人也。"沛国，郡名，在苏鲁豫皖相邻处；谯，县名，今安徽亳州市谯城区，是曹操的家乡。中平六年，曹操"始起兵于己吾"，即今河南宁陵，去谯地不远，"兵众五千人"中谯人一定不少。打了十三年的仗，已经破袁绍，逐刘备，"天下莫敌矣"。再带兵经过故乡，此时"旧土人民，死丧略尽；国中终日行，不见所识"，正是"一将功成万骨枯"的景象。

难得的是，此时曹操并未满怀"功成"的喜悦和兴奋，而能"凄怆伤怀"，只想为"将士绝无后者"寻找亲人，继承香火，立庙祭祀。四十七岁的曹操，认为要办好这件事，自己百年之后，灵魂才会得到安息。这当然是迷信，与所作"神龟虽寿，犹有竟时；腾蛇乘雾，终为土灰"的唯物主义精神不合；但关心"无后"总是积德行善，他自己的儿子一个稳坐龙庭，一个才高八斗，虽然未必是善报，也总比身后凋零的强多了。

军谯令

曹操

吾起义兵.为天下除暴乱.旧土人民.死丧略尽.国中终日行.不见所识.使吾凄怆伤怀.其举义兵已来.将士绝无后者.求其亲戚以后之.授土田.官给耕牛.置学师以教之.为存者立庙.使祀其先人.魂而有灵.吾百年之后何恨哉.

【八十七字】

○本文录自《全三国文》卷二。

○军谯令，发布于建安七年（二〇二）曹操大军驻谯（县）时。

天灾人事

【念楼读】 暴雨成灾，洪水泛滥，乃是上天示警。作为国家元首，我实在应该承担主要的责任。想起自己失德至此，我的心情十分沉重。希望文武百官都能指出我的过错，把所见到所想到的统统指出来，不要有任何顾虑，不要有任何保留。

各地对京城包括宫中的各种供应即行核减。所有征用民力之处，或即暂停，或即废止。遭受水害的各地灾民，均应按受灾轻重，分别给予实物补助和救济。

【念楼曰】 人类生活在大自然中，遭遇各种自然灾害是难免的，即在科学技术发达的现代亦是如此，古代更是如此。那时候，人们只能祈求神灵的保佑，并将水旱虫灾看成上天的惩罚；从皇帝到百官，也将为民祈福视为自己应尽之责。

传说商时有九年之旱，汤王裸身自缚在毒日头下久晒，代人民受罚，终于感动上苍，降了甘霖。汉文帝时"数年比不登，又有水旱疾疫之灾"，他找原因首先就是"意者朕之政有所失，而行有过"。唐太宗"大水求直言"，也认为"天心示警"是针对君王的过失，所以要群臣"各上封事，极言朕过"。这都是负责任的表现，用现代眼光看来虽不免迷信，比起硬要将"政有所失"说成"自然灾害"的不负责任者来，政治道德究竟好得多。

大水求直言诏　唐太宗

暴雨为灾，大水泛溢。静思厥咎，朕甚惧焉。文武百僚，各上封事，极言朕过，无有所讳。诸司供进，悉令减省。凡所力役，量事停废。遭水之家，赐帛有差。

【五十六字】

○本文录自《全唐文》卷六。

○唐太宗，姓李，名世民，年号贞观。

模范君臣

【念楼读】 几天不见，心中很是难过。反省我自己，过失确实不少，说过错话，也做过错事。常言道，不照镜子，不知脸有多脏，现在我总算懂得这个道理了。

本想亲自前往看望，又恐给你带来不便。故派人送去此信，说明我的意思。你看到了什么，听到了什么，想要说的话，尽可以写信来，现在和以后都行。

【念楼曰】 唐太宗和魏徵，历来被认为是模范君臣。魏徵善谏，唐太宗善纳谏。但谏也有让君王受不了的时候，唐太宗受不了，生了气，魏徵便生病请假，唐太宗于是以手诏慰问。“自顾过已多矣，言已失矣，行已亏矣”，等于向魏徵作检讨。

史臣誉魏徵云，“前代诤臣，一人而已”；若无唐太宗，怎能有魏徵这样善谏的诤臣。史臣赞太宗云，“从善如流，千载可称，一人而已”；若无魏徵，又怎能有太宗这样善纳谏的明君啊。

问魏徵病手诏

唐太宗

不见数日，忧愦甚深。自顾过已多矣，言已失矣，行已亏矣。古人云，无镜无以鉴须眉，可谓实也。比欲自往，恐劳卿，所以使人来去。若有闻知，此后可以信来具报。

【六十一字】

〇本文录自《全唐文》卷九。
〇魏徵，唐太宗的诤臣。

南下三条

【念楼读】 大军南下，平定南唐的行动，即由曹彬全盘负责，应注意者有三条：

一、严禁侵害江南百姓；

二、不必急于军事攻击，应先施加政治压力，迫使南唐政权归顺中央；

三、兵入金陵，杀人越少越好；即使遇到抵抗，亦必须保证李煜一家的生命安全。

另发去宝剑一口，有不遵令者，即以此剑斩之。

【念楼曰】 中国历来自夸“大一统”，地广人多，其实“合久必分”总是免不了的，战国七雄便是七个独立国，三国演义便是三个独立国。最热闹的十六国，中央政权之外，还有十六个独立国。五代十国，也到宋太祖大军南下，才“分久必合”。

南唐是由唐末藩镇割据形成的国家。八九二年杨行密为淮南节度使，据扬州，九〇二年迫唐室封为吴王，四年后唐朝就被朱温灭亡了。九三七年徐知诰代杨氏称帝，迁都金陵，改姓李氏，他就是李后主的祖父。南唐土地富饶，文化发达，国力不弱，疆域曾包括苏、赣、闽、皖南和鄂东，独立局面本可多坚持些时日。可惜李后主只能做“词中帝王”，又碰上了既有实力，又懂策略的宋太祖。“不须急击”，好整以暇，统一反而很快便完成了。

敕曹彬伐南唐

宋太祖

江南之事，一以委卿，切勿暴掠生民，务广威信，使自归顺，不须急击也。城陷之日，慎毋杀戮，设若困斗，则李煜一门，不可加害。朕今匣剑授卿，副将而下，不用命者斩之。

【六十四字】

○ 本文录自《宋朝事实类编》。
○ 宋太祖，赵匡胤，九六〇年至九七六年在位。
○ 曹彬，北宋大将。
○ 南唐，五代十国之一，都金陵（今南京）。
○ 李煜，南唐后主。

不戴高帽子

【念楼读】 山西还没有平定，河北也尚待收复，说“统一”简直是吹牛皮，讲“太平”更等于放空炮，弄得我都不好意思了。你们想给我戴高帽子，我是绝对不会接受的。

【念楼曰】 宋开宝九年，即赵匡胤开国第十六年，也是他生命完结的那一年，北宋皇朝的胜利可说到达了顶点。心腹之患的南唐已被击灭，卧榻之侧无人鼾睡了。李煜老老实实做了“违命侯”，和南汉来的“恩赦侯”刘𬬮一同匍匐在北宋皇帝脚下。留下来的吴越小国王钱俶，不敢不年年进贡岁岁来朝，剩下一个北汉也只有挨打的份。于是以晋王为首的群臣要为赵匡胤“上尊号”。赵匡胤却还没有被胜利冲昏头脑，他以北汉割据政权尚未归顺，北方的辽国还是重大威胁为理由，坚决拒绝了。

所谓尊号，便是一顶高帽子，是给皇帝再加上一长串“光荣伟大”的称呼。如雍正称“敬天昌运建中表正文武英明宽仁信毅睿圣大孝至诚宪皇帝”，林彪高呼“伟大的领袖伟大的导师伟大的统帅伟大的舵手”……皆是也。高帽子戴在头上不舒服，宋太祖坚决不接受，尚不失为正常人。

要给赵匡胤“上尊号”的晋王，便是匡胤之弟光义，后来的宋太宗。斧声烛影之事虽未必有，在这里他总也没安什么好心。

上尊号不允　宋太祖

今汾晋未平，燕蓟未复，谓之一统，无乃过谈。仍曰太平，实多惭德，固难俞允。

【二十九字】

○本文录自《全宋文》卷七。

不杀读书人

【念楼读】 前朝柴氏子孙，如果犯罪，不可施加刑罚；即使谋反必须处死，也只能令其自尽，不可斩首示众，更不可株连族属。

不可杀天下的读书人。

不可杀对朝廷提意见的人。

以上几条，我都立过重誓。后世子孙，如有违背此誓的，必遭报应，切记毋忘。

【念楼曰】 《水浒传》说，小旋风柴进“是大周柴世宗子孙，自陈桥让位，太祖武德皇帝敕赐与他誓书铁券在家，无人敢欺负他”。“戒碑”上的对天发誓，大约便是《水浒传》这样说的根据吧，这些不说也罢。但赵匡胤立誓恪守，子孙不渝，其政治道德可信度，比起当时信誓旦旦，而口血未干，即兵戎相见的什么“德苏同盟”“日苏互助”来，谁高谁低，岂不昭然若揭。

宋太祖的誓言中，最值得注意的是“不得杀士大夫及上书言事人”。这就是保证给读书人以“上书言事”的自由，保证不以言治罪，以言杀人。

宋朝的国势并不强，而文化昌盛，立国亦久（三百一十九年，比西汉二百一十四年，唐朝二百九十年都要久），恐怕与此不无关系。

戒碑

宋太祖

柴氏子孙有罪，不得加刑，纵犯谋逆，止于狱中赐尽，不得市曹显戮，亦不得连坐支属。不得杀士大夫及上书言事人。子孙有渝此誓者，天必殛之。

【五十六字】

〇本文录自《全宋文》卷七。

〇柴氏，被宋朝取代的后周最后一个皇帝本姓柴。

民国开篇

【念楼读】 推翻清朝专制政府，建立民主共和的中华民国，谋求民生幸福，这是国民的公意，我誓必遵从，对民国效忠，为民众效力。

当专制政权全被打倒，国内秩序已经稳定，民国政府已经得到国际承认，届时我即自动解除临时大总统的职务，还政于民。

谨此宣誓。

【念楼曰】 民国元年（一九一二年）一月一日孙中山在南京就任临时大总统时宣读的誓词，乃是民国开国第一篇大文章。只用了八十一个字，要说的话便都说清楚了，而且说得十分得体。

大文章难得短，尤难得体。民国之文，我见过实物的，以南京中山陵前的碑文——

中国国民党葬总理孙先生于此

最为得体。字也庄严典重，恰如其分，不知道是不是谭延闿写的，只知道如今已少有人能作擘窠大楷，字都得写出来再放大。

孙中山是位演说家，并不以文名，“余致力国民革命”的遗嘱要言不烦，措辞得体，乃是别人代笔，但仍可以传世。

怕就怕像郭沫若题黄帝陵那样。这当视如商周铭金、泰山刻石，只能敬谨将事，才对得起老祖宗，怎么能以行书来写，再署上个人姓名，难道不怕别人去日本医院查花柳病的病历么。

就职誓词

孙　文

倾覆满洲专制政府，巩固中华民国，图谋民生幸福，此国民之公意，文实遵之，以忠于国，为众服务。至专制政府既倒，国内无变乱，民国卓立于世界，为列邦公认，斯时，文当解临时大总统之职。谨以此誓于国民。

【八十一字】

〇 本文录自《孙中山全集》。
〇 孙文，号逸仙，在日本曾化名中山樵，人称中山先生，广东香山（今中山）人。

奏对十四篇

脱祸求财

【念楼读】 道理本来是：主公如果为国事着急，臣子就应该加倍努力；主公如果被外国欺侮，臣子就应该抗争到死。二十年前在会稽被迫降吴时，臣就该死；其所以不死，完全是为了报仇雪耻，争取最后的胜利。现在国仇已复，国耻已雪，臣就该履行当时没有履行的义务，从此和大王永别了。

【念楼曰】 古来为君主出力打天下的人，打得天下后称为功臣，但随即就会倒霉，即使不被"烹"掉，也得谨言慎行，夹紧尾巴做人，日子不会好过。于是，聪明人只有及时抽身，求得平安。张良去"从赤松子游"，早就只以蒸梨为食，生活未免太苦；范蠡则偷渡出国，改名经商，发了大财，可算是"脱祸求财"成功的典型。

范蠡辞勾践，勾践也曾经挽留过，说"孤将与子分国而有之，不然，将加诛于子"。范蠡一听，走得更坚决了，还写信给文种叫他也快走，兔死狗烹的名言便是这时说出来的。文种不听，很快便被勾践赐剑逼令自杀了。

这里有一个问题，既知兔死则狗烹，又知人君"可与共患难，不可与共乐"，得赶快设法脱祸求财，又何必当初"苦心戮力与勾践深谋二十馀年"呢？如果说张良是为韩报仇，找刘老三如同开头找大铁锤，范蠡他为的又是什么呢？是不甘寂寞，想露一手呢，还是真的为了苎萝山下的姑娘呢？

为书辞勾践　　范蠡

臣闻主忧臣劳，主辱臣死。昔者君王辱于会稽，所以不死，为此事也。今既以雪耻，臣请从会稽之诛。

【三十八字】

〇本文录自《全上古三代文》卷五。

〇勾践，春秋时越国国君，前四九七年至前四六五年在位，以卧薪尝胆报仇灭吴而著名。

〇范蠡，越国大夫，力助勾践灭吴后，功成引退，变易姓名前往齐宋经商，成为巨富。

〇会稽，前四九四年，吴王夫差败越于夫椒，遂入越，勾践退守会稽（今浙江绍兴），在此被迫求和。

不如卖活人

【念楼读】 听说，赵王愿意割让一百方里土地，请魏王杀掉我。我无罪而可杀，因为无足轻重；得到一百方里土地，却是很大的利益，该向大王祝贺了。

不过有一点想请大王考虑：如果那边的土地不交割，这边的人却已经杀掉，这场交易岂不亏本了吗？我想，拿死人去做交易，卖死人，恐怕还不如卖活人稳当吧。

【念楼曰】 “与其以死人市，不若以生人市”，这话说得真有些惊心动魄。既然已经看清，自己即使贵为相国，生命仍然不过是君王手中的一枚筹码，随时可用来交易，又何不赤裸裸地将这个真相说出来，彻头彻尾揭开平日庙堂之上“君使臣以礼”的那一套，让利害关系公之于众呢。这样既能震动君王，使他明白“百里之地不可得，而死者不可复生”的道理，作出对魏国有利的选择，范座的命也就得以苟延，可以等待信陵君来解救了。

奏对文和诏令文一样属于应用文，一个是下对上，一个是上对下。如今“奏”“诏”之类字面已不常用，文体却还在应用。

广义地说，这些也都可算是议论文。而能够写得短，加之逻辑性强，理直气壮，文字生动，故能成为公认的名篇。

献书魏王

范座

臣闻赵王以百里之地，请杀座之身。夫杀无罪范座，座薄故也；而得百里地，大利也。臣窃为大王美之。虽然，而有一焉。百里之地不可得，而死者不可复生也，则主必为天下笑矣。臣窃以为，与其以死人市，不若以生人市便也。

【八十六字】

◎本文录自《全上古三代文》卷四。

◎范座，一作「范痤」，战国时相魏王为诸侯（合纵）纵主。赵王欲为纵主，故以百里地请魏杀座。

反对坑儒

【念楼读】 国家刚刚统一，外地的民心还没有归附。读书人读孔子的书，讲孔子的学说，好像也没有什么不对，朝廷却要用严法重刑惩罚他们。儿臣恐怕这样大规模镇压会影响国家的安定，恳请陛下加以考虑。

【念楼曰】 秦始皇二十六年统一天下后说："朕为始皇帝，后世以计数，二世三世，至于万世，传之无穷。"这传位第一个本该传给扶苏，因为他是长子。但扶苏在心狠手辣这一点上并不肖秦始皇，秦始皇焚书坑儒，扶苏却反对这样做。

扶苏本是法定继承人，可是他这种温和的主张，并不符合秦始皇以暴力镇压维持统治的国策。加以胡亥的野心和赵高、李斯等人的构陷，结果他不仅未能接班，还被害死，秦朝也就二世而亡了。

当统治危机深重时，统治阶层内部总会出现温和派，主张在体制内进行改革，主张实行一种比较宽松的政策，但结果总是失败。这一条历史的教训，实在非常深刻。

扶苏是秦始皇的儿子，上书时也得和别人一样称"上"称"臣"。专制政治之扼杀亲情、违反人性，在这一点上也看得十分清楚。

谏始皇　扶苏

天下初定，远方黔首未集，诸生皆诵法孔子，今上皆以重法绳之，臣恐天下不安，唯上察之。

【三十五字】

〇 本文录自《史记·秦始皇本纪》。

〇 扶苏，秦始皇长子，始皇死后被赵高等害死。

请除肉刑

【念楼读】 小女子的父亲淳于意在山东当太仓，名声一直很好，大家都说他是公正廉洁的，如今却因犯法要受肉刑。小女子知道，人死不能复生，肉体被毁伤亦无法恢复，今后想重新做人也不能够了。

小女子心疼父亲，恳请免除他的肉刑，愿以自身充当公家的奴婢，受苦受累也无怨无悔，只求父亲能有改过自新的机会。

【念楼曰】 从《史记·扁鹊仓公列传》看，淳于意还精通医术，他当太仓长应该没有不廉洁的问题，“坐法当刑”可能是管仓事忙，“不为人治病，病家多怨之者”引起的。

淳于意生有五女，被捕时五个女儿跟着他哭，他骂自己生女不生男，有事无人奔走效力，激发了小女儿缇萦的志气，于是她陪送父亲一直到长安，并且为父亲上了这封书。“上（汉文帝）悲其意，此岁中亦除肉刑法。”

肉刑分刺面、割鼻、断足、阉割、杀头五种，都要毁伤人的肉体，极不人道。缇萦上书后，文帝诏令废除了部分肉刑，或以笞杖代之，刑法有了些改良。

缇萦愿入为官婢以赎父刑，历来被誉为孝女。其实这只是对专制统治严刑苛法的一次控诉，肉刑亦未全部废止，后来司马迁得罪了汉武帝，还是被阉割了。

上书求赎父刑　淳于缇萦

妾父为吏，齐中皆称其廉平，今坐法当刑。妾切痛死者不可复生，而刑者不可复续，虽欲改过自新，其道莫由，终不可得。妾愿没入为官婢，以赎父刑，使得改过自新也。

【六十四字】

〇本文录自《全汉文》卷五十七。

〇淳于缇萦，临淄人。淳于意（仓公）之女，曾为父上书，汉文帝悲其意，除肉刑法。

自告奋勇

【念楼读】 臣毫无在草原上建立军功的经验，五年来空占着近卫的编制。值此边境形势紧张之际，理应奔赴前方，直接参加战斗，却又缺少训练，不谙军事。

听说朝廷要派人出使匈奴，去进行决定战或和的最后谈判。臣愿充当使团的一名随员，决心不顾个人的祸福，在匈奴国王面前捍卫我汉朝的尊严。

臣所恨者，只是被认为年纪轻，资历浅，缺乏办事经验，难以独当一面，担负主要的出使任务。

【念楼曰】 跑官要官的古已有之，终军自请出使匈奴便是一例。但此人要官有其特点：（一）要的官是个危险的官；（二）要官是要得功不是要得禄，故多豪气而无奴气；（三）要官的这份报告写得好。

终军是济南人，《汉书》说他“少好学，以辩博能属文闻于郡中”，十八岁便被选为博士弟子，到长安上书言事，得到汉武帝的赏识，当上了谒者给事中。从此朝中有事，他总积极发言，屡受嘉奖。当武帝要对匈奴用兵并遣使时，终军便自告奋勇。

武帝览书后，即提拔终军为大夫，令其出使南越。终军踌躇满志地说：“愿受长缨，必羁南越王，而致之阙下。”但事与愿违，长缨虽然在手，缚住苍龙仍不能不付出代价，二十几岁的终军竟于元鼎四年（前一一三年）在南越被杀掉了。

请使匈奴书

终军

军无横草之功。得列宿卫。食禄五年。边境时有风尘之警。臣宜披坚执锐。当矢石。启前行。驽下不习金革之事。今闻将遣匈奴使者。臣愿尽精厉气。奉佐明使。画吉凶于单于之前。臣年少材下。孤于外官。不足以亢一方之任。窃不胜愤懑。

【九十字】

○本文录自《汉书·终军传》。

○终军，汉武帝时人，后出使南越被杀。

疏还是堵

【念楼读】 古时黄河下游，分流的河道很多，称为九河。现在九河堵的堵淤的淤，水只走一条道，光靠修堤就堵不住了。查考文献，治水也只讲疏浚河道，开河行洪，从未讲过什么修堤堵口。如今河水多从魏郡向东北横流，河床难以稳定，就是苦于没有畅流的水道。

窃以为，天下人多少辈的经验应该重视；四海之内，通晓水情水性者总是有的。建议朝廷广泛征召水利人才，任用主张并能着手疏浚水道的人员。

【念楼曰】 大禹治水，用的方法就是“疏”——疏浚河道，加深河床，使水走水路走得快，因而取得了成功。他父亲鲧的方法与之相反，是“堙”——水来土挡，不仅难于挡住，而且这些土最后都到了水里头，水越来越高，终于“洪水横流，泛滥于天下”，鲧也以失职被处死了。平当在汉哀帝时上奏，建议“浚川疏河”，用大禹之法治水。此建议两千多年来却一直未被采纳，以致如今的黄河完全成了一条地上河。

平当的意见虽未被采纳，他本人却没受丝毫影响，随即拜相封侯，荫及子孙了。一九五七年写《花丛小语》的水利专家黄万里，不同意按苏联专家的设计修三门峡水库，意见后来被证明正确，却被打成“极右分子”，比起古人来，真是比窦娥还冤。

奏求治河策

平当

九河今皆填灭．案经义．治水有决河深川．而无堤防壅塞之文．河从魏郡以东北多溢决．水迹难以分明．四海之众不可诬．宜博求能浚川疏河者．

【五十六字】

○本文录自《全汉文》卷四十九。

○平当，汉哀帝初领河堤事，上此书。

一把菜

【念楼读】 七八十年前明帝在位的时候，皇妹馆陶公主要求皇上让她的儿子到中央做郎官；皇上不肯，只给她一千万钱。有人问为什么宁可给她这么多钱，却不肯让她的儿子做个不小不大的“郎”？皇上说：“郎官的位置很重要，得选用德行好的人，不是我的外甥便可以做得的。”

如今陛下却将此职位视如一把菜，随便给人。明帝眼中千万钱不能换的，如今几斤萝卜白菜就换得了；这样任意贬低朝廷名器的价值，臣以为欠妥。

【念楼曰】 小时读《滕王阁序》，有“人杰地灵，徐孺下陈蕃之榻”一句，后来看《后汉书》，才知此榻是为“高洁之士，前后郡守招命莫肯至，唯蕃能致焉”的周璆特置的；但不管怎样，陈蕃总是个爱才好名的人，也许只有这样的人，才能上谏书、顶皇帝吧。

君主专制时代，用人本是君主的特权。贤君不胡乱用人，宁可“赐钱千万”给妹妹，也不让她那无德无才的儿子做“郎”。《汉书·百官公卿表》载，“郎，掌守门户，出充车骑”，虽不算什么大官，也是天子身边的人，自然“以当叙德，何可妄与人耶”，明帝做得不错。但陈蕃所谏的桓帝却是一个昏君，将官位视如一把菜，随便给人，就根本谈不到什么“叙德”，什么“量才”了。

但桓帝容得陈蕃这样直率的批评，仍属难得。陈蕃之死，亦出于桓帝死后的宦官之手，与桓帝并无关系。

谏妄与人官　　陈蕃

昔明帝时，公主为子求郎，不许，赐钱千万。左右问之，帝曰，郎，天官也，以当叙德。何可妄与人耶，今陛下以郎比一把菜，臣以为反侧也。

【五十一字】

○本文录自《全后汉文》卷六十三。

○陈蕃，东汉桓帝时为官，有直声。

○明帝，光武帝子，五七年至七五年在位。

○以当叙德，『当以德叙』之意。

攻其一点

【念楼读】 太史令许芝所举荐的韦抱，为学治事既不能遵循古圣昔贤的轨范，又不能作为同辈和后进的表率。其个人品格，亦颇贪鄙，每逢朝廷举行祭典，分祭肉的时候，总要和经手办事的小吏们争多少，有时拿去了上百斤，他还嫌少呢。

【念楼曰】 汉时太史令掌天文历法，兼管修史，要书读得多的人才做得。所举荐的官员，也该是读书守礼之人，即使还不足以高风雅量博得同僚敬重，又何至于这样不堪，下作到与分祭肉的小吏说少争多，“自取百斤，犹恨其少”呢？

高堂隆反对擢用太史令许芝举荐的这个韦抱，所用的手法，正所谓“攻其一点，不及其馀”。但这一点的确是韦抱的要害，分祭肉是在庙堂之上进行的事情，正该礼让为先，表现出一点雍容大度；他却斤斤计较，身份、面子全都不顾，如此自私小器，又怎么适宜太史令来向皇上举荐呢？

分肉争多少，看来只是生活中一小事，但从这类小事上，正可以看得出一个人的品格和气质，虽似与德才等大端无关，却也不可忽略。王氏诸郎在郗家来择婿时“咸自矜持”，只有羲之“在床上坦腹卧，如不闻”，差别亦很细小，却成了胜出的理由；宇文士及在宴会上切肉后以饼拭手，唐太宗见之不悦，随后又见他将此饼卷起来吃掉，才放心委以政事。这类因小见大的故事，都能发人深省。

上韦抱事　高堂隆

太史许芝所举韦抱，远不度于古，近不仪于今。每祭与吏争肉，自取百斤，犹恨其少也。

【三十三字】

○ 本文录自《全三国文》卷三十一。

○ 高堂隆，汉魏时泰山平阳（今山东新泰）人。

○ 许芝，魏文帝黄初中为太史令。

如何考绩

【念楼读】 国家的大事，第一是农耕生产，第二是练兵作战。只有农业发展，衣食足了，才能练出强兵；有了强兵，战争才能取胜。所以农事实在是胜利的根本。孔子说足食足兵，也是将“食”放在“兵”之前。

要解决“食”的问题，就要多产粮，多积粮。因此，就要以地方粮食储备的多少和人民生活水平的高低，作为干部考绩提升的依据。这样，有志上进的人，就会把心思放在搞好农村工作，发展农业生产上，拉关系、找门路、请客送礼的自然会少，社会风气也会变好。

【念楼曰】 邓艾是司马懿的人，《三国演义》结尾诗云，“钟会邓艾分兵进，汉室江山尽属曹”，这“曹”该改成“司马”或“晋”吧。但邓艾伐蜀成功，却被诬斩，够冤的。

他上言积粟是伐蜀前当兖州刺史时的事，这却是很对的，尤其是建议“使考绩之赏，在于积粟富民”，以粮食产量和农民收入作为考核地方干部的硬指标，更是绝对正确，正确之至。

听说如今“跑官要官”之风正盛，高升的官位可以跑得来，要得来，甚至买得来，那就不必扎扎实实，埋头苦干，想方设法去提高粮食产量，帮助农民增加收入了。邓艾如果生在今天，不知会怎样上言，想想也蛮有味，总不会因此再一次被诬斩吧。

上言积粟　　邓艾

国之所急.惟农与战.国富则兵强.兵强则战胜.然农者.胜之本也.孔子曰.足食足兵.食在兵前也.上无设爵之劝.则下无财畜之功.今使考绩之赏在于积粟富民.则交游之路绝.浮华之源塞矣.

【七十四字】

○ 本文录自《全三国文》卷四十四。
○ 邓艾,三国时棘阳(今河南南阳)人。

魏与吴

【念楼读】 当前的大敌是曹魏，不是孙吴；若先击灭魏国，吴人自会屈服。如今曹操虽死，曹丕却公然篡汉窃国，汉室臣民无不痛恨。正当出兵讨逆，先夺关中，控制黄河和渭水的上游，定能得到中原反曹力量的支持。不应将魏放在一边，而去攻打吴国。这样扩大打击面，是无法速战速决的。

【念楼曰】 儿时看小说，总是替古人担忧。看《三国演义》看到“汉王正位续大统”后，放着“废帝篡炎刘”的曹丕不去对付，却要兴兵伐吴，也替他着急。两面作战，向来是兵家大忌，二战中德国如果不打苏联，日本如果不袭珍珠港，可能也不会败得这样快。

在小说中，第一个“谏伐孙权”的也是赵云，赵云的第一句话也是“国贼是曹操，非孙权也”；但下面的“汉贼之仇，公也，兄弟之仇，私也，愿以天下为重”，就是小说家言了。

赵云“长坂坡前救阿斗”，乃是一身都是胆的战将，但他也有远大的战略眼光。刘备在联合谁对付谁和两面作战这些大问题上犯错误时，他能如此极言直谏，实在可嘉。

刘备没有听赵云的话，却仍然信任他，也很可嘉。

谏伐孙权疏　　赵云

国贼是曹操，非孙权也。且先灭魏，则吴自服。操身虽毙，子丕篡盗，当因众心，早图关中，居河渭上游，以讨凶逆，关东义士，必裹粮策马以迎王师。不应置魏，先与吴战。兵势一交，不得卒解也。

【七十二字】

○本文录自《三国志·赵云传》注引《云别传》。
○赵云，三国时常山真定（今河北正定）人。

不能看

【念楼读】 陛下每日一言一行，要由担任拾遗补阙、谏议工作的史臣如实记载，并及时进谏。这“起居注”乃是历代遗留下来的规矩，目的是使皇上能够多做好事，少做不好的事。这些记载不能由陛下自己取去看和改，注记工作更不能取消。

陛下该注意的是，自己怎样多做应该做的事，而不是怎样使臣只记好事，不记不好的事。陛下如果做了不该做的事、错误的事，即使臣不记载，全国臣民人人都可以记载，绝对是瞒天下后世人不住的。

在我的心目中，陛下就是太宗皇帝；希望陛下也能允许我学习褚遂良，做好“起居注”的工作。

【念楼曰】 魏谟是魏徵的五世孙，唐文宗太和年间中进士后，先后做了右拾遗、右补阙，直言敢谏，“似其先祖”。开成年间转任起居舍人，拜谏议大夫，专门负责“起居注”的工作。有次文宗派宦官来要取“起居注”去看，魏谟加以拒绝，上了此奏。

文宗览奏后，召见魏谟，说：“在你之前，我是常常要看一看的。”魏谟说：“那是史臣失职，我岂敢再让陛下违规；如果注记要经陛下看过，执笔的史臣难免心存回避，所记的便不会完全真实，怎能取信于后代。”文宗只得让步。

如今没有“起居注”了，但新闻报道仍然日日时时在“注”着国家领导人，缺少的只是像魏谟这样的人。

请不取注记奏　　魏　谟

臣以自古置此．以为圣王鉴戒．陛下但为善事．勿冀臣不书．如陛下所行错误．臣不书之．天下之人皆得书之．臣以陛下为太宗文皇帝．乞陛下许臣比职褚遂良．

【六十二字】

〇本文录自《全唐文》卷七百六十六。

〇魏谟，唐朝人，魏徵五世孙。

〇文皇帝，指太宗李世民。

〇褚遂良，唐太宗时为谏议大夫，多次进谏被采纳。

赏艺人

【念楼读】 从前陛下统军抗战时，受重伤的战士，所得奖赏不过几匹绸布。现在供陛下娱乐的艺人，一句台词、一个笑话出了彩，便赐给他成捆的丝绸，数以万计的金钱，还有锦袍和银带。战士们见到了，难道心中不会不平？如果军心涣散了，以后陛下又靠谁来保卫国家呢？

【念楼曰】 历朝历代的帝王，国力强盛时“万国衣冠拜冕旒”，称“天可汗”；国力衰弱时便以金帛、公主“和番”，称“儿皇帝”，都明明白白记载在二十一史上。桑维翰做官的后晋朝，石敬瑭是“儿皇帝”，石重贵是“孙皇帝”，他们在契丹面前是儿孙，在本国臣民面前仍然是至高无上的皇帝，尽可以荒淫无度，任意胡来。艺人的“一谈一笑”，只要称了他们的心，“束帛万钱，锦袍银带”，想赏多少便是多少。

艺人在历史上的社会地位不高，属于“下九流”，“娼优隶卒”连子弟读书应试的权利都没有；收入却一直有高的，若能“色艺双绝”，服务到家，一夕万钱并非难事。这是凭天生丽质和日夜辛劳才能得到的，别人也不该眼红（战士见之觖望是另一回事）。不过钱尽可让他（她）们多拿，名声上和政治上特别加以恭维则似无必要。将陈寅恪和“粤剧名伶”同时请到高级知识分子座谈会上去发言，让彼此都觉得别扭，真是何苦。

谏赐优伶无度疏　桑维翰

向者，陛下亲御胡寇，战士重伤者，赏不过帛数端。今优人一谈一笑称旨，往往赐束帛万钱、锦袍银带。彼战士见之，能不觖望？士卒解体，陛下谁与卫社稷乎？

【六十字】

◎本文录自《全唐文》卷八百五十四。

◎桑维翰，五代时人，仕于后晋。

长乐之道

【念楼读】 臣在河东任职时，因公往中山，经过井陉，山路十分险峻，于是驾车特别小心，深恐马失前蹄，车轮偏滑，幸得无事。过山以后，到了大路上，以为平安了，便大意起来，反而出事受了伤。

由此可见，在危急的形势下，人谨慎小心，便比较安全；在平顺的境遇中，人疏忽懈怠，反而易出危险。这乃是人情物理的常态，应该从中吸取必要的教训，那就是：越是平安顺利的时候，越不能忘记危险的存在，越应该提高警惕。

【念楼曰】 长乐老冯道历来名声不佳，因为他"身事四朝"，和传统伦理观念的"从一而终"不合。其实他一开头"为河东掌书记"，就在李存勖手下做事，李建立的后唐只有十四年，接上来的后晋也只十一年，后汉更短，不过四年，后周九年他却只干三年便死去了，一共只做了三十二年的官。

五代时军阀混战，情形和北洋时期差不多，谁占了北京谁就当总统、执政、大元帅。不过那时称皇帝，改国号，换一个人，就称一"代"了。军阀们争的是帝位，国事却是不管，也管不好。但国事总得有人管，冯道便是管事人之一，而且管得较好，做了不少好事，如校印"九经"。当然他也有他的"长乐之道"，"安不忘危"即是其一。以这点亲身体会提醒君王，对双方都有好处。长乐之道，似乎亦有可取。

论安不忘危状

冯道

臣为河东掌书记时，奉使中山，过井陉之险，惧马蹶失，不敢怠于御辔；及至平地，谓无足虑，遽跌而伤。凡蹈危者，虑深而获全；居安者，患生于所忽：此人情之常也。

【六十二字】

○本文录自《全唐文》卷八百五十七。

○冯道，五代时瀛州景城（今河北沧州）人。

○河东，唐时河东道领山西及河北、内蒙古一部分。

○中山，今河北定州一带。

○井陉，为山西进入河北的要隘。

拜佛无用

【念楼读】 过去梁武帝虔诚地信佛拜佛，刺出血来抄佛经，舍身入寺当和尚，下跪对方丈长老磕头，解散头发铺在地上让众僧踩。这样做的结果如何呢？结果却被侯景围困在台城，活活饿死了。

如今陛下也信佛拜佛，虔诚的程度，似乎还做不到刺血、舍身、下跪、踩发的程度。那么以后佛、菩萨给陛下的保佑，也未必会比给梁武帝的还多吧。

【念楼曰】 李后主乃“词中帝王”，要他在人世上做帝王本不行，何况他还这样信佛。当北宋兵临城下时，他的唯一办法，就是到佛寺去烧香许愿，结果如何，可想而知。

帝王家信佛，本来就滑稽。佛教主张清静无为，和帝王家的荣华富贵，乃是根本对立、不可调和的，除非像释迦牟尼那样，抛弃掉这一切，坐到菩提树下去，这又岂是李后主这样的人所能做到的呢？

后主是在“春殿嫔娥鱼贯列”的环境中长大的人，不同的是，比起别的帝子王孙来，他还多了一颗诗人的心，在“胭脂泪，相留醉”的氛围中，能够生发“人生长恨水长东”的感慨，写出好词来。但即使如此，这一片痴情，仍为佛家所戒，佛法不容，祈求南无阿弥陀佛来保护他的小朝廷只能是妄想。

谏事佛书

汪　焕

昔梁武事佛，刺血写佛书，舍身为佛奴，屈膝为僧礼，散发俾僧践，及其终也，饿死于台城。今陛下事佛，未见刺血践发舍身屈膝，臣恐他日犹不得如梁武也。

【六十字】

〇本文录自《全唐文》卷八百七十。

〇汪焕，五代南唐人，事后主，为校书郎。

箴铭九篇

低姿态

【念楼读】 一接受任命，便恭敬地把头低；再接受任命，我的头低得更低；第三次受命，弯下腰深深鞠躬，走路总挨着墙基——能够这样做，便没谁会将我欺。

（这是我家煮粥的锅，）稠的总煮在这里头，稀的也煮在这里头，够吃了便别无所求。

【念楼曰】 正考父的曾祖弗父何是宋闵公的儿子，本可继位为国君，却让位给了宋厉公。正考父有显赫的家世，本身又历佐三代宋君（戴、武、宣），在朝中有很高的地位。但他却是"恭而有礼"的典型，铸在自家鼎上的这一铭文，便是他的家训——他居家处世的格言。

据《左传》记载，鲁国的大夫孟僖子将死时，举正考父鼎铭为例，说明礼让是做人的根本，正考父"其共（恭）也如是"，可谓"有明德者"，"若不当世，其后必有达人，今其将在孔丘乎"。

孔丘即是孔子，正是正考父的后人，此时已经三十五岁了。接着孟僖子又交代，要让他的两个儿子说（南宫敬叔）、何忌（孟懿子）师事孔子，"学礼焉，以定其位"。

铸鼎传世，是只有贵族之家才能办的事。宋戴公、宋武公、宋宣公三代，正当周宣王二十九年至平王四十二年，即公元前七九九年至前七二九年间，去今已二千八百年，这铭文可算是本书中最古老的一篇文字。

鼎铭

正考父

一命而偻。再命而伛。三命而俯。循墙而走。亦莫余敢侮。饘于是。鬻于是。以糊余口。

【三十一字】

○本文录自《左传·昭公七年》。

○正考父，春秋时宋国人，孔子的祖先。

少开口

【念楼读】 不能理解你的人，有什么必要再对他多说？

能够理解你的人，不必多说他自然会明白。

当幕僚好发议论，别人会觉得你心肠难测。

对事物稍作批评，别人又说你整人要不得。

难道教训还不够，害自己硬要害到头发白。

【念楼曰】 箴铭为最古老的文体之一，《礼记》记汤之盘铭曰：

苟日新，日日新，又日新。

这和正考父的鼎铭一样，都已成为古典。

箴铭通常都有韵，祭文也往往有韵，但一般都将这两种文体归于散文而不归于韵文。祭文有长有短，箴铭则都很短。现在祭文变为悼词，题词则可视为箴铭的遗裔，而写得好的越来越少，堪诵读的就更少了。

本篇为韩愈三十八岁时所作《五箴》的第二篇。一般认为，“幕中之辩”说的是他在董晋、张建封手下的经历，“台中之评”说的则是他任监察御史时上疏得罪这件事。

韩愈作《言箴》，警惕自己少开口，因为他已经吃足了自己嘴巴子的亏。但人生了嘴巴总要说话，为了尽自己的责任，争自己的权利，有时更非说话不可，“夕贬潮阳路八千”终于还是难免。

言箴　韩愈

不知言之人，乌可与言。知言之人，默焉而其意已传。幕中之辩，人反以汝为叛。台中之评，人反以汝为倾。汝不惩耶，而呶呶以害其生耶。

【五十二字】

◎本文录自《全唐文》卷五百五十七。
◎韩愈，字退之，唐河阳（今河南孟州市）人，古文唐宋八大家之一。

后有来者

【念楼读】 篆书写得极好的李斯死去以后，过了一千年，到我们唐朝，才又出现一个篆书写得极好的李阳冰。现在李阳冰又已经死去了，以后还能不能再出现这样的篆书大师呢？

即使还会出现，恐怕也得在千年以后吧，谁能够等待如此之久呢？如果千年之后还继起无人，篆法恐怕也就到此为止了。保存着这六幅李阳冰篆书真迹的主人啊，为我们好好地珍藏着吧！

【念楼曰】 在这篇铭文之前，舒元舆还写了篇六百多字的《玉箸篆志》，说他在长安得见“同里客”所得李阳冰玉箸篆真迹，“在六幅素（白绸）”，将其挂于堂上，“见虫蚀鸟步痕迹，若屈铁石陷入屋壁，霜画照著，疑龙蛇骇解，鳞甲活动，皆飞去”。

志文说，李斯的篆书，“历两汉三国至隋氏，更八姓无有出其右者”，唯李阳冰“独能隔一千年，而与秦斯相见”，而且“议者谓冰愈于斯，吾虽未登峄山（看李斯刻石），观此（阳冰真迹）可以信矣”。

古时讲政治必推尧舜，讲道德必推孔孟，讲篆书必推李斯，讲行草必推王羲之，都把祖师爷立为最高的标准，前无古人，后无来者。林彪说天才的领袖几百年上千年才出一个，也没人敢说个“不”字。舒元舆却不简单，能为“愈于（李）斯”的李阳冰作铭，说明后有来者。

玉箸篆志铭

舒元舆

斯去千年，冰生唐时，冰复去矣，后来者谁？后千年有人，谁能待之？后千年无人，篆止于斯。呜呼主人，为吾宝之。

【四十二字】

〇本文录自《全唐文》卷七百二十七。

〇玉箸篆，篆书的一种，笔法圆润若玉箸，故名，亦以之称通行的小篆。

〇舒元舆，唐东阳（今属浙江）人，元和进士。

谁坑谁

【念楼读】 秦朝的政策专整读书人，苦的是秦朝的百姓们。

读书人统统都被活埋了，秦朝的天下也就覆亡了。

万千百姓为读书人雪恨，是他们打碎了秦皇的梦。

是秦朝埋葬了读书人，还是读书人埋葬了秦朝廷？

【念楼曰】 秦始皇坑儒的原因，一是怕儒生（知识分子）“为妖言惑乱黔首”（散布不利于专制统治的思想言论，使得老百姓不听话），二是卢生、侯生敢逃走不为他求“仙药”，于是他要杀人泄愤。坑的方法则是先设骗局，利用温泉制造“瓜冬生实”的假象，让诸生集中起来讨论、争鸣，然后一举而坑之。这确实是残暴而又邪恶的行为，是极权主义的“标志性事件”。

对于坑儒这件事和坑儒者秦始皇，从来都没有人说好。只有一位李卓吾，说秦始皇是千古一帝，恭维他。这位先生也不想一想，如果到秦始皇治下去发表不同意见，那就会被腰斩、车裂，或者像儒生那样集体活埋，怎能留一个全尸造“李卓吾之墓”？《焚书》《再焚书》等著作也会真的成为“焚书”，怎能留到今天？司空图写了《秦坑铭》，另外还有首《秦坑诗》，末云：

> 坑灰未冷山东乱，刘项原来不读书。

说得真对。君不见，斯大林、贝利亚统治的垮台，亦应归功于亿万人民通过“体制内的”叶利钦、戈尔巴乔夫发力，与“坑”掉了的古米廖夫等“儒生”其实并无多少关系。

秦坑铭

司空图

秦术戾儒．厥民斯酷．秦儒既坑．厥祀随覆．天复儒仇．儒绝而家．秦坑儒邪．儒坑秦邪．

【三十二字】

〇 本文录自《全唐文》卷八百八。

〇 司空图，字表圣，唐虞乡（今山西永济）人。

上天难欺

【念楼读】 国家给你的每一个钱,都浸透了老百姓的汗和血。

若敢对百姓作威作福,天理和国法你都应该晓得。

【念楼曰】 此铭文原有二十四句,为五代后蜀国主孟昶所作。宋太宗摘出四句,作为"御制",后由黄庭坚写了刻成:

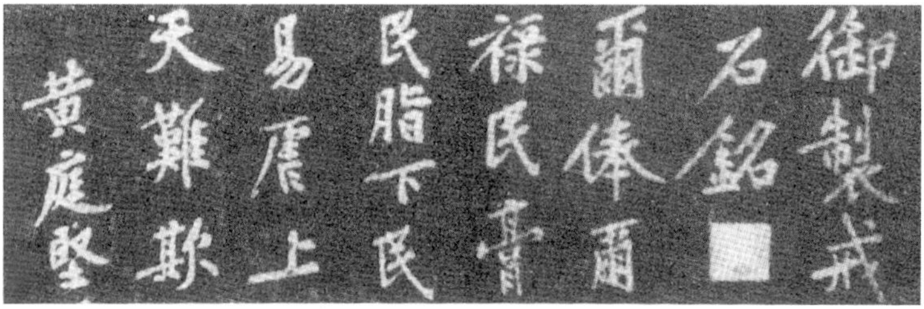

颁行州县,诫官吏不得贪虐。但据袁质甫《瓮牖闲评》载,有的州县的老百姓便在这四句的下面各加了一句,成为:

尔俸尔禄,只是不足。
民膏民脂,转吃转肥。
下民易虐,来的便捉。
上天难欺,他又怎知。

本来专制政体就是虐下民的,官吏则是"虐下民"的工具。即使出了个把像孟昶这样的君主,想约束一下手下的官吏,事实上也是不可能的。

戒石铭　孟昶

尔俸尔禄，民膏民脂，下民易虐，上天难欺。

【一十六字】

○本文录于《全唐文》卷一百二十九，原有二十四句，但后来刻石传世的只此四句。

○孟昶，五代十国时后蜀后主。

抓住今天

【念楼读】　今天不学，还有明天。

今年不学，还有明年。

一天一天，一年一年。

人生易老，青春难延。

晚年追悔，也是枉然。

劝君努力，抓住今天。

【念楼曰】　七十年前进学堂，劝学的诗文读过不少。文如“人之立志，顾不如蜀鄙之僧哉”，诗如“读书之乐乐何如，绿满窗前草不除”之类，早就记不全了。朱子这一首，却是至今都还记得，写得短，又顺口，恐怕是它易记住的主要原因。

然而，在我辈普通儿童身上，劝学的作用却是很渺茫的。从五六岁到十二三岁，大多数人恐怕都有过厌学的时候，我便是这大多数中的一个。先生在课堂上教读《四时读书乐》七律四首，学生们私下里却在传诵“春天不是读书天，夏日炎炎正好眠……”这比什么“瑶琴一曲来薰风”“数点梅花天地心”更易记住，很快便可以连环倒背。

说也奇怪，淘气的那几年过去以后，却又自然而然地用起功来了，而且并不是读《劝学说》和《四时读书乐》之效。因此我觉得，朱熹这一篇恐怕也起不了医治懒病的作用，不过可以当作写得好的短文章读读而已。

劝学说

朱熹

勿谓今日不学而有来日，勿谓今年不学而有来年。日月逝矣，岁不我延。呜呼已矣，是谁之愆。

【三十六字】

○本文录自《朱子文钞》。

○朱熹，字元晦，南宋婺源（今属江西）人。

廉生威

【念楼读】 下级不怕我威严，只怕我不要钱。

百姓不相信我精明，只相信我办事公平。

办事公平，百姓就不会送礼求情。

不贪不污，下级就不敢马马虎虎。

只有公平，眼前才会是一片光明。

只有不贪污，别人才不会骂你是猪。

【念楼曰】 曹端虽然以理学闻名，但也做过州学正，这是相当于市教育局局长的官。讲“廉”“平”是得经过考验才行的，史称曹端死在霍州（今山西霍州市）任上，“州人为罢市巷哭”，那么“民不敢慢”“吏不敢欺”应是事实，这《官箴》他自己总是能够认真遵守的。

中国社会古来一直是专制的，虽说专制和腐败是一对孪生子，不民主便不可能有真正的公平和正义，也不可能有普遍的清廉。但道德操守优秀的个人，在任何社会里总是有的，人数当然没有真坏蛋和伪君子多。其中一些有名的廉吏、清官，他们的特立独行和人格力量，永远值得人们敬佩，包括他们留下的片言只语，如“公生明，廉生威”。

官箴

曹端

吏不畏吾严·而畏吾廉·民不服吾能·而服吾公·公则民不敢慢·廉则吏不敢欺·公生明·廉生威·

【三十六字】

○本文录自曹端《月川语录》。

○曹端，明渑池（今属河南）人，人称月川先生。

集句为铭

【念楼读】 外形完全是一段枯木，不是吗？

其中完全积满了冷灰，不是吗？

这样的东西，只有你才会送、我才会收，不是吗？

【念楼曰】 这是采用“集句”形式而作的一篇器物铭，全文只有三句。所铭的器物为一木瘿炉，即是利用天然树瘤为外壳，内加炉胆做成的香炉。

形固可使如槁木，而心固可使如死灰乎？

这两句是《庄子·齐物论》中的名句。

惟我与尔有是乎！

这一句则是孔子对颜渊讲的话，出自《论语》。

用“集句”的形式作诗文，是一种传统的创作方式，也是文人卖弄自己读得多、记得住、用得活的一种方法。诸子群经，记得住不足为奇；用来作玩物的铭文，带有游戏的味道，便显得聪明了。

树瘤挖成的香炉本极少见，对送来的人说“惟我与尔有是乎”，恰合口吻。而树瘤之“形”正是槁木，香炉“心”中装的正是死灰；借庄子和孔子这两段话“铭”木瘿炉，不仅形容得天衣无缝，由儒、道两家祖师爷来称赞香炉这件禅房中的器物，又特别带有一些调侃的趣味。

木瘿炉铭

陈继儒

形固可使如槁木乎。心固可使如死灰乎。惟我与尔有是乎。

【二十三字】

◯ 本文录自《陈眉公集》。
◯ 陈继儒，号眉公，明末华亭（今上海松江）人。

第一清官

【念楼读】 一粒米，一根纱，不该拿的决不拿；

吃的饭，穿的衣，都是百姓供养的。

对百姓宽一分，天下受益不止一分；

向百姓要一文，我为人便不值一文。

说什么往来应酬都是如此，其实是掩盖自己的无耻；

如果不是不明不白的东西，怎么会悄悄送来我屋里？

【念楼曰】 张伯行是康熙整顿吏治树立的样板，上谕称之为“天下第一清官”，这是他任督抚时传谕府、州、县官的檄文，亦可算作箴铭。

据公私记载，张伯行的清廉是过得硬的。因为反贪污受贿，他得罪的人多，经手的事也多，在山东曾发仓谷二万二千多石赈饥，在福建请发帑五万两购粮平抑米价，在江苏时库银亏空三十四万两，康熙五十年江南乡试又发生了舞弊大案。不满他的人有的很有势力，如总督噶礼便是康熙乳母的儿子，曾多次攻讦他在这些事情上“有问题”。康熙也曾派人彻查，结果证明他一文未取。噶礼等人后来反而都落马了，因为他们实在禁不起问“此物何来”，当然也还有别的原因（如噶礼的“不孝”）。

禁馈送檄

张伯行

一线一粒，我之名节，一厘一毫，民之脂膏。宽一分，民受赐不止一分，取一文，我为人不值一文。谁云交际之常，廉耻实伤，倘非不义之财，此物何来。

【五十六字】

○本文录自《清稗类钞·廉俭类》。

○张伯行，清仪封（今河南兰考）人。

书序十四篇

何必从严

【念楼读】 颁行法令，是为了规范人民的行为；实施刑罚，是为了防止人们犯罪。但是，有些地方，有的时候，刑法虽不很严，维持秩序的武力虽不很足，社会还是十分安定，这是什么缘故呢？就是因为做官的自己不胡来，办事讲情理，执法能公平。看来国家要稳定，也不一定要天天“严打”，事事“从严”啊！

【念楼曰】 要进行统治，便得讲求统治之道。统治之道的精义，则在恰当地掌握“宽”“严”二字。

《左传·昭公二十年》记述郑子产的政治遗嘱云：“唯有德者能以宽服民，其次莫如猛。”猛就是严。

子产的继任者“不忍猛而宽”，于是“郑国多盗”；转而用猛，“尽杀之”，盗就“少止”了。孔子知道以后，深有感慨地说：

> 政宽则民慢，慢则纠之以猛；猛则民残，残则施之以宽。宽以济猛，猛以济宽，政是以和。

能够照孔子说的这样做，宽严（猛）相济，统治之道得乎其中，“政是以和”，就能够得到和谐了。

但子产和孔子还忽略了一点，那就是统治执行者——官吏的重要性。官若不能“奉职循理”，政宽时老百姓也得不到多少实惠，从严时残民以逞的事情则会更多。

所谓循吏，即是并不刻意追求政声政绩，却能够遵纪守法认真执法的官吏。循吏一多，社会上的乱，也不会大乱。

循吏列传序

司马迁

太史公曰：法令所以导民也，刑罚所以禁奸也。文武不备，良民惧然身修者，官未曾乱也。奉职循理，亦可以为治，何必威严哉。

【四十八字】

○本文录自司马迁《史记·循吏列传》。

○司马迁，字子长，西汉夏阳（今陕西韩城）人。

孝与非孝

【念楼读】 孝是首要的道德，经是永恒的真理。所以《孝经》是最重要的经典，也是规范人伦最根本的准则。

我避难到南城山，住在岩壁下，想念先人，追慕古圣贤，于是，利用闲暇的时间，按照我所领会的孔夫子的见解，作了这部《孝经注》。

【念楼曰】 《孝经》为儒家基本经典之一，从汉代起即列入“七经”。郑玄是当时的大学者，《后汉书》本传说，玄所注七经，“几百馀万言”，后来我们长沙（原善化）皮锡瑞作《孝经郑注疏》，收入《四部备要》，寒斋亦藏有一部。

《孝经》原说是曾子所作，“开宗明义章第一”的开头一句是：“仲尼尻。”郑注云：

> 仲尼，孔子字；尻，讲堂也。

即使在今天，我们都知道孔子字仲尼，“尻”这字却多半还要查字典；可见在一千八百年前，郑玄注经书，对于典籍的流传普及，确实功不可没。

《孝经》我没认真读过，“五四”时施存统作《非孝》，我在高中时读后却十分赞成。父慈子孝，本只是家庭伦理，此乃是人性的自然流露，本不该“非”它；但传统宗法社会所提倡的“孝”，却是下对上的无条件服从，推及于政治（所谓“以孝治天下”），统治者都成了“民之父母”，“天下无不是的父母”，老百姓只有服从的份，这就不能不“非”之了。

孝经注序

郑玄

孝经者，三才之经纬，五行之纪纲。孝为百行之首，经者不易之称。仆被难于南城山，栖迟岩石之下，念昔先人馀暇，述夫子之志，而注孝经。

【五十三字】

○本文录自《全后汉文》卷八十四。

○郑玄，字康成，后汉时北海高密（今属山东）人。

○南城山，在山东费县，即曾子葬父处。郑玄遭黄巾之乱，避居于此。

写得漂亮

【念楼读】 魏王西征，我留守谯郡。其时，繁钦负责管理王府（也就是丞相府）的事务，和我在一起。他发现薛访所蓄乐队中，有个歌童的嗓子特别好，能够发出像笳管那样的高音，便在写给我的信中极力形容、称赞他。虽不免言过其实，但繁钦的文章写得好，从那时起我便是知道的了。

【念楼曰】 曹丕说繁钦"其文甚丽"，就是说他的来信写得漂亮。在《文选》卷四十里，此信题为《与魏文帝笺》，现节抄如下：

> 顷诸鼓吹广求异妓，时都尉薛访车子，年始十四，能喉啭引声，与笳同音。白上呈见，果如其言。即日故共观试，乃知天壤之所生，诚有自然之妙物也。
>
> ……及与黄门鼓吹温胡迭唱迭和，喉所发音，无不响应，曲折沉浮，寻变入节。自初呈试，中间二旬。胡欲傲其所不知，尚之以一曲，巧竭意匮，既已不能。而此孺子遗声抑扬，不可胜穷，优游转化，馀弄未尽……
>
> 是时日在西隅，凉风拂衽，背山临溪，流泉东逝，同坐仰叹，观者俯听，莫不泫泣殒涕，悲怀慷慨……

的确是写得漂亮。《典论·论文》的作者论文，自然一言九鼎。繁钦此作虽难称"经国之大业"，亦可谓"不朽之盛事"。

繁钦集序

曹丕

上西征，余守谯，繁钦从。时薛访车子能喉啭，与笳同音。钦笺还与余而盛叹之。虽过其实，而其文甚丽。

【三十九字】

〇本文录自《汉魏六朝百三名家集·魏文帝集》。

〇曹丕，字子桓，曹操之子，建魏称帝，谥曰文。

〇繁钦，后汉时颍川人，为曹氏父子文学侍从之臣。

〇车子，本义是家奴。薛访车子，指薛访家一歌童。后即以车子泛指歌者。

还当道士去

【念楼读】 张道士本来是一位隐居在嵩山之上的高人，于新旧学问均有理解，又有为国家做事的热心。老子学说只是他人生的寄托，做道士也是为了赡养父母。

元和九年，听说朝廷作了决定，要处理东部地区拒交国税的长官，他以为有了为国出力的机会，立刻出山建言，三次上书却都没有结果。于是他掉头回山，仍旧做他的道士去了。

张君临行时，京城的友人们都作诗相送，并要我为诗集写了这篇序。

【念楼曰】 张道士能“通古今学，有文武长材”，当然不会是普通帮人家打醮做水陆道场的道士。朝廷有事，他就自告奋勇，想一试身手；上书没有结果，又“长揖而去”，像韩愈这样的名士大夫还写诗作序，为他送行，可见其不简单。

古代士人本有“天下有道则见，无道则隐”的说法。“见”就是出场，争取出现在官场；隐就是隐藏，隐于山林、市廛都行，隐于僧寺、道观也没什么不可以。总而言之，读书人那时候还是有选择的自由的。韩愈自己送张道士的诗云，“既非公家用，且复还其私”。“且复还其私”，就是还当道士去。

我一九五八年被划为右派后，申请自谋生活，便只能进街道工厂在“群众监督”下拖板车。曾申请到麓山寺去种菜，也不行。

送张道士诗序

韩愈

张道士。嵩高之隐者。通古今学。有文武长材。寄迹老子法中。为道士以养其亲。九年。闻朝廷将治东方贡赋之不如法者。三献书。不报。长揖而去。京师士大夫多为诗以赠。而属愈为序。

【七十字】

○本文录自《全唐文》卷五百五十五。

酬唱之交

【念楼读】 长庆四年我在和州当刺史，现在的李相国那时做地方官驻南徐州。他每次写了新诗，都要用快信寄来，让我成为第一个读者，同时还一定要我同他唱和。后来彼此的工作虽然都有变动，仍然跟在邻境一样，始终没有中断过以诗相往来。

这一卷我和他两人作的诗，开始于江南，结束在川西，所以题名《吴蜀集》。

【念楼曰】 长庆四年即公元八二四年，时刘禹锡为和州刺史。和州古称历阳。行文喜欢使用古时的地名和称谓，乃是中国文人的一种习惯。

李公指李德裕。他是赵郡(今河北赵县)人，长庆二年任南徐州观察使，辖浙西江南，驻地在京口，即今镇江；太和三年任成都尹、剑南西川节度使；太和五年内召，七年拜相。此人曾权倾一时，是“牛李党争”的主角。奇怪的是，牛李又都能文，都有作品传世。牛和白居易、李和刘禹锡的唱和，都可称文坛佳话。

相互唱和的诗友飞黄腾达做了宰相，这时候将两人酬唱的诗结成集子，当然是既风雅又风光的事情。但这件事情如果换由李德裕来做，似乎更得体一些，我以为。

但不管怎样，这篇小引(序文)写得既简短，又将两人“始于江南，而终于剑外”的“酬唱之交”讲得清清楚楚，动情可感，全无趋附“今丞相”的痕迹，是一篇好序。

吴蜀集引

刘禹锡

长庆四年余为历阳守．今丞相赵郡李公时镇南徐州．每赋诗．飞函相示．且命同作．尔后出处乖远．亦如邻封．凡酬唱始于江南．而终于剑外．故以吴蜀为目云．

【六十一字】

○本文录自《全唐文》卷六百五。

○刘禹锡，字梦得，中唐诗人，洛阳（今属河南）人。

○剑外，剑门以外（南）的川西（成都）地区。

强词夺理

【念楼读】 左丘明的《国语》，气势恢宏，词句奇崛，许多人都喜欢读。但是作为史书，它的叙述颇多失实，观点同圣人的理论也不一致。读者如果只陶醉于它的文章，不能清醒地辨明是非，那就会在学术上误入歧途，偏离孔夫子的思想。因此我根据自己的观点，写成了这部《非国语》。

【念楼曰】 此文只取其简洁，思想态度则大为我所不喜。说句不好听的话，它用的简直就是从前检查官和后来审读员的口气，不过这些人的文章远远比不上柳宗元罢了。

《非国语》共六十七节，第一节"非"的是密康公母教康公之言。康公从王出游，"有三女奔之"，其母教他将三女献给周王，因为小人物多得美女，则"终必亡"。康公不献，一年之后，果然被灭掉了。《国语》在这里不过记述了一个女色亡国的故事，柳宗元却硬要那位老母亲作道德说教，说什么"母诚贤耶，则宜以淫荒失度命其子"，岂非强人所难。

史书如果"说多诬淫"，当然是应该辨正的。但"不概于圣"却不是什么缺点，甚至还是它的优点。《非国语》未能考订多少原作的"诬淫"，却要勉强原作者和原作中的人物"由中庸以入尧舜之道"，文虽峭厉，也是强词夺理，并不可取。

非国语序

柳宗元

左氏国语，其文深闳杰异，固世之所耽嗜而不已也，而其说多诬淫，不概于圣。余惧世之学者，溺其文采，而沦于是非，是不得由中庸以入尧舜之道，本诸理作非国语。

【六十四字】

〇 本文录自《柳河东集》卷四十四。

〇 柳宗元，字子厚，中唐时河东（山西永济）人，古文唐宋八大家之一。

委曲求全

【念楼读】 这五卷书，我称之为《野人闲话》。“野人”就是我这个并无官吏身份的草野之民；“闲话”指它并非正式著作，而是朋友之间随便的谈话，谈的只限于民间的见闻，不涉及正经的国家大事。

这些都是在前孟氏政权统治下谈的和记的，事情也是那时的事情，却无关那时的政治。我从来就认为，国家大事和地方上的大事，自有史官们去写去记，用不着我操心。我所感兴趣的，不过是自己看到或听到的社会上流传的故事。

这些故事来自民间，体例自然比较杂乱，语言也不一定雅驯。但我希望，它们仍能使读者多少从中得到一些感悟。

【念楼曰】 此序写于宋太祖乾德三年三月十五日，时距宋兵攻入成都，蜀主孟昶投降，仅仅两个来月。

孟氏所建的这个蜀国，史称“后蜀”，以别于王氏所建的“前蜀”。序文所云“前蜀主孟氏一朝”，乃是“前政权孟氏”的意思，可见作者用词之谨慎。文中强调自己只记人（民）间闻见之事，不述朝廷规制，也是同一用心。

五代十国中，蜀国和南唐的经济和文化，都是比较发达的，其比梁、唐、晋、汉中央政权的朱温、石敬瑭辈对文化和文人重视得多，景焕的《野人闲话》可以为例，而委曲求全，亦可怜也。

野人闲话序

景焕

野人者，成都景焕，山野之人也。闲话者，知音会语，话前蜀主孟氏一朝人间闻见之事也。其中有功臣瑞应朝廷规制可纪之事，则尽自史官一代之书。此则不述，故事件繁杂，言语猥俗，亦可警悟于人者，录之，编为五卷，谓之野人闲话。

【九十字】

○本文录自景焕《野人闲话》。

○景焕，五代时后蜀成都人，后入宋。

诗人选诗

【念楼读】 和次道同事时，他拿出家藏的唐人诗集，总共有一百多种，要我选编一部《百家诗选》（书名也是他定的）。现在诗选已经编成，想起自己为此付出的时间和精力，多少有些后悔。

不过，人们若要了解唐代的诗，有了这部选集，看它一遍，大概也就差不多了。

【念楼曰】 十多年前曾将《全唐诗》浏览一遍，初步印象是可读者不到十分之一，而吟诵不能舍去的精品则最多百分之一。如果不做研究，只图欣赏，读选本是足够了。

王安石自己就是一位大诗人，也是我很喜欢的宋诗作者之一。"欲知唐诗者，观此足矣"，一句话便充分写出了他的自信。比起如今的人来，既要打肿脸充胖子，又要假惺惺故作谦虚，说什么"岂能尽如人意，但求无愧我心"，何止高出百倍。

但《唐百家诗选》却不是一个成功的选本，并没有得到广大读者的认同。它和清代大诗人王士禛所选《唐贤三昧集》一样，成了"最好诗人莫选诗"的例证，以致后人编出了这样的故事：王安石拿别人藏的诗集选诗，不便用墨笔圈选，遂以指甲刻划，而力透纸背，于是"抄胥"误抄了不少本来没选上的诗。王士禛则选定一首，即在其处夹一纸条，只记下这一卷中夹了多少纸条，"抄胥"欺其不会再查看，便将所选的长诗大半换成未选的短诗了。

唐百家诗选序

王安石

余与宋次道同为三司判官时，次道出其家藏唐诗百馀编，诿余择其精者，次道因名曰百家诗选。废日力于此，良可悔也。虽然，欲知唐诗者，观此足矣。

【五十八字】

○本文录自王安石《临川文集》卷八十四。
○王安石，宋临川（抚州）人，古文唐宋八大家之一。
○宋次道，名敏求，赵州（今属河北）人，多藏书。
○三司，盐铁、度支、户部三司，主管国家财政。

诗与真实

【念楼读】 元丰初年开办军校，我祖父因为在教育部门工作，兼管过那里的事。现在军校的学制和规模，大半还是那时定下来的。祖父的遗集中，还保存着有关的文稿。不过这都是百年前的事了。

侄儿陆朴研究军事，写了《闻鼙录》这部专著，希望朝廷能够采用，要我写序。我的年纪已老，又从来胆小怕打仗，哪有纸上谈兵的资格。但陆朴的热心仍不能不使我感愧，便给他写了这几行。

【念楼曰】 陆游的序跋文，数量颇多，特点也很鲜明，大抵皆能言简意赅，别有情味。此文从“先太师”写到“从子”辈，叙说陆家几代人和“武学”的关系，既有策问“具载家集中”，又有专著“论孙吴遗意”，真可谓渊源有自。

南宋是一个积弱挨打的朝代，而士大夫偏好谈兵，表现自己的“许国自奋之志”，此亦一很有意思的现象。人们常说，陆放翁“集中什九从军乐”，有句如“前年从军南山南……赤手曳虎毛毵毵”，“头颅自揣已可知，一死犹思报明主”，很勇敢，不怕死。在这里，他却老实承认自己“懦且老，非能知武事者”，并不高唱从军乐了。两种说法不一样，这就牵涉“诗与真实”的问题。我想，诗人在写诗时，感情总该是真实的；而更真实的，恐怕还是给自己亲侄儿写的序。

闻鞾录序

陆游

元丰初置武学，先太师以三馆兼判学事。今学制规模多出于公，而策问亦具载家集中。后百馀年，某从子朴作闻鞾录若干篇，论孙吴遗意，欲上之朝，且乞序于某。某懦且老，非能知武事者，朴许国自奋之志，亦某所愧也，乃从其请。

【八十九字】

〇本文录自陆游《渭南文集》卷十五。

〇陆游，字务观，号放翁，南宋山阴（今绍兴）人。

〇先太师，作者的祖父陆佃，字农师。

〇三馆，广文、大学、律学三馆，主管教育。

题诗难

【念楼读】 赵君重建观潮阁，完工以后，将阁上原有题诗尽可能刊印保存。有些诗失落了，无法收齐，赵君颇为遗憾。

自古以来，由于题诗的原因，使得一地一物名扬天下的固然不少，但这并不在乎题诗的数量。好的诗用不着多，也实在不可能有那么多。但若不单纯从文学角度着眼，而要了解地方的政治沿革、经济发展、社会变迁、风土民俗，则材料越多越好。任何一篇作品的遗失，的确都是十分可惜的。

【念楼曰】 壁上题诗亦是中国文人的一种传统，无论是在阁上还是楼上，以至驿舍和酒店中，都可以题上几句，既展示了自己，又交结了友朋。宋江浔阳楼题反诗，更是抒发愤懑、释放压力的一种方式。

外国诗人没听说有这样到处题诗的，我想他们的钢笔或鹅毛笔无法在壁上写，写上去别人也难得看清楚，恐怕是重要的原因之一。那么，中国用毛笔蘸墨作径寸行草的书法，真可与五、七言诗相结合，成为双绝。

但题诗和书法要能“绝”也难。叶适的序至今还在，观潮阁上那些诗却早被遗忘了，即使有叶适为之作序。序文不云乎，一题一咏之工，事实上是“不能多”的；即是足以“验物情，怀土俗”的诗，也差不多。

观潮阁诗序

叶适

赵君既成观潮阁．遍索阁上旧诗刻之．恨其遗落不尽存也．余观自昔固有因一题一咏之工．而其地与物遂得以名于后矣．若是者何俟多求．而势亦不能多．至于阅世次．序废兴．验物情．怀土俗．必待众作粲然并著．而后可以考见．则其不尽存者．诚可惜云．

【九十九字】

〇本文录自叶适《水心集》卷之十二。

〇叶适，南宋时永嘉（浙江）人，世称水心先生。

当朝的史事

【念楼读】 因为文献缺乏，所以在杞、宋无法考察夏、商的制度；因为档案还在，所以文王、武王的事迹得以流传。可见研究当今，须先熟悉历史，“通今”和“学古”其实是一回事情。少年贾谊论政，曾说过：“没有做官的经验，看别人办公就可以了。”我觉得很对。于是便采辑本朝史事，计三百四十四则，编成了这部《今言》。

项家外甥是位进士，抄读以后说：“《书经·周官》说‘其尔典常作之师’，就是主张用已有的法规指导行为。《汉书》大量辑录历史文献和前人的政论，也是为了以史事为师法。《今言》正可以起到同样的作用，何不与您著的《古言》一同印行？”

于是他就将其印成了这一册。

【念楼曰】 《今言》六十年来只印过一次，流传不广，所述当朝史事三百四十四条，有的却颇有意思。如第一百六十五条记：

> 正德年间，亲王三十位，郡王二百五十位，将军、中尉二千七百位，文官二万四百，武官十万，卫所七百七十二，旗军八十九万六千，廪膳生员三万五千八百，吏五万五千，其俸禄粮约数千万石。天下夏秋税粮，大约二千六百六十八万四千石，已出多入少……今宗室王、将军、中尉、主君凡五万馀，文武官益冗，财安得不尽，民安得不穷哉！

财政收入只有这么多，而“文武官益冗”，亲王、将军等成倍增加，入不敷出，民穷财尽，烂摊子就只能由李自成来收拾了。

今言序

郑晓

文献不足．杞宋无征．方策尚存．文武未坠．盖通今学古非两事也．洛阳少年．通达国体．尝曰．不习为吏．视已成事．予有取焉．述今言三百四十四条．藏之故箧中．项甥子长进士录而观之．曰．周官师典常．汉史述故事．盍与古言并梓之．予不能止也．

【九十四字】

○本文录自郑晓《今言》。

○郑晓，明嘉靖时浙江海盐人。

○杞宋无征，《论语》：『子曰，夏礼吾能言之，杞不足征也，殷礼吾能言之，宋不足征也，文献不足故也。』

○洛阳少年，指贾谊。

○项甥，郑晓的外甥项笃寿，为郑晓刻印《古言》《今言》等著作。

今昔不能比

【念楼读】 从开始读书以来，每有心得，我都把它们记下来。后来有了新的认识、新的材料，又加以修改补充。如果发现前人著作中说过了的，便将自己所记的删去。三十多年，积成了这么多卷。

《论语·子张》："子夏曰，日知其所亡（无），月无忘其所能，可谓好学也已矣。"我不敢自称好学，但读书"日知其所无"倒是确实的，故称之为《日知录》。

愿后来的读者，能够加以检查，予以指正。

【念楼曰】 明清之际的学者之中，顾亭林的学术地位，似乎比王船山、黄梨洲还要高些。《日知录》为其一生精力所注，积三十馀年，乃成一编，《四库全书总目》谓其学有本原，博赡而能通贯，故引据浩繁，而抵牾者少，非如他人知其一而不知其二者。此评价可谓极高，但若只谈这篇序文，我特别佩服的则是以下两点：

第一，一部三十多卷八十馀万言的大著，作者自谓"平生之志与业皆在其中"，却只写了五十六个字的前言。若在今人，喜欢表襮者必会连篇累牍，至少也要用上万字作自我介绍。

第二，发现别人"先我而有者，则遂削之"。而今之学者则抄袭成风，将别人的成果"拿来"就是。在学术道德上，今昔真不能相比。

日知录前言　顾炎武

愚自少读书，有所得辄记之，其有不合，时复改定，或古人先我而有者，则遂削之，积三十余年，乃成一编，取子夏之言，名曰日知录，以证后之君子。

【五十六字】

〇本文录自顾炎武《日知录》。

〇顾炎武，明末清初昆山（今属江苏）人，学者称亭林先生。

以笑代哭

【念楼读】 世界本是个笑闹的剧场，戴的戴鬼脸，跳的跳猴圈，装的装腔，献的献丑。实在看不下去了，想大哭一场，又不甘心浪费自己的眼泪；老是压抑着，那痛苦又无法麻醉我的心。

朋友说：苦中作乐，不正是剧场中的常态吗？

那么，就让我们同声一笑，或者同声一哭吧！

于是编了这部《笑倒》。

【念楼曰】 笑话本是活在人们口头上的东西，但形之于笔墨的历史亦已久长，先秦的诸子群经中材料便不少。“月攘一鸡”和“无故得百束布”的主角，看得出都是乡村和市井中的人。汉时也还有东方朔现滑稽，王褒作《僮约》。后来思想渐趋统一，庙堂之上容不得开玩笑，笑话成文的就少了。

南宋时国势最弱，统治者最没有自信，以至朱熹对“梨涡一笑”都不能容忍，结果让蒙古人做了皇帝。“道统”崩溃了，元曲盛行，笑话在插科打诨中又兴盛起来。明朝政治更黑暗，冯梦龙、李卓吾辈才来编笑话书，《笑倒》也就是卓吾老子辑编的《开卷一笑》十四卷中的一卷。

陈皋谟讲得很明白，他“买笑”是为了“征愁”，“笑倒”其实是“哭倒”。黑暗压迫下，有话不敢说，只好“脱裤子放屁”，发泄一通。古人长歌当哭，这就是以笑代哭。

笑倒小引

陈皋谟

大地一笑场也．装鬼脸．跳猴圈．乔腔种种．丑状般般．我欲大恸一番．既不欲浪掷此闲眼泪．我欲埋愁到底．又不忍锁杀此瘦眉尖．客曰．闻有买笑征愁法．子曷效之．予曰．唯唯．然则笑倒乎．哭倒也．集笑倒．

【七十八字】

〇本文录自周作人校订的《明清笑话四种》。

〇陈皋谟，字思赞，自号咄咄夫，晚明人。

文人打油

【念楼读】 在认真作诗的人看来，这些诗多半都不像样子，只能称之为打油诗，本来写它们也只是为了自己开开心。

不像样子，就该丢进字纸篓去；可是有时看看，还是觉得开心，于是又舍不得丢。

久而久之，这些舍不得丢的东西，居然成了一集。古人说：咱老百姓，听到讲大道理，反正甚也不懂，只会觉得好笑；如果连笑都不准我们笑，大道理就更加懒得去听了。

【念楼曰】 滑稽和诙谐是文学的一种特色，而中国文化中向来缺乏这种分子，总认为它是不登大雅之堂的东西。谐诗的作者张打油、志明和尚等，不是平民便是僧道，若士大夫者，即使有这种才能或兴趣，也顶多偶一为之，作为游戏。

曾衍东为曾子六十七世孙，科举出身，做过知县大老爷，却好作打油诗，而且"公然一集"，《哑然绝句》中《黄鹤楼》一首云：

> 楼高多少步楼梯，直上高楼远水低，
> 画鹤鹤飞都不见，大江东去夕阳西。

还有《下乡》一首，是写自己当官时坐轿子下乡所遇到的：

> 丝穗榔竿轿大乘，四围雪亮玉壶冰，
> 村姑不识玻璃面，纤手摸来隔一层。

文人打油，自有其意趣，诗中亦少不得此一种。

哑然绝句自序　曾衍东

七如诗句．多不成话．却又好笑．以其不成话．便当覆瓿．因其多好笑．搁在巾箱．舍不得糟蹋他了．久之成堆．公然一集．古云．下士闻道．大笑之．不笑不足以为道．

【六十一字】

○本文录自曾衍东《哑然绝句》。

○曾衍东，清山东嘉祥人，自号七道士。

文论九篇

忌迎合

【念楼读】 吴兴的清昼和尚(皎然)会作近体诗。他去拜访大诗人韦应物,知道韦喜作古体,便在航船上用心写了十几首古诗送上,韦却不感兴趣。他很是失望,第二天只好拿出原来写作的律诗来。韦一见大喜,反复吟诵,连声说好,并对清昼说:

“你不把自己得意的作品拿出来,几乎将名声败坏了。为什么要学我的样迎合我呢? 作诗各人有各人的风格,要改也改不了的啊。”

清昼和尚十分高兴,从此更加佩服韦应物对诗的眼光。

【念楼曰】 人们嘲笑东施效颦,邯郸学步,因为“丑女来效颦,还家惊四邻”,学步不成,匍匐而归,都是十分丢脸的事。皎然应该还不至于此。他去见韦应物,自然是希望得到赞赏,因为韦长于五言古诗,所以投其所好,“作古体十数篇为贽”,亦人情之常,不知却“失其故步”,将自己“工律诗”的长处丢掉了。

无论是作诗还是做人,模仿都是没有出息的表现;而像皎然开头那样迎合,只知顺着杆儿往上爬,则不仅没出息,还会大失其格——文格和人格。好在皎然毕竟还写得出像样的律诗,“写其旧制献之”,韦应物仍然“大加叹咏”。如今有的“作家”拿不出东西,又想高身价,自然只能一味迎合,舍得不要脸。

韦苏州论诗

赵璘

吴兴僧昼，字皎然，工律诗。尝谒韦苏州，恐诗体不合，乃于舟中抒思，作古体十数篇为贽。韦公全不称赏，昼极失望。明日写其旧制献之，韦公吟讽，大加叹咏。因语昼云，师几失声名，何不但以所工见投，而猥希老夫之意。人各有所得，非卒能致。昼大服其鉴别之精。

【百零一字】

〇本文录自赵璘《因话录》。

〇赵璘，中唐时平原（今属山东）人。

〇韦苏州，即韦应物，唐诗人，时任苏州刺史。

〇皎然，本姓谢，唐诗僧。

意趣同归

【念楼读】 这里的第一首，是梅尧臣写竹鸡；第二首呢，是苏舜钦写黄莺；第三首呢，是我写画眉鸟。

三首诗都是即兴之作。作诗时彼此并未沟通，写成一看，诗的意思和趣味却十分接近。这难道不说明，我们三个人确实意气相投、情感相通，诗的风格也是很接近的吗？

他俩去世后，我就没有再写，也没有人再同我来写这样的诗了。

【念楼曰】 梅圣俞《宛陵集》卷四《竹鸡》诗云：

泥滑滑，苦竹冈。雨萧萧，马上郎。
马蹄凌兢雨又急，此鸟为君应断肠。

苏子美《苏学士文集》卷八《雨中闻莺》诗云：

娇骇人家小女儿，半啼半语隔花枝。
黄昏雨密东风急，向此飘零欲泥谁。

欧阳修自己所作的《画眉鸟》诗见全集卷十一：

百啭千声任意移，山花红紫树高低。
始知锁向金笼听，不及林间自在啼。

他们三人确是意趣同归的好朋友，梅长欧五岁，苏小欧一岁，却都死在欧前。欧评二子诗云：“苏豪以气轹，举世徒惊骇；梅穷我独知，古货今难卖。”自谓：“语虽非工，粗得其仿佛，然不能优劣之也。”同样是评说，也同样充满了感情。

书三绝句诗后

欧阳修

前一篇。梅圣俞咏泥滑滑。次一篇。苏子美咏黄莺。后一篇。余咏画眉鸟。三人者之作也。出于偶然。初未始相知。及其至也。意趣同归。岂非其精神会通。遂暗合耶。自二子死。余殆绝笔于斯矣。

【七十二字】

○本文录自《欧阳文忠全集》卷七十三。

○欧阳修，字永叔，谥文忠，北宋庐陵（今江西吉安）人，古代唐宋八大家之一。

○梅圣俞，名尧臣，北宋宣城（今属安徽）人。

○泥滑滑，竹鸡。

○苏子美，名舜钦，北宋绵州（今四川绵阳）人。

文章如女色

【念楼读】 林逋的咏梅诗，欧阳修最称赞的两句是：

清浅的池边，横斜着几枝清瘦的花。

朦胧月色中，浮动着些淡淡的香味。

我却以为：

园子里雪也下过了，梅树才慢慢地开始茁蕾。

在园外水边丛落中，却伸出了开满花的枝干。

似乎更好，不知欧公为什么却没有看上。

看来，文人的作品，大约也好像女人的容貌，喜不喜欢，全在于看她的人吧。

【念楼曰】 文章亦如女色，好恶止系于人。黄庭坚说这话，是在为女性发感慨，也是在为文人发感慨。

撇开这一层言外之意不说，文艺作品在人们心中引起的感受，确实是因人而异的。怡红院匾额上的题字，贾宝玉说用“红香绿玉”四字，方两全其美；贾政却摇头道“不好，不好”；贾元春回来，又改作“怡红快绿”了。

同一个人的感受，也会因时而异。郑板桥不云乎，“少年游冶爱秦柳，中年感慨爱辛苏，老年澹忘爱刘蒋”，这里似乎没有什么是非高下可分。到底是“暗香疏影”还是“雪后水边”，我看也可以各取所好。

书林和靖诗　　黄庭坚

欧阳文忠公极赏林和靖疏影横斜水清浅．暗香浮动月黄昏之句．而不知和靖别有咏梅一联云．雪后园林才半树．水边篱落忽横枝．似胜前句．不知文忠缘何弃此而赏彼．文章大概亦如女色．好恶止系于人．

【八十一字】

○本文录自《山谷题跋》卷二。
○黄庭坚，号山谷，北宋分宁（今江西修水）人。
○林和靖，名逋，北宋钱塘（今杭州）人。

同时异时

【念楼读】 对于过去的人和文，可以表示同情，加以赞美；对于眼前的人和文，反而特别苛刻，专找岔子，看来从来如此。

苏舜钦去世一百多年了，当时将他和欧阳修等人视为“朋党”，加以弹劾，主张一网打尽，进行无情打击的刘元瑜那一帮人，假如今天还在，见到这份诗歌手稿，恐怕也会像这样谨敬珍藏、倍加爱护的吧。

【念楼曰】 周必大这样说，得有一个前提，就是刘元瑜辈应是能够识得苏子美诗歌和书法的美的。如果此辈但以嫉妒、举报、大批判为能，其实并不识货，那么即使“百年之后”，也还会不识货，不会珍重值得珍重的东西。

这样的人，如今似所在多有。他们嫉妒、举报、大批判，又往往不是因为作品有什么不好，只是因为作者挡了他们的路，或者不小心在什么事情上得罪了他们。这种人在品格上，恐怕还不如刘元瑜。

周必大说“同时则妒贤嫉能，异时乃哀穷悼屈”，这和表扬古人“舍得一身剐，敢把皇帝拉下马”，却给眼前想学“海瑞骂皇帝”的人戴上右倾机会主义帽子，倒有异曲同工之妙。

有人则不然，既想攻讦同时的人，又怕遭报复，于是专门对张爱玲、周作人这些“异时”的人开骂，既能哗众取宠，又没什么后患，其精明远胜刘元瑜了。

跋苏子美真迹　周必大

同时则妒贤嫉能，异时乃哀穷悼屈，古今殆一律也。使刘元瑜辈见子美词翰于百年之后，则所谓一网之举，安知不转为十袭之藏乎。

【五十二字】

○本文录自周必大《平园集》，原题《跋苏子美四时歌真迹》。

○周必大，号平园老叟，南宋庐陵（今江西吉安）人。

○刘元瑜，北宋谏官，曾奏劾欧阳修、苏舜钦（子美）等多人，论者以为『此小人恶直丑正者也』。

生气

【念楼读】 人是活的。写意高手速写人像，眼睛、鼻子不必画出来，动作和神态却活灵活现。给死人画遗像的画匠画得再逼真、再细致，因为画不出生气，画出来的则只能是挂在灵堂里的“标准像”。

文章也贵在有生气。如果一味要求写得细致，写得“真实”，反而不易写好。比如一个七尺大汉，只看他的背，岂不十分雄伟？若叫他转过身，那脸上的眉毛、鼻子未必长得匀称，长得匀称也未必能入画；即使画得出来，也未必能够使人觉得美。如果画成了一个呆头呆脑的泥菩萨，再高再大，又能给人什么印象呢？

【念楼曰】 看似一则短小精悍的画论，论的却是整个的文艺创作，尤其是写文章。

写得好的文章有生气，写不好便有死人气，而写得好写不好的关键，就要看是“高手”还是“拙塑匠”了。

高手画的人，即使无眼鼻，神情也是可爱的；拙塑匠用心装点刻画，五官俱全，还是鼻子不像鼻子，眼睛不像眼睛。事实难道不正是如此吗？

人是活的，人生全是活的，所以才叫生活；贵在顺其自然，尊重其自由，千万别让“拙塑匠”来装点刻画。死人气确实难闻，那伟然十丈的死人像，最好也不要再来塑造了。

高手画画

傅　山

高手画画，作写意人，无眼鼻而神情举止，生动可爱。写影人从而装点刻画，便有几分死人气矣。诗文之妙亦尔。若一七八尺体面大汉，但看其背后，岂不伟然？掉过脸来，模模胡胡，眼不成眼，鼻不成鼻，则拙塑匠一泥人耳。微七八尺，即十丈何为。

【九十四字】

○本文录自傅山《霜红龛集》。

○傅山，字青主，明末清初山西阳曲人。

不相同才好

【念楼读】 感情爆发需要大肆宣泄的时候，才有可能写出好的文章。若需要在修辞造句上下功夫，这样勉强作出来的，顶好也只能是二等品。

许多人都是先有题目再作文章，我则是有了文章再找题目。正好比心中伤悲才流眼泪，不会是有了眼泪才会伤悲。

题目是公共的，文章是自己的。所以只会有相同的题目，不该有相同的文章。

【念楼曰】 有这样一个笑话：从前有人去考秀才，初试文章规定要做满三百字，他无法交卷，灰溜溜地回家了。妻子问他：

"每天读书，书上尽是字，为什么写不出三百字呢？"

"字倒是在我肚子里，却没法将它们串起来做成文章啊！"

从唐朝到清朝，读书人像这样做文章做了一千三百年。出的题目是"率兽食人"，文章就讲率兽食人；题目是"为民父母"，文章就讲为民父母。辛辛苦苦把三百字串起来，也只能"代圣贤立言"，写出来的都是相同的意思。

如今科举是停开了，但考试还要考。考试之外的文字工作，也还是"命题作文"者多，写出来的也还是相同的文章。

相同的文章看得太久，实在看厌烦了，总想看到点不相同的才好，此亦人之常情。是的，不相同才好啊！

题目与文章

廖燕

凡事做到慷慨淋漓激宕尽情处，便是天地间第一篇绝妙文字。若必欲向之乎者也中寻文字，又落第二义矣。世人有题目始寻文章，予则先有文章偶借题目耳。犹有悲借泪以出之，非有泪而始悲也。题目是众人的，文章是自己的，故千古有同题目并无同文章。

【百零二字】

○本文录自廖燕《山居杂谈》，原无标题。

○廖燕，号柴舟，清初曲江（今广东韶关）人。

新旧唐书

【念楼读】 我读《新唐书》，觉得它不如《旧唐书》。因为《新唐书》作者只想把“古文”写好，反而使资料性、文献性削弱了。它将许多有价值的诏令、公文大量删去，虽说写到的事情有所增加，叙述同一事件的字数有所减少，含金量却比《旧唐书》低。

【念楼曰】 《新唐书》二百二十五卷，《旧唐书》二百卷，卷数和总的字数，前者反而更多。赵翼《廿二史札记》云：

> 论者谓新书事增于前，文省于旧。此固欧宋二公之老于文学，然难易有不同者。旧书当五代乱离，载籍无稽之际，掇拾补辑，其事较难；至宋时文治大兴，残编故册，次第出现……据以参考，自得精详。

但王氏对新书的批评，仍能从《廿二史札记》中得到佐证，关于纪事的如：

> 僧玄奘为有唐一代佛教之大宗，此岂得无传？旧书列于“方伎”是矣。新书以其无他艺术，遂并不立传。

这便是它“远逊旧书之详雅”的地方。至于文字这一方面，则：

> 欧宋二公不喜骈体，故凡遇诏诰章疏四六行文者，必尽删之。

连徐敬业讨武后檄这样“时称绝作，传诵至今”的好文章，也都被“省”掉了，可见“辞省于旧”也有流弊。

欧阳修和宋祁等撰《新唐书》功不可没，刘昫、张昭远等撰《旧唐书》也功不可没，如今廿四史中两者并存，还是比较合理的。

唐书

王士禛

予尝论新唐书不及旧书。盖矜奇字句。全失本色。又制诏等文词率皆削去。虽谓事增于前。辞省于旧。远逊旧书之详雅矣。

【四十七字】

〇本文录自王士禛《池北偶谈》卷十三。
〇王士禛，号渔洋，清新城（今山东桓台）人。

竹轩

【念楼读】 某人用竹材建了座小轩，也可能是在竹林中建了座观竹的小轩，求东坡给题个匾。过了很久，才题来两个字："竹轩"。这两个字题得真妙，但也可见题名不易。

在四川参观武侯祠，见某抚台题匾，用杜句"丞相祠堂何处寻"开头四字——"丞相祠堂"，既切合，又大方，真好。

济南重修历下亭，有人题云"海右此亭古"，也是用现成的诗句，竟像为此而作，想改都不能改。

【念楼曰】 古人笔记杂录，内容常有重复，此则所记在迟于渔洋一百二十三年后出生的郝兰皋的《晒书堂笔录》卷六中亦有记载，系据《艮斋续说》卷八云：

> 西京一僧院后有竹园正盛，士大夫多游集其间，文潞公亦访焉，大爱之。僧因具榜乞题名，公欣然许之，数月无耗，僧屡往请，则曰：吾为尔思一佳名未得，姑少待。逾半载，方送榜还，题曰"竹轩"。妙哉题名，只合如此，使他人为之，则"绿筠""潇碧"，为此君上尊号者多矣。
>
> ……余谓当公思佳名未得，度其胸中亦不过"绿筠""潇碧"等字，思量半载，方得真诠，千古文章事业，同作是观。

文潞公即文彦博，是苏东坡同时代的人。我想，北宋时有过这么回事大约是确实的，二者不过传闻异辞罢了。而郝君结语尤妙，即作文无他诀窍，只要简单、本色，便胜过百千绿筠潇碧了。

题榜不易

王士禛

有求竹轩名于东坡者，久之，书匾还之，乃竹轩二字，甚矣题榜之不易也。余再入蜀，谒武侯庙，见某中丞题榜曰：丞相祠堂，余深叹其大雅，不可移易。又吾郡重修历下亭，或题其榜曰：海右此亭古，亦叹其确，此所谓颠扑不破者也。

【八十八字】

○本文录自王士禛《古夫于亭杂录》卷五。

文字狱

【念楼读】《孑遗录》的作者戴名世，是因为《南山集》一案而被杀的，此书亦是文字狱一罪状。它叙述桐城流寇祸乱的史事，对晚明民变的全貌和明朝灭亡的原因，都交代得清清楚楚，却又并未离开桐城扯到别的地方去，确实是大手笔。难怪他自比司马迁、班固，敢于以一人之力来编明史，可惜大志未酬，即遭杀害。

比起他来，司马迁虽然受了宫刑，却还能写成《史记》，可算是十八层地狱里头侥幸重见天日的了。

【念楼曰】 清王朝统治的一大罪恶是文字狱。从顺治朝起，即有吴季子充军宁古塔，金圣叹血染苏州城。康熙时庄氏《明史》一案，逮捕了二千馀人，作者全家十五岁以上男丁尽行斩决，参订者十四人亦全部处死。戴名世案亦株连三四百人。雍正时汪景祺一首诗"皇帝挥毫不值钱"，即被立斩枭示；查嗣庭出了个"维民所止"的题目，也被戮尸示众，儿子处斩。到乾隆时，文字狱发案率更高，平均五个月就有一起。胡中藻作"一把心肠论浊清"，蔡显作"风雨龙王欲怒嗔"，八十六岁老翁刘翱抄录禁书，都被处死。九十多岁老诗人沈德潜，退休在家，只因编选诗集收入了钱谦益的诗，刻板即被查缴解京销毁，还派官到其家查抄钱氏诗文，吓得他"惊惧而死"。

可叹的是，如今的顺治、康熙、雍正、乾隆，一个个都成了"光辉形象"，文字狱的记忆却早模糊了。

戴南山子遗录

梁启超

子遗录以桐城一县被贼始末为骨干．而晚明流寇全部形势乃至明之所以亡者具见焉．而又未尝离桐而有枝溢之词．可谓极史家技术之能．无怪其毅然以明史自命而窃比迁固也．所志不遂．而陷大僇．以子长蚕室校之．岂所谓九渊之下．尚有天衢者耶．

【一百字】

〇本文录自梁启超《饮冰室文集》。

〇梁启超，号任公，清末民初广东新会人。

〇戴南山，即戴名世，因《南山集》被杀。

诗话九篇

诗中用典

【念楼读】 作诗不能完全不用典。但用典要切合此时此地、此情此景，要变成自己的话说出来，使读者看不出是用典，才算得高明。御史董公下放到甘肃时，告别友人的诗中有两句：

> 被放逐的人要向西北走，
> 黄河水却照样往东南流。

开始都以为只是普通的叙说。后来读《北史》，见魏孝武帝往长安投靠宇文泰，在黄河边流着泪对随从说："河水仍旧向东流，寡人却要往西走。"才知董公是在用这个北朝的典故来表现自己无可奈何的心情，不禁深为佩服。

【念楼曰】 五四先贤提倡文体改革，有"八不"之说，其一便是不用典。其实鲁迅那时的诗文，开篇便是"大欢喜""陈死人""首善之区""夜游的恶鸟"，都是成语典故。不过有的搬来时改砌了一下，和御史董公一样，做得比较高明。

北魏孝武帝的故事则很悲哀。他离开高欢去投宇文泰，是出虎穴入狼窝。这一点他自己亦未尝不清楚，所以在黄河边上说的话还有下半句："若得重谒洛阳庙，是卿等功也。"果然到长安半年之后，他就被宇文泰毒死了。

诗话实际上也是一种文学评论，但却是中国独有的文体，而且都是短文，今从王渔洋（士禛）的作品中选辑九篇。

用事

王士禛

作诗用事，以不露痕迹为高。往董御史玉虬（文骥）外迁陇右道，留别予辈诗云：逐臣西北去，河水东南流。初谓常语。后读北史，魏孝武帝西奔宇文泰，循河西上，流涕谓梁御曰：此水东流，而朕西上。乃悟董语本此。深叹其用古之妙。

【八十九字】

○ 本文录自王士禛《池北偶谈》卷十二。

○ 北魏孝武帝，姓元（拓跋）名修，为南北朝时北魏最后一位皇帝，在位时间为五三二年至五三四年。

○ 宇文泰，北魏军阀，利用孝武帝西奔，分裂北魏为东魏、西魏，旋毒死孝武帝，改立文帝，自为太师专政。其子宇文觉遂篡西魏为北周。

四句够了

【念楼读】 过去的应试诗，规定作五言六韵（两句一韵，六韵就是十二句），多则八韵，少则四韵。祖咏《终南望馀雪》却只作两韵，成了一首五绝。主考官怪他作得太少，他答道：

“意思已经说完，四句够了。”

后来王士源说：“孟浩然写诗全凭兴致，他宁可不写，也不用平庸的语句凑数。”黄庭坚说：“诗不必写得太多太长，把心里想写的写出来了就行。”都是同样的意思。

只要意思好，写得好，又何必硬要多少句呢？

【念楼曰】 诗纯粹是抒发个人情感的，为了完成任务，或者执行指示，是写不好的，所以“应制”和“赋得”极少有好诗。钱起《省试湘灵鼓瑟》，能写出“曲终人不见，江上数峰青”，只是极个别例外。

祖咏是先有了“意思”，后碰上题目，才写了这四句。还有不到四句便成佳作的，如“风萧萧兮易水寒”和“乐莫乐兮新相知”，均非应试之作。钱谬的：

陌上花开，可缓缓归矣。

极富诗意，却不是诗。小林一茶的俳句：

不要打呐，苍蝇在搓他的手搓他的脚呢。

先后为苦雨斋和万荷堂所激赏，但非我族类，也不能算。

意尽

王士禛

祖咏试终南雪诗云云。主者少之。咏对曰。意尽。王士源谓孟浩然每有制作。伫兴而就。宁复罢阁。不为浅易。山谷亦云。吟诗不须务多。但意尽可也。古人或四句或两句便成一首。正此意。

【七十一字】

○本文录自《池北偶谈》卷十三。

○祖咏，盛唐诗人，其《终南望馀雪》诗云：『终南阴岭秀，积雪浮云端。林表明霁色，城中增暮寒。』

盛唐不可及

【念楼读】 唐宋诗人，以桃花源为题的不少，最著名的，是王维、韩愈、王安石的三篇。

我读韩愈的“种桃处处惟开花，川原近远蒸红霞”，王安石的“世上那知古有秦，山中岂料今为晋”，觉得意思都好，笔力也雄健。但作者总好像用全力拉硬弓，虽然弓开如满月，总免不了有些面红气喘。

而读王维诗，从“渔舟逐水爱山春”起，到“春来遍是桃花水，不辨仙源何处寻”，都如行云流水，自由自在，全是美的享受。

盛唐的最高成就，真是难得赶上。

【念楼曰】 恭维好作品，称之为“力作”，不知始于何人，料想王渔洋不会同意。我也以为，作者未必会喜欢别人多看他使尽全身气力的样子，尤其在创作的时候。

苦吟诗人有的自称“两句三年得，一吟双泪流”，如果不是艺术的夸张，也可说是用力作诗了。但这力只应该是心力，对月推敲，闭门觅句，当然需要付出。若无天分和情趣，不要说“捻断数茎须”捻不出好诗，就是头发胡子一把抓，霸蛮扯下一大把来，亦难充数。

“文章本天成，妙手偶得之。”这当然不容易，却不是光凭“力作”能“得”的。我辈凡庸，还是别“枉抛心力作词人”为好。

桃源诗　王士禛

唐宋以来，作桃源行最传者，王摩诘、韩退之、王介甫三篇。观退之、介甫二诗，笔力意思甚可喜。及读摩诘诗，多少自在。二公便如努力挽强，不免面赤耳热。此盛唐所以高不可及。

【六十八字】

○ 本文录自《池北偶谈》卷十四。

○ 王摩诘等三篇，二王的诗题都叫《桃源行》，韩愈的诗题叫《桃源图》。

雪里芭蕉

【念楼读】 王维是大诗人，又是大画家。他画雪景，雪里的芭蕉长着大大的叶片，这实际上是不会有的。

他的诗也有同样的情形，比如：

> 九江地方的枫树啊，青了又变红，
> 扬州的月亮，将五湖的烟水照明。

九江、扬州都是实有的地名，接下去一连串兰陵、富春、石头城，也是地名。可这些地方相隔既远，和诗中的景物、事件亦看不出有何联系。当作纪游诗或叙事诗看，有的人便觉得他写的不符合实际。

其实，诗和画所表现的，不过是诗人和画家心灵创造的意境，不必都要写实。王维如果只描绘人人习见的雪景，只按照旅游路线历述地名，就不是王维了。

【念楼曰】 绘画不等于照相，作诗不等于写报告文学，现代的人好像都能明白，但亦未必尽然。“现实主义”对于雪里芭蕉，也是很有可能审查通不过的。而换了日丹诺夫的“社会主义现实主义”即“革命浪漫主义”，则又会要雪里芭蕉结出一串串又肥又大的香蕉来。

放诗歌卫星，压倒王维超李白，尽管乱喊。真中了邪，以为人有多大胆，地有多高产，则非砸锅不可。

王右丞诗　　王士禛

世谓王右丞画雪中芭蕉，其诗亦然。如九江枫树几回青，一片扬州五湖白，下连用兰陵镇富春郭石头城诸地名，皆寥远不相属。大抵古人诗画，只取兴会神到，若刻舟缘木求之，失其指矣。

【七十三字】

○本文录自《池北偶谈》卷十八。

○『一片扬州五湖白』，接下去是『扬州时有下江兵，兰陵镇前吹笛声，夜火人归富春郭，秋风鹤唳石头城……』见王维《同崔傅答贤弟》诗。

说苏黄

【念楼读】 “苏东坡的诗不乏小毛病，却不能轻易批评它。就像长江大河，当然会挟带泥沙，卷起泡沫。在它的水面上，既有精美的游艇航行，也漂浮着破烂杂物。若是好环境中的一眼井泉，一处池塘，一条山涧，水当然很清，甚至没有一点杂质，但它们的规模和气势，又怎能和大江大河相比呢？”这是许彦周的评说。

“男子汉去会朋友，提起脚便走。如果是女士们，便少不得梳妆打扮，费多少力气。这就是苏东坡和黄山谷的不同。”林艾轩也这样说。

【念楼曰】 这里说的，也就是通常所谓大家和名家的区别。苏轼毫无疑问是大家，他的作品多，读者多，议论的也多。作品多了，当然不可能首首都好；挟带的泥沙，漂浮的杂物，更难逃习水者的眼睛。但这些东西毕竟无碍江河的宽广深长，更阻滞不了波涛的汹涌澎湃。

黄庭坚的文学成就，总的说来稍逊于苏，其实也是大家。林氏的评论，我以为欠妥，尤其是将其女性化，更有点不伦不类。若将翁卷、叶绍翁等小名家拿来跟苏轼比，似更适当。“子规声里雨如烟”和“应怜屐齿印苍苔”等句，真有如“珍泉幽涧”，可烹茶，可濯缨，更可欣赏。但要涤荡心胸、浮沉天地，那就只能求之于长江大河了。

论坡谷

王士禛

许彦周诗话云，东坡诗不可轻议，词源如长江大河，飘沙卷沫，枯槎束薪，兰舟绣鹢，皆随流矣；珍泉幽涧，澄泽灵沼，无一点尘滓，只是体不似江河耳。林艾轩论苏黄云，譬如丈夫见客，大踏步便出去；若女子便有许多妆裹，此坡谷之别也。

【九十一字】

○本文录自《池北偶谈》卷十八。

○鹢，一种水鸟，常画在船头上，后即用它来指讲究的船。

多馀的尾巴

【念楼读】 柳宗元所作七古《渔翁》的前四句，写人在景中：

渔翁夜傍西岩宿，晓汲清湘然楚竹。
烟销日出不见人，欸乃一声山水绿。

岂不是一首极妙的七绝？不知为什么要加上：

回看天际下中流，岩上无心云相逐。

便近乎画蛇添足了。好像记得苏东坡在谈柳诗时，也说过最后这两句可以不要，看来像一条多馀的尾巴。

【念楼曰】 柳宗元为唐宋八大家之一，诗名也极高，《渔翁》又是他的代表作。王渔洋却认为后两句是累赘，给他删掉了全诗的三分之一。我觉得，作为评诗示例，渔洋的删，删得高明。

现在有的批评家，似乎只会对新作者新作品提意见，尤其是在这作者作品的“倾向”出了问题，或者和他有了明的暗的“过节”的时候。而对于已经有了“历史地位”的前辈们，却总是宁可恭维，不加得罪。有谁敢对“伟大作家”提意见，也立刻被同声斥为“砍旗”。观乎此，则渔洋敻乎远矣。

东坡说“末二句可不必”我未见原文，但他在《书郑谷诗》中极赞柳写“千山鸟飞绝”那首五绝，以为“殆天所赋，不可及也”，虽未明说《渔翁》，赞赏简洁的意思却也是十分明白的。

柳诗蛇足　　王士禛

余尝谓柳子厚渔翁夜傍西岩宿一首末二句蛇足。删作绝句乃佳。东坡论此诗亦云。末二句可不必。

【三十九字】

○本文录自王士禛《分甘馀话》卷一。

含蓄

【念楼读】 作诗写文章，都要力求含蓄；填词作曲，也是一样。

词的风格，主流一派提倡婉约，秦观和李清照是最含蓄的；柳永的描写虽然曲折细致，却嫌过于铺张渲染，品格不是太高。

非主流一派则追求豪放，苏轼首开风气，做得最好；辛弃疾豪气更足，偶尔偏粗；刘过有几首，为显示粗豪而故作浅易，毫无蕴蓄，最为差劲。

学词的人，得弄明白这些区别。

【念楼曰】 词本是合乐的歌，专写男女之情。但写情也有高下之分，含蓄还是不含蓄，有时的确可以作为区分高下的分界线。如秦观的"郴江幸自绕郴山，为谁流下潇湘去"，李清照的"惟有楼前流水，应念我终日凝眸"，拿来比柳永的"师师生得艳冶，香香于我情多，安安那更久比和，四个打成一个"，高下岂不分明？

到了苏轼，才把词当作诗来作，加上他个人的风格，言情也带几分豪气，如"纵使相逢应不识，尘满面，鬓如霜"，不作喁喁儿女态，却同样是很含蓄的。辛弃疾豪气十足，好词亦多，"老子平生，原自有金盘华屋"，便有点嫌粗。若刘过的"臣有罪，陛下圣，可鉴临，一片心"，毫不含蓄，专喊口号，便难说是好词，虽然是在歌颂岳飞，政治第一。

贵有节制　　王士禛

凡为诗文，贵有节制，即词曲亦然。正调至秦少游李易安为极致，若柳耆卿则靡矣。变调至东坡为极致，辛稼轩豪于东坡而不免稍过，若刘改之则恶道矣。学者不可以不辨。

【六十七字】

◎本文录自王士禛《分甘馀话》卷二，原题《诗文词曲贵有节制》。

◎秦少游名观，李易安名清照，柳耆卿名永，辛稼轩名弃疾，刘改之名过，都是宋代著名词人。

创作自由

【念楼读】 胡应麟评诗，说苏东坡、黄山谷的古体诗，不学《古诗十九首》和建安七子，是他们的缺点。这个说法不对。

没有独创，便没有好的作品和好的作家。苏黄之所以为苏黄，正因为他们能不受《古诗十九首》和建安七子的束缚，别出蹊径。胡应麟这样说，简直像将挽具往纯种赛马的身上套，硬要它们跟驾辕的骡子"拉帮套"。

【念楼曰】 胡应麟，明代文学批评家，著有《少室山房笔丛》。

《古诗十九首》和以三曹为代表的建安诸人，确实是"五言之冠冕"（刘勰语），"几乎一字千金"（钟嵘语）。但即使如此，也不能说后人写作就必须学他们，必须走他们的路。

创作最重要的是要自由，要如天马行空，不受拘束。"作辕下驹"，车辕架着，缰绳套着，口铁衔着，鞭子抽着，主人喝骂着，只能"令行禁止"，那就没有什么自由了。

作家属于自由职业者，以文作饭，砚田无税，本应该是自由的。《古诗十九首》作者不可考，若建安七子，虽食曹家（名为汉家，实是曹家）俸禄，不得不归曹家管，孔融还被曹操杀了，但即使是孔融作诗文，也不必奉承曹氏父子的意旨，事先请示批准。

只有到了日丹诺夫、苏斯洛夫管文艺的体制之下，作家才会痛感没有创作自由，古米廖夫被枪毙，帕斯捷尔纳克得了诺贝尔奖也不敢去领。

评诗之弊

王士禛

胡应麟病苏黄古诗不为十九首建安体，是欲绁天马之足作辕下驹也。

【二十八字】

〇本文录自《分甘馀话》卷四。

得其神髓

【念楼读】 颜之推在他的《颜氏家训·文章篇》中，很是欣赏王籍《入若耶溪》诗中的两句：

> 树林里单调的蝉声在久久地诉说着寂寞，
> 忽听几声鸟叫才觉得此山中是多么清幽。

写出了喧闹中的寂静，用的是《诗·小雅·车攻》的写法，如：

> 伫听那战马在仰天长嘶，
> 凝望着军旗在空中飞舞。

其实《车攻》写的是军旅，王籍写的是山林，绝不相同，表现的方法却是一样。可见学古人要学他的精神，得其神髓，不必袭用他的题材和字句。若仅得其皮毛，那就差劲了。

【念楼曰】 颜之推认为，读文学作品，最要紧的是对作者的用心要有所理解。他先举出江南文士对王籍两句诗的评论，或“以为不可复得”，或“言此不成语，何事于能”，然后道：

> 《诗》云，萧萧马鸣，悠悠旆旌。《毛传》云，言不喧哗也。吾每叹此解有情致，籍诗生于此意耳。

可谓善解人意，因为他能体贴人情，而不是拿什么“义法”来作机械的“分析”。

《梁书》曾为王籍列传，说他七岁能文，有集行世，可是却只有这两句流传下来。看来竹帛纸张并不能使作品不朽，能得到理解者如颜君的赞赏，才得以流传。

勿袭形模

王士禛

颜之推标举王籍蝉噪林逾静．鸟鸣山更幽．以为自小雅萧萧马鸣．悠悠旆旌得来．此神契语也．学古人勿袭形模．正当寻其文外独绝处．

【五十三字】

○本文录自王士禛《古夫于亭杂录》卷六。

○颜之推，南北朝时人，入北齐为官，后入北周，有《颜氏家训》二十篇。

○王籍，南北朝时梁人，《梁书》称其七岁能文，『至若耶溪赋诗，其略云，蝉噪林逾静，鸟鸣山更幽，当时以为文外独绝』云云。若耶溪在今浙江绍兴境内。

世说新语十一篇

永恒的悲哀

【念楼读】 桓温为大司马，领平北将军，统兵北伐。行经金城，见到自己从前任琅邪太守时移栽在此地的杨柳，已经长成合抱的大树，他很有感触，深情地说：

“树都长得这么大了，教人怎么能不老。”

一面攀挽着低亚的柳条，轻轻地抚摸着，眼泪夺眶而出。

【念楼曰】 生命有限而流年易逝，这是人类普遍的永恒的悲哀。王羲之《兰亭集序》和朱自清《匆匆》写的便是它。不过常人“欣于所遇”时，就像飞舞在阳光中忙着找对象的蜉蝣，不会感觉到这一点。

桓温在史书上被称叛逆，说他是“孙仲谋、晋宣王（司马懿）之流亚”，反正是一个野心大本事也大的人。他二十三岁就当了琅邪（治金城）太守，可谓少年得志，后来在东晋朝廷中的地位步步上升，少有蹉跌。此次北伐，余嘉锡《世说新语笺疏》说在太和四年，桓温的权力已臻顶峰，总统兵权，专擅朝政，到了可以废立皇帝的程度。然而“公道世间惟白发”，“温时已成六十之叟”（《世说新语笺疏》引刘盼遂语），大概觉得纵然人生得意，仍然“大命未集”（同上）。这时候，大司马领平北将军也就现了原形，仍然是一个普通而真实的人。

木犹如此

刘义庆

桓公北征经金城，见前为琅邪时种柳，皆已十围，慨然曰：木犹如此，人何以堪。攀枝执条，泫然流泪。

【三十八字】

◎本文录自《世说新语·言语》。《世说新语》是杂记汉末魏晋人物言行的一部书，刘义庆撰。

◎刘义庆，南朝彭城人，宋武帝刘裕之侄，袭封临川王。

◎桓公，桓温，东晋权臣，明帝的女婿。

◎琅邪，郡名，治地在今山东诸城。晋室南渡后在金城（今江苏句容）侨置。

才女

【念楼读】 某日天寒下雪，谢安正在同本家的儿女们谈文学，谈文章。雪越落越大，他的兴致也越来越高，问儿女们道：

“这大雪纷纷，如果要描写它，你们用什么来比拟呢？”

侄子胡儿道：“刚才下雪子，落下来沙沙地响，有点像从空中往下撒盐吧。”

另一个侄女儿却说道：“此刻的鹅毛大雪，倒像是春风将柳絮吹得满天飞呐。”

谢安听了，高兴地笑了起来。

这位将柳絮比雪花的姑娘，便是谢安大哥的女儿道韫，后来给王羲之做二儿媳的，有名的才女谢氏夫人。

【念楼曰】 前人也说过，以撒盐比下雪子，以飞絮比下雪花，都很形象，无分优劣。但若从文学描写的角度看，空中撒盐断难为真，风吹柳花则是常景；而这种似花还似非花的东西，作为春天的标志，又特别能使人联想起春的温馨和情思，在天寒下雪枯寂之时，更具有亲和力。难怪谢太傅当时“大笑乐”，即我辈于一千六百馀年后，亦不能不为之折服。

从此亦可见当时江左高门中的文化氛围，似乎比十四个世纪后的大观园中还多一点自由平等的空气，因为没见过贾政和林、薛、史、探春“讲论文义”。

柳絮因风

刘义庆

谢太傅寒雪日内集．与儿女讲论文义．俄而雪骤．公欣然曰．白雪纷纷何所似．兄子胡儿曰．撒盐空中差可拟．兄女曰．未若柳絮因风起．公大笑乐．即公大兄无奕女．左将军王凝之妻也．

【七十一字】

〇 本文录自《世说新语·言语》。

〇 谢太傅，名安，字安石，东晋名臣。

〇 胡儿，谢安次兄据之子，名朗。

〇 兄女，谢安长兄奕（字无奕）之女，名韬元，字道韫。

〇 王凝之，王羲之第二子。

从容与慷慨

【念楼读】 嵇康在洛阳东门外被杀时，到了刑场，神色不变，镇定如常。他要来一张琴，弹了一曲《广陵散》，弹完后道：

"袁孝尼找我要学这支曲子，我不肯教。从今以后，这《广陵散》只怕也无人能弹了。"

太学里三千学生上书，请求赦免嵇康，让他去教书。晋王司马昭不准，还是将嵇康杀了。不过这位后来被尊称为文皇帝的奸雄，据说也有一些后悔。

【念楼曰】 慷慨就义易，从容赴死难，如嵇康者，可说是从容赴死的了。当时宣布处死嵇康的理由是：

> 今皇道开明，四海风靡，边鄙无诡随之民，街巷无异口之议。而康上不臣天子，下不事王侯，轻时傲世，不为物用，无益于今，有败于俗。昔太公诛华士，孔子戮少正卯，以其负才乱群惑众也。今不诛康，无以清洁王道。

嵇康在众口一词（街巷无异口之议）中偏要讲自己的话，在齐颂皇道开明时偏不服从领导（不臣天子，不事王侯），其走向华士、少正卯的结局乃是必然，也在自己意料之中。这才是他临刑不惧的根本原因。但不怕死并不等于不留恋生，一曲《广陵散》，是何等从容，又何等慷慨。此岂是骂瞿秋白、金圣叹死时说豆腐和豆腐干好吃为软弱的人所能理解的。

广陵散 刘义庆

嵇中散临刑东市．神气不变．索琴弹之．奏广陵散．曲终曰．袁孝尼尝请学此散．吾靳固不与．广陵散于今绝矣．太学生三千人上书．请以为师．不许．文王亦寻悔焉．

【六十二字】

○ 本文录自《世说新语·雅量》。

○ 嵇中散，即嵇康，中散大夫是他曾任的官职。

○《广陵散》，琴曲。

○ 袁孝尼，名准。

○ 文王，指晋王司马昭，其子炎称帝后谥之曰『文』。

生死弟兄

【念楼读】 王子猷、子敬两兄弟都病重了。子敬先死，家人并没有将噩耗告诉病中的子猷。

两兄弟的感情一直极好，病中仍不断派人互通音讯。人一死，音讯就断了。子猷觉得不对，便向身边的人说：

"为什么子敬没来消息？人一定不行了。"这时的他，反而特别冷静，并不显得悲伤，只叫备轿，抬着他往弟弟家奔丧。

子敬生前爱弹琴。子猷到了灵堂，也不哭，坐下后便要人将子敬的琴取来，想弹弟弟常弹的曲子，琴弦却总是调不好。这才将琴往地下一丢，哀号道：

"子敬呀子敬！你怎么就死去了，这张琴也没人能弹了啊！"接着便放声大哭，一直哭到昏了过去。

一个多月后，子猷也去世了。

【念楼曰】 兄弟若只是血缘关系，亲当然亲，却断不会到如此生死相依的程度。《世说新语》记子猷事十九条，子敬事二十九条，可以看出两兄弟的性情气质，都堪称六朝人物的典型（虽然子敬曾经被夫人看不起）。其相投相许，有这样一个基础，故能超出寻常的弟兄。

父子、兄弟、夫妇，只有兼而为好朋友的，感情才能真笃，不然再好亦只是互尽义务罢了。

人琴俱亡

刘义庆

王子猷子敬俱病笃.而子敬先亡.子猷问左右.何以都不闻消息.此已丧矣.语时了不悲.便索舆来奔丧.都不哭.子敬素好琴.便径入坐灵床上.取子敬琴弹.弦既不调.掷地云.子敬子敬.人琴俱亡.因恸绝良久.月馀亦卒.

【八十四字】

○本文录自《世说新语·伤逝》。

○王子猷、子敬，都是王羲之的儿子，子猷（徽之）为兄，子敬（献之）为弟。

妈妈的见识

【念楼读】 赵夫人嫁女，在女儿出门时，叮嘱她道："到了婆家，切记不要只想做好事啊。"

"不做好事，难道去做不好的事？"女儿问。

"好事还不必急于做，何况不好的事呐。"赵夫人说。

【念楼曰】 赵母为三国时吴人，学问很好，著有《列女传解》，作赋数十万言。她这段话很有名，历来多有诠释，我觉得余嘉锡先生说得最好：

> 盖古之教女者之意，特不愿其遇事表暴，斤斤于为善之名，以招人之嫉妒，而非禁之使不为善也。

本来长沙人说的"能干婆"是十分讨厌的，若不是真能干还喜欢"遇事表暴"大出风头则更加讨厌了，自己也会费力不讨好。赵母之女想不至于此，但看她反问妈妈的话，大概也聪明不到哪里去。知女莫若母，所以才给她打预防针。

做好事当然是对的，但如果不顾条件，不具实力，为了出成绩而急于去做，则好事亦会办成坏事。一家一室的小事固如此，天下国家的大事又何尝不如此。全民炼钢三年超英赶美岂非好事，结果搞出自然灾害就不好了。赵母有此见识，何止教女修身齐家，即治国平天下也已足够，这在现代妈妈中恐亦少有。

赵母嫁女

刘义庆

赵母嫁女．女临去．敕之曰．慎勿为好．女曰．不为好．可为恶邪．母曰．好尚不可为．其况恶乎．

【三十四字】

○本文录自《世说新语·贤媛》。

○赵母，又称赵姬，三国吴颍川人，东郡虞韪妻，赤乌六年卒。

一罐鲊鱼

【念楼读】 陶侃为东晋名臣，很受尊重。他年轻的时候做过管理捕鱼设施的员工。有一次，他托人带了罐鲊鱼给母亲。母亲却将这罐鱼加封退回，在回信中责备他道：

“你在替公家做事，拿了公家的东西送回家来；这不会使我高兴，只会让我为你担心着急。”

【念楼曰】 百年前开始兴女学的时候，流行过一句话：健全的国民，有赖于健全的母教。这句话恐怕到什么时候都是对的。

陈垣先生在题《林屋山民送米图卷子》时引《旧唐书·崔玮传》中辛玄驭之言，谓：

> 儿子从官者，有人来云贫乏不能自存，此是好消息；若闻赀货充足，衣马轻肥，此是恶消息。

一罐腌鱼远未到“赀货充足，衣马轻肥”的程度；陶母却也从中闻到了“坏消息”的气味，加封退回，写信训斥。陶侃之所以能成为晋室名臣、修身模范，看来的确与高堂的教育有关。

如今年纪轻轻当官的不少，老太太应该都还健在。但不知道愿意听“好消息”的有几多，愿意听“恶消息”的又有几多。想做这项社会调查，只怕很难。

陶母封鲊

刘义庆

陶公少时作鱼梁吏，尝以坩鲊饷母。母封鲊付使，反书责侃曰：汝为吏，以官物见饷，非唯不益，乃增吾忧也。

【四十一字】

○本文录自《世说新语·贤媛》。

○陶公，即陶侃，东晋寻阳（今九江）人。

林下风气

【念楼读】 王羲之的太太郗夫人回娘家，对她的两个弟弟郗愔和郗昙说：

“我见谢安、谢万来王家做客，你们姐夫总是兴高采烈，叫家人翻箱倒柜，把好东西全拿出来招待。你俩来时，他却是平平淡淡的，应付而已。依我看，你们以后也就不必多到王家走动了。”

【念楼曰】 王、谢、郗三家都是高门，又都是亲戚。郗太傅向王丞相求女婿，王家说男孩子都在东厢房里，叫郗家的人自己去选。结果没看上“闻来觅婿，咸自矜持”的诸郎，却选中了“在床上坦腹卧，如不闻”的王羲之。王羲之同郗夫人所生的第二个儿子凝之，又娶了谢太傅的侄女谢道韫。若论亲戚，亲家不会比妻弟更亲。若论官位，谢家有太傅，郗家也有太傅；谢万是中郎（将），郗昙也是中郎（将）。王羲之不是“朝势走”的人（湖南俗谚云“狗朝屁走，人朝势走”），更不会从中分厚薄。其所以在二谢来时兴高采烈，二郗来时却平平淡淡，也只是气味相投不相投的缘故。六朝人物的可爱，就可爱在这一点上。

郗夫人对丈夫并无责怪之意，反而劝弟弟自己识趣，可谓和她的二媳妇一样“有林下风气”。

无烦复往

刘义庆

王右军郗夫人谓二弟司空中郎曰：王家见二谢，倾筐倒庋；见汝辈来，平平尔。汝可无烦复往。

【三十六字】

○本文录自《世说新语·贤媛》。

○王右军，即王羲之，曾为右军将军，晋代大书法家。

○郗夫人，名璿，太傅郗鉴之女，嫁王羲之。

○二弟司空、中郎，谓郗愔、郗昙。

○二谢，指谢安、谢万兄弟。

乘　兴

【念楼读】　王子猷住山阴的时候，有个冬天的晚上忽下大雪。他睡一觉醒来，推开卧房的门，叫家人送酒来喝。忽见屋外四处雪色又白又明，兴致勃发，便不想睡了，在屋内走来走去，一面朗诵起左思的《招隐诗》来：

杖策招隐士，荒涂横古今。岩穴无结构，丘中有鸣琴。

白雪停阴冈，丹葩曜阳林。……

又因"招隐"想起了隐居在剡溪的友人戴安道，立刻叫人备条小船，冒着大雪乘船前往。

小船摇到剡溪，天已大明。船一直摇到戴家的门口，这时子猷又不想进门了，叫船掉头，仍走原路回家。

后来有人问子猷为什么这样做，他说："我是趁着当时的兴致上船的，兴致满足了，也就可以打转了，何必一定要见到什么人呢。"

【念楼曰】　王子猷这件事，《世说新语》归之于"任诞"门，略有贬意，其实它也只是魏晋风度的一种表现。在大一统瓦解、礼法崩坏之际，读书人的思想解除了束缚，个性得以张扬，才有可能"乘兴"做一做想做的事情，说一说想说的话，不必太顾及别人会如何看，尤其是执政者会如何看。魏晋南北朝、五代十国和明之末世，便是文化历史上这样的时期，我以为其中有些人事颇有趣味，亦可发深思。

雪夜访戴　　刘义庆

王子猷居山阴．夜大雪．眠觉．开室．命酌酒．四望皎然．因起彷徨．咏左思招隐诗．忽忆戴安道．时戴在剡．即便夜乘小船就之．经宿方至．造门不前而返．人问其故．王曰．吾本乘兴而行．兴尽而返．何必见戴．

【七十七字】

〇本文录自《世说新语·任诞》。
〇山阴，今绍兴。
〇左思，晋代诗人，其《招隐诗二首》见《文选》卷二二。
〇戴安道，名逵，东晋隐士。
〇剡，剡溪，为曹娥江上游的一支，附近曾置剡县，故址在今嵊州市西南。

酒给谁喝

【念楼读】 王戎年轻时很受阮籍赏识，有次他去看阮籍，恰逢刘公荣也在座。阮籍见到王戎，十分高兴，忙叫家人设酒，说：

“这里有两瓶好酒，正好你我同饮，这位公荣老兄就没有份了。”于是二人开怀畅饮。刘公荣坐在一旁，连酒杯也没碰到。而谈笑戏谑，三人却是一样开心。

刘公荣本是好喝酒的人，为什么要这样对待他？阮籍的理由是：

“比公荣高明的人，自然不得不请他喝酒；不如公荣的人，又不敢不让他喝酒；只有像公荣这样的人，才可以不给他酒喝啊。”

【念楼曰】 据说刘公荣与人饮酒，“杂秽非类”，他又是仕宦中人，同阮籍游，也多少带有附庸风雅的意思（但也不会太多，不然便不敢不给他喝了）。而王戎后来名声虽然不好，那却是三十岁以后的事情，阮籍已经去世了；而他小时候本是个聪明子弟，阮籍对比自己小二十四岁的“阿戎”一直十分喜欢，才将他引到竹林下面去喝酒清谈。

刘公荣的官做到了刺史，相当于省部级了。若在今时，阮籍名气再大，也最多当一个政协委员、文史馆员。部长登门，岂非殊遇，坐首席敬头杯恐怕理所当然。

公荣无预

刘义庆

王戎弱冠诣阮籍，时刘公荣在坐。阮谓王曰：偶有二斗美酒，当与君共饮，彼公荣者无预焉。二人交觞酬酢，公荣遂不得一杯，而言语谈戏，三人无异。或有问之者，阮答曰：胜公荣者，不得不与饮酒；不如公荣者，不可不与饮酒；唯公荣可不与饮酒。

【九十四字】

○ 本文录自《世说新语·简傲》。

○ 王戎、阮籍都是『竹林七贤』中人。刘公荣名昶，刘孝标注说他『为人通达，仕至兖州刺史』。

『亲爱的』

【念楼读】 王安丰的妻子，总是叫安丰“亲爱的”，叫得安丰都不大好意思了，对她道：

“老婆叫老公，老是‘亲爱的’‘亲爱的’，也不分场合，这好像不大合习惯。以后你别这样叫了，好不好？”

“亲你，爱你，才叫你‘亲爱的’；我不叫你‘亲爱的’，该谁叫你‘亲爱的’？”妻子答道。

安丰无话可说，以后只好由她。

【念楼曰】 读《世说新语》印象最深的两点，一是读书人的自由精神，可于阮籍猖狂、嵇康傲岸见之；二是女人能表现自我，没有后世那么多束缚，以及由束缚养成的作伪和作态。

表现当然不仅仅在“亲卿爱卿”上。这里可以再来说说谢道韫。她在“讲论文义”时的发挥和后来参加辩论“为小郎（夫弟王献之）解围”，遇孙恩之祸时“抽刃出门，手杀数人”，以及众人都不以为然的公然对丈夫表示鄙薄（均见《晋书》），其实都一样，都是一种自信的表现，不是后来的女人们所能有的。

汉魏六朝虽是乱世，但只要不碰上司马昭和孙恩，文人还是相当自由的。男人自由了，女人也才能得自由，表现出自我来。只有敢“亲卿爱卿”的女人，才能得到平等的爱；也只有敢公开鄙薄男人的女人，才能得到男人的尊重。

王安丰妇　刘义庆

王安丰妇常卿安丰。安丰曰。妇人卿婿。于礼为不敬。后勿复尔。妇曰。亲卿爱卿。是以卿卿。我不卿卿。谁当卿卿。遂恒听之。

【四十六字】

◯ 本文录自《世说新语·惑溺》。

◯ 王安丰，即『竹林七贤』中的王戎。

急性子

【念楼读】 王述是有名的急性子。有回吃水煮的囫囵鸡蛋，他用筷子去夹，连夹递夹，老是夹不起，发起急来，竟将蛋往地下摔去。可是煮熟了的蛋摔下去并不开花，而是圆溜溜地在地上滚。他见了更是生气，起身追着蛋用脚去踩。

那时人们脚上穿的不是鞋，而是木屐，木屐底下是前后两排屐齿。鸡蛋又圆又滑，老是往屐齿的空当里滚，几次踩上去也踩它不烂。王述这时真急了，居然从地下捡起蛋，塞进嘴里，狠狠几口咬碎，然后再“呸”地一口将它吐掉，这才消了气。

王右军听说了这件事，笑着说：“太没涵养了。就是他老子，这副德行也不会受人尊敬，何况他！”

【念楼曰】 写人物要写出个性，就要刻画其性格特征的细节。性急急到这个样子，真是够典型了。但王述毕竟是个率真的人，且负清简之誉，《世说新语》中还有这样一条：

> 谢无奕性粗强，以事不相得，自往数王蓝田，肆言极骂。王正色面壁不敢动，半日，谢去良久，转头问左右小吏曰，“去未”，答云已去，然后复坐。时人叹其性急而能有所容。

看来他对人还是能克制的，那么在个人生活中性急一点，似乎也是可以原谅的吧。

王蓝田

刘义庆

王蓝田性急。尝食鸡子，以箸刺之，不得，便大怒，举以掷地。鸡子于地圆转未止，仍下地以屐齿碾之，又不得。瞋甚，复于地取内口中，啮破即吐之。王右军闻而大笑曰：使安期有此性，犹当无一豪可论，况蓝田邪。

【八十字】

○本文录自《世说新语·忿狷》。

○王蓝田，名述，东晋晋阳（今太原）人，袭爵为蓝田侯。

○王右军，即王羲之。

○安期，姓王名承，蓝田之父，为东晋名臣。

○豪，通『毫』。

容斋随笔九篇

白氏女奴

【念楼读】 为白居易提供服务的女奴中，“樱桃樊素口，杨柳小蛮腰”人所共知，也知道这两位主要是用口和腰来为诗人服务的。但白氏还在一首题为《小庭亦有月》的诗中，写到过家中宴客时吹笙的菱角、弹琵琶的谷儿、献舞的红绡和唱歌的紫绡，说这四个都是家奴。从名字看，至少红绡和紫绡也是女的，那么他家养的女奴显然不止樊素、小蛮两个了。

【念楼曰】 从读书时候起，就知道白居易是关心人民疾苦的伟大诗人，《卖炭翁》和《新丰折臂翁》确实写得感人。但是，有人说他的诗“忆妓多于忆民”也是不争的事实，而且从“老大嫁作商人妇”到“生来十六年”，老少咸宜，人数自然不会少。

妓女一般只会在浔阳江头之类家庭之外的地方使用，在自己府第之内，那就用得着樊素、小蛮、红绡、紫绡她们了。其实在家里，白居易还有更多的女人，请看他的《失婢》诗：

笼鸟无常主，风花不恋枝。今宵在何处，唯有月明知。

有人喜读《容斋随笔》，据说做了不少批注，不知他对这一篇批过没有？又是怎么批的呢？

乐天侍儿　　洪　迈

世言白乐天侍儿唯小蛮樊素二人。予读集中小庭亦有月一篇云，菱角执笙簧，谷儿抹琵琶，红绡信手舞，紫绡随意歌。自注曰，菱谷紫红皆小臧获名，若然，则红紫二绡亦女奴也。

【六十九字】

○本文录自洪迈《容斋随笔》卷二。

○洪迈，南宋鄱阳（今江西鄱阳）人，字景卢，号容斋。

○《容斋随笔》（含《续笔》《三笔》《四笔》《五笔》）为著名学术随笔，收入《四库全书·子部》。

近仁鲜仁

【念楼读】 刚强坚毅的人，绝不会一副拍马屁相。朴实沉默的人，绝不会满嘴花言巧语。孔子说：刚毅朴诚，便接近于仁德。又说：阿谀谄媚，和仁德就隔远了。究竟是能够养成仁德呢，还是只能成为不仁无德之人呢？人们的本质和修养不同，结果也就不同了。

【念楼曰】 孔子的原话，第一句是“刚毅木讷近仁”，见《论语·子路》，大意是说，刚毅的人不会屈服于环境和自己的欲望，质朴迟钝的人不会为了表现自己抢着出风头，这就有可能培养出仁人志士的品德来。第二句是“巧言令色鲜矣仁”，这讲过两次，分别出于《论语》的《学而》篇和《阳货》篇，大意是说，话讲得漂亮，神色很恭敬，一味想讨人喜欢的人，他心里想得多的一定是自己的利益，求仁取义的考虑就很少很少了。

洪迈认为，孔子这两句话，说的是一个道理：刚毅木讷的人，绝不会巧言令色；前者近仁，后者“鲜仁”。

“仁”在这里，指的是整个人的道德人格。一个人有没有独立的人格，从他是否在领导面前诺诺连声、胁肩谄笑，便看得出来。这样的人，道德水平自然也是极低的。

刚毅近仁

洪迈

刚毅者，必不能令色；木讷者，必不为巧言。此近仁鲜仁之辨也。

【二十四字】

〇本文录自《容斋随笔》卷二。

〇木，质朴。讷，迟钝。

〇鲜，很少。

不平则鸣

【念楼读】 韩愈《送孟东野序》说，事物有不平，有震动，才会发出声来，即所谓“不平则鸣”。但接着又说，尧舜时的皋陶、大禹和夔，殷商时的伊尹，西周初的周公，这些太平盛世的圣贤都是“鸣”的代表。还说，这是时代的需要，要他们用和谐的声音来赞美国家的昌盛，这就不能说是“不平则鸣”了。

【念楼曰】 韩愈为古文唐宋八大家之首，历来被奉为权威，《送孟东野序》又是他的代表作，选入《古文观止》后，稍微接触过一点古文的人都读过。其实正如洪容斋所批评的，这篇文章在逻辑上就不清楚，先说不平则鸣，又说盛世才出“善鸣者”，岂非自相矛盾。还说什么“以鸟鸣春”“以虫鸣秋”，硬将自然现象和社会政治扯在一起，难道鸟和虫也有不平之事才会鸣叫，那和春秋时令又有什么关系呢？道理没有说通，意思前后冲突，虽有人极力称赞它“只用一鸣字，跳跃到底，如龙之变化屈伸于天”，我看也难称好文章。

一九五七年号召“百家争鸣”，我以为自己对工作有意见，就可以鸣一鸣，争一争，求得“体制内解决”。谁知道舆论一律是不允许争的，要鸣也只能“和其声而使鸣国家之盛”，结果栽了个大跟斗。

送孟东野序

洪迈

韩文公送孟东野序云：物不得其平则鸣。然其文云：在唐虞时，咎陶禹其善鸣者，而假之以鸣；夔假于韶以鸣；伊尹鸣殷；周公鸣周。又云：无将和其声而使鸣国家之盛。然则非所谓不得其平也。

【七十四字】

○本文录自《容斋随笔》卷四。
○孟东野，名郊，唐诗人。
○咎陶，即皋陶，舜大臣。
○夔，舜的乐官。
○韶，夔所作著名乐曲。
○伊尹，殷商的大臣。
○周公，周武王弟，辅其成王者。

简化字

【念楼读】 现在人们写字时，常常将字的笔画简化，比如将“禮”字简化成“礼”字，将“處”字简化成“处”字，将“與”字简化成“与”字，只有向皇上呈奏和办理正式公文时，才不得不照笔画多的写。其实，按《说文解字》的说明，简化后的才是这些字的本来面目。书中解释“礼”字道：“它是‘禮’字的古文。”解释“处”字道：“它的意思是停止，有了几案，得以坐下，便可以停止了，也可以写作‘處’字。”解释“与”字道：“它的意思是给，跟‘與’字的意思一样。”由此可知，正规的写法，倒应该是简体，《说文解字》正是这样说的呀。

【念楼曰】 汉字的笔画，有的确实比较繁多，从前要一笔一笔地写，想简化一下，也合情合理。像“礼”“处”“与”这些字，古时笔画本来简单，后来却“繁化”了，当然该简化回来。就是敝姓“锺”简化为钟，也还可以接受，虽然“鍾”和“鐘”简化成了一个字，钱锺书先生还不太愿意。但将“葉”简化成“叶”，则不仅与草木都不搭界，叶子生长在什么上头成了问题，而且这“叶”本是另外一个字，读音和意义都和“葉”字完全不同，这就十分不合理了。

其实汉字要简化的只是写，何不学英文、日文的样，搞一套印刷体、一套手写体，岂不皆大欢喜，难道写得出 a、b、c、d 还不认得 A、B、C、D 吗？

字省文　洪迈

今人作字省文，以禮为礼，以處为处，以與为与，凡章奏及程文书册之类不敢用。然其实皆说文本字也。许叔重释礼字云，古文，处字云，止也，得几而止，或从處，与字云，赐予也，与與同。然则当以省文者为正。

【七十九字】

○本文录自《容斋随笔》卷五。

○说文，东汉许慎所著《说文解字》一书的简称。

○许叔重，名慎。

○几，古人席地而坐时倚靠的器具。

逢君之恶

【念楼读】 皇帝老子杀人，也是要助手的。汉宣帝杀赵广汉的助手便是魏相，杀韩延寿的助手便是萧望之。魏、萧也是有名的大臣，怎么为了私怨，便忍心将两个能干的官员置之死地呢？

杨恽在《报孙会宗书》里发了几句牢骚，于定国便给他定了“大逆不道”的死罪。史书却说于定国执法公平，百姓没有冤屈，我看未必是事实。

宣帝主张从严治政，杀人如草芥。魏、萧、于三人不说是助纣为虐，至少也是逢君之恶，想起来真堪痛恨。

【念楼曰】 赵广汉和韩延寿，原来都是执法严明的地方官，因为政绩好才被调升来管京畿的。二人都以“执法不避权贵”自许，赵要管丞相魏相府中婢女的自杀，韩要查前任萧望之（已升为副丞相了）“放散”的官钱，结果被抓住把柄，自己反而成了严打的对象，赵被腰斩，韩也“弃市”了。《汉书》本传云“吏民守阙号泣者数万人，……愿代赵京兆死，使得牧养小民”，韩亦有“吏民数千人送至渭城，老小扶持车毂，争进酒炙”。民意纵使如此，但被吸收参了政、做了官的社会精英，一个个都紧跟万岁爷施严刑峻法，甚至“以其私”任意陷人于死地，难怪汉室江山终于无法稳定。

魏相萧望之

洪迈

赵广汉之死由魏相，韩延寿之死由萧望之。魏、萧贤公卿也，忍以其私陷二材臣于死地乎。杨恽坐语言怨望，而廷尉当以为大逆不道，以其时考之，乃于定国也。史称定国为廷尉，民自以不冤，岂其然乎。宣帝治尚严，而三人者又从而辅翼之，为可恨也。

【九十七字】

○本文录自《容斋随笔》卷六。

○魏相，汉宣帝时丞相。

○萧望之，宣帝时御史大夫（相当于副丞相）。

○赵广汉，宣帝时以京兆尹被诛死。

○韩延寿，宣帝时以左冯翊被诛死。

○杨恽，宣帝时以『怨望』被诛死。

○于定国，宣帝时廷尉。

○宣帝，西汉第八位皇帝。

改地名

【念楼读】 严州本来叫睦州，宣和二年方腊在这里聚众造反，连破许多州县，杀官改元，东南大震，结果朝廷动用十多万军队，打了几个月的仗，才得“敉平”。可能朝廷认为，跟造反的百姓难得讲和睦，只能从“严”，于是将睦州改名为严州。

这和本州富春江上的严陵滩也有关系，因为严子陵是大名人，东汉光武帝叫他做官他不做，跑到这里来钓鱼，留下一座钓台，久已闻名全国，正好借借他的名气。

其实严子陵（严光）本来姓庄，光武帝刘秀死后，孝明帝刘庄继位，庄字必须避讳，于是庄光变成了严光。如今东汉已过去上千年，庄字早不必避讳，我看以后也不必再叫严州了。

【念楼曰】 地名是千百年来形成的，最好不要随便改动。有些改动也许有理，但不顾历史沿革，出于意识形态，但凭长官意志，甚至违背常识，乱改一气，就不好了。像我们长沙，从宋朝到清朝本是两个县，即长沙和善化，如今还留有长善围等地名。清末名人中，黄兴称黄善化，皮锡瑞称皮善化，瞿鸿禨称瞿善化，称善化的比称长沙的还多。民国时两县合二为一，一九四九后又一分为二，却弃去善化之名不用，偏要将一个小地名望城坡的望城升作县名，其实此地不仅从来不是县治，而且早就划出望城县境了。事之荒唐，莫过于此。

严州当为庄州　　洪迈

严州本名睦州，宣和中，以方寇之故改焉。虽以威严为义，然实取严陵滩之意也。殊不考子陵乃庄氏，东汉避显宗讳，以庄为严，故史家追书，以为严光，后世当从实可也。

【六十五字】

〇本文录自《容斋随笔》卷六。
〇严州，今浙江建德等地。
〇宣和，宋徽宗年号。
〇方寇，指方腊。
〇严陵滩在桐庐（原属严州）境内，因严子陵（名光）而得名。
〇显宗，汉明帝庙号。

杀功臣

【念楼读】 汉高祖拜韩信为大将，却三次对他使用诈术。

第一次在韩信攻取赵地后，高祖立刻从成皋渡河，清晨赶到营中，趁韩信尚未起床，夺过他的印信，召集诸将，宣布收回兵权，任韩信为丞相，派他去齐地。

第二次在项羽败死后，韩信已封齐王，高祖又一次突然宣布夺了他的兵权，改封他为楚王。

第三次是伪装去游楚地，于韩信迎谒时逮捕了他。

史称汉高祖"豁达大度"，是开国之君，对功臣却是这样。最后杀韩信，说他想谋反；其实原来蒯通劝韩信反他都不反，后来他即使真起了反心，也是汉高祖的猜疑逼出来的啊。

【念楼曰】 刘邦自己承认，"连百万之众，战必胜，攻必取，吾不如韩信"。所以，在打完大仗之前，对韩信确实是"豁达大度"的。韩信想当个"假王"（摄政王），刘邦便封他为真的齐王。尤其在登坛拜将时，"择良日，斋戒，设坛场，具礼"，恭恭敬敬，只差没有高歌"惟我韩大将军"了。

打完仗以后，"豁达大度"就一变而为"多疑善妒"。韩信于汉王四年被封齐王，五年正月就"徙封楚王"，六年十二月又被降封为淮阴侯，既无部队，又无地盘，"养"起来"与绛、灌等列"了。最后仍被吕后诈入宫中，斩于钟室，并被夷了三族。

幸运的是，这位"大将军"死时并未被迫喊"高皇帝万岁"，而是留下了句真心话："悔不听蒯通之言。"

汉祖三诈

洪迈

汉高祖用韩信为大将，而三以诈临之。信既定赵，高祖自成皋度河，晨自称汉使，驰入信壁，信未起，即其卧夺其印符，麾召诸将易置之。项羽死，则又袭夺其军。卒之伪游云梦而缚信。夫以豁达大度开基之主，所行乃如是，信之终于谋逆，盖有以启之矣。

【九十七字】

○本文录自《容斋随笔》卷十四。
○汉高祖，即刘邦。
○韩信，汉大将，后被诛。
○成皋，地在今河南汜水境内。
○云梦，在华容，应即洞庭湖。

同情者的诗

【念楼读】 《昭明文选》卷二十九，选了李陵的《与苏武诗三首》和苏武的《诗四首》。不少人怀疑，苏武在匈奴告别李陵归汉，归来后住在长安，诗句却写道“俯观江汉流”，能够俯观长江和汉水之处应在南方，苏武这个人什么时候跑到南方去了呢？

苏东坡说这些诗是后人的拟作，我不仅同意，还可以补充一点：李陵诗第二首的结尾两句“独有盈觞酒，与子结绸缪”，汉惠帝名盈，按汉朝法律，犯皇帝名讳是要判罪的，李陵虽然人在匈奴，也不会这样写。可见诗的作者并非李陵和苏武，这一点苏东坡是说对了。

【念楼曰】 “苏武诗”之三，“结发为夫妇，恩爱两不疑，欢娱在今夕，燕婉及良时”，明明是夫妇之辞。苏李二人并无《断背山》那种人物关系，怎会写出这样的诗来呢？

但诗确是好诗，《昭明文选》将其放在《古诗十九首》后面，也还过得去。那么作者至少是南朝时人，昭明太子也是认可的吧。

李陵不死，降了匈奴，汉武帝杀了他全家还不解恨，将帮他说话的司马迁的××也割掉了。但天下后世人总还有同情李陵的，这些诗便应该是同情者的诗。不仅如此，《昭明文选》还有篇《答苏武书》，也托名李陵，说什么“陵虽孤恩，汉亦负德，……谁复能屈身稽颡，还向北阙，使刀笔之吏，弄其文墨耶”，曾被选入《古文观止》，也应该是同情者的作品。

李陵诗

洪 迈

文选编李陵苏武诗凡七篇，人多疑俯观江汉流之语，以为苏武在长安所作，何为乃及江汉。东坡云，皆后人所拟也。予观李诗云，独有盈觞酒，与子结绸缪。盈字正惠帝讳，汉法触讳者有罪，不应陵敢用之，益知坡公之言为可信也。

【八十九字】

○本文录自《容斋随笔》卷十四。

○李陵，汉武帝时为将，败降匈奴。

○《文选》，六十卷，梁昭明太子选编。

○苏武，武帝时出使匈奴，被扣留十九年。

○惠帝刘盈，汉高祖之子。

保护伞

【念楼读】 “城墙洞里的狐狸，没人用水去灌；土地庙内的老鼠，没人烧烟去熏。”说的是它们的巢穴找对了地方，有了保护伞。这乃是一句古话。后来的人，便把君王身边的亲信称为“城狐社鼠”。

《说苑》书中记载孟尝君门客的话道：“灌狐熏鼠，是通常的做法。但从来没人去灌谷神祠里的狐，去熏土地庙中的鼠。为什么呢？就是因为它们有谷神和土地爷的保护啊。”将城墙洞换成谷神祠，语词变了，意思还一样，“谷神祠里的狐狸”，听起来也新鲜。

【念楼曰】 过街老鼠，人人喊打；李斯云“厕中鼠，食不洁，近人犬，数惊恐之”。土地庙里的老鼠却很安全，没人会用烟去熏它，因为怕失火。同样是鼠，有庇护没庇护，命运完全不同。

《诗经》中也有篇《硕鼠》，指的是“蚕食于民，不修其政，贪而畏人”的统治者。他们虽然贪腐，却总还有点“畏人”，还不至于太理直气壮，招摇过市，像今天的陈希同、陈良宇这样“牛”。

城狐社鼠，历朝历代都会有的。鼠害再猖獗，拚着烧掉几座土地庙，也可以灭掉几窝，求得一时清静。怕就怕过街老鼠成了当道豺狼，吃起人来不吐骨头，那就糟天下之大糕了。

城狐社鼠

洪迈

城狐不灌，社鼠不熏，谓其所栖穴者得所凭依，此古语也。故议论者率指人君左右近习为城狐社鼠。予读说苑所载孟尝君之客曰，狐者人之所攻也，鼠者人之所熏也。臣未尝见稷狐见攻，社鼠见熏，何则，所托者然也。稷狐二字，甚奇且新。

【九十二字】

○本文录自《容斋随笔》卷十六。

○《说苑》，二十卷，汉刘向撰，所引见卷十一《善说》。

老学庵笔记十篇

一副八百枚

【念楼读】 政和年间，京城里有次准备在岁末举行盛大的迎神驱鬼活动，下令桂州供应扮演鬼神所用的木雕面具。送来的公文上写着“面具一副”，收公文的人觉得一副怎么够用，太少了。

谁知一看实物，这一副竟有八百个之多。诸神众鬼，各色人物，居然无一相同。大家不禁大为惊奇。

桂州面具至今天下第一，那里许多做面具的都发了财。

【念楼曰】 《论语》云：“乡人傩，朝服而立于阼阶。”可见乡人行傩，连孔夫子都是要穿戴整齐，站在阶基上观看的。如今西南有些乡村中还有傩戏，演出时所戴木雕面具，刷上五颜六色，大都狰狞恐怖，不然瘟神疫鬼怎么会害怕，能够被驱赶走呢？

古人迷信，认为疫病是恶鬼害人。人不是鬼的对手，于是只有请比鬼还恶的“方相氏”等各方神怪来帮忙。慢慢便觉得请神容易送神难，还不如自己装神弄鬼，戴上面具，击鼓鸣锣，又能娱乐，原始的戏剧便由此诞生了。

我觉得“乡人”也就是老百姓还是很有办法的。他们对付不了鬼，便请神怪来保平安。雕些木脑壳，八百个一套，由州府送中央，合礼合法。于是天下太平，该发财的也发了财。

大傩面具　　陆游

政和中大傩，下桂府进面具，比进到，称一副，初讶其少，乃是以八百枚为一副，老少妍陋无一相似者，乃大惊。至今桂府作此者皆致富，天下及外夷皆不能及。

【六十一字】

○本文录自陆游《老学庵笔记》（下简称《笔记》）卷一。

○政和，宋徽宗年号（一一一一—一一一八）。

○桂府，即桂林府。桂林原名桂州，南宋时升为静江府。

不为人知

【念楼读】 晏敦复是名宰相、大词人晏殊的后人，家学渊源。他文名大，官也大，慕名来求文的极多。朱希真则是建康城中一位名妓，通文能诗，小字秋娘。

有次晏尚书答应别人的请求，为一位去世的官员写了篇墓志，正好要去朱希真那里，便将文稿带去给她看。

“您的文章写得好极了。”朱希真说，“只是有处地方可能加四个字更好。”

晏尚书问她哪处要加字，她却迟疑着不大敢说，经再三追问，她才指着“有文集十卷”这一句下面道：

“这里。”

“要加上哪四个字呢？”

“‘不行于世’四个字啊。”

晏尚书想了想，觉得也对，于是提笔添了一句“藏于家”，笑着对朱希真道：“这可是照你的意见加上去的啊。”

【念楼曰】 在范进、匡超人时代，用心读书，有阀阅之后，急于要办的有三件事：改个号，讨个小，刻部稿。如今时代进步了，改号已不时行，那就改学历、改年龄；讨小也不必讨到屋里去，另外安排房子就是；只有刻部稿这件事，秘书代笔，单位拨款，出版社印行，下级包销都好办，怕就只怕“不为人知”。

墓志增字

陆　游

晏尚书景初，作一士大夫墓志，以示朱希真。希真曰：甚妙，但似欠四字，然不敢以告。景初苦问之，希真指有文集十卷字下，曰：此处欠。又问欠何字，曰：当增不行于世四字。景初遂增：藏于家三字，实用希真意也。

【八十字】

○ 本文录自《笔记》卷一。

○ 景初，指晏景初，名敦复，宋临川（今属江西）人。

○ 朱希真，小字秋娘，宋建康（今南京）女子。

刺秦桧

【念楼读】 秦桧主持和议，杀了岳飞，不满他这样做的人很多。

每日上朝，秦桧坐的轿子总要经过望仙桥。有一次，轿子正在桥上，一名军人突然从桥下冲到轿前，挥刀猛斫。可惜一下斫偏了，只斫断一根轿柱，没有斫到秦桧。

经查明，此人原是殿前司的小校施全，随即审判斩决了。斩时众人围观，有人大骂道：

“不中用的东西，不杀掉留着有什么用！”

众人都会心地笑了。从此秦桧出门，每次都有五十名亲兵卫护。

【念楼曰】 施全当然是条血性汉子。《宋史·忠义列传》多达十卷，表彰了二百八十一个人，不知为何遗漏了他。以现役军人行刺当朝宰相，成与不成都得死，其慷慨赴死完全出于公愤，确实可称忠义。

《史记·刺客列传》文章虽好，但所传之人，曹沫在外交场合“执匕首劫齐桓公”，只能算乱来；专诸刺王僚，聂政刺侠累，均属买凶杀人；豫让“为知己者死”，全出于个人意气；荆轲本人亦无意反秦，不过是太子丹用“恣其所欲”的手段请来的杀手。论品格，这些人全不如施全。

但笑骂“不了事汉”，我却是极其不以为然的。秦太师的轿子天天从桥上过，要充“了事汉”，你何不自己冲上去斫呢？

不了事汉

陆　游

秦会之当国，有殿前司军人施全者，伺其入朝，持斩马刀邀于望仙桥下斫之，断轿子一柱，而不能伤，诛死。其后秦每出，辄以亲兵五十人持梃卫之。初，斩全于市，观者甚众，中有一人朗言曰：此不了事汉，不斩何为！闻者皆笑。

【八十六字】

○本文录自《笔记》卷二。

○秦会之，名桧，南宋江宁（今南京）人，高宗时为丞相十九年。

○殿前司，宋代率领军队的机构。和侍卫司分领禁军。

○施全，钱塘（今杭州）人，为殿前司小校。

炒栗子

【念楼读】 汴京李和家炒栗子过去大大有名，别家想尽了法子也比不上。后来金兵攻入汴京，强迫商民北上，李和家亦在其中。南宋迁都临安后，人们就吃不到李和家的炒栗子了。

绍兴年间，陈、钱两位大臣出使金国。到燕京时，忽有两人来见，给两位使臣各送上十包炒栗子。所有随员，每人也都得到一包。来人没多说话，只留下一句："是李和家的呢！"便流着泪转身走了。

【念楼曰】 炒栗子很好吃，又受季节限制，所以儿时记忆里总少不了它。放翁这一则笔记也写得特别动情，前人多有提及。赵翼《陔馀丛考》说北京炒栗最佳，即引李和儿之言为证：

> 盖金破汴后，流转于燕，仍以炒栗世其业耳，然则今京师炒栗是其遗法耶。

周作人《药味集》中亦有《炒栗子》一文，云：

> 糖炒栗子法在中国殆已普遍，李和家想必特别佳妙……三年前的冬天偶食炒栗，记起放翁来，陆续写二绝句，致其怀念，时已近岁除矣，其词云：
>
> 燕山柳色太凄迷，话到家园一泪垂。长向行人供炒栗，伤心最是李和儿。
>
> 家祭年年总是虚，乃翁心愿竟何如。故园未毁不归去，怕出偏门过鲁墟。

文、诗均有情致，亦可读也。

李和儿

陆游

故都李和炒栗名闻四方。他人百计效之。终不可及。绍兴中。陈福公及钱上阁出使虏廷。至燕山。忽有两人持炒栗各十裹来献。三节人亦人得一裹。自赞曰。李和儿也。挥涕而去。

【六十八字】

〇本文录自《笔记》卷二。

〇绍兴，南宋高宗年号（一一三一——一一六二）。

〇陈福公，名康伯，字长卿。

〇钱上阁，名愷，以『知阁门事』名义任副使。

〇三节人，使臣随员，分上、中、下三节，各若干人。

蔑视痛苦

【念楼读】 诗人黄庭坚因文字获罪，屡遭贬斥，最后被除名羁管，到了宜州。

宜州是个偏僻地方，没有招待所，也没有民房可租，唯有住庙；又碰上庙里正在为皇上祝寿，不能接客，只好住在南门城墙上的小城楼里。那楼又矮又窄，时逢三伏，热得简直像蒸笼。

有天下了雨，炎威稍杀。诗人喝了点酒，坐着矮凉床，把双脚从城楼的栏杆中伸出去让雨淋，一面喊着范寥道：

“信中呀，这真是我一生中最快活的时候啦！”

范寥说，没多久，诗人便死在这城楼上了。

【念楼曰】 有人说，中国的文人全靠有阿 Q 精神，才能勉勉强强活下来。写“江湖夜雨十年灯”和“人生莫放酒杯干”的诗人，因为能够从蒸笼似的屋子里把脚伸到雨中凉快凉快，便说这是他一生中最快活的时候，岂不是阿 Q 精神吗？

我认为这不是的，而是黄庭坚蔑视痛苦的表现。

他视文人的良心和创作的自由重过一切，不怕贬官谪放，在撰《神宗实录》时坚持自己的观点；不怕除名羁管，在《承天塔记》中揭露“天下财力屈竭之端”。这种不屈从权威，坚持说自己想说的话的大无畏精神，实在是文人的脊梁骨，阿 Q 云乎哉？

鲁直在宜州

陆游

范寥言。鲁直至宜州。州无亭驿。又无民居可僦。止一僧舍可寓。而适为崇宁万寿。法所不许。乃居一城楼上。亦极湫隘。秋暑方炽。几不可过。一日忽小雨。鲁直饮薄醉。坐胡床。自栏楯间伸足出外以受雨。顾谓寥曰。信中。吾生平无此快也。未几而卒。

【九十四字】

○本文录自《笔记》卷三。

○范寥，字信中，往广西见黄庭坚，黄死为其办后事。

○鲁直，北宋大诗人黄庭坚（山谷）的别字。

○宜州，今广西省河池市宜州区。

○崇宁，宋徽宗的年号（一一〇二—一一〇六）。

名字偏旁

【念楼读】 绍圣年间，贬逐元祐时期选用的人。苏轼字子瞻，被贬往儋州；苏辙字子由，被贬往雷州；刘挚字莘老，被贬往新州。其地名和人名，都有一个字偏旁相同。

看得出来，这完全是有意安排的，实际上是元祐时被罢官这时又重新当上了丞相的章惇的主意。可见"复出"的当权派搞起政治报复来，是多么残忍，又是多么轻薄。

【念楼曰】 宋神宗熙宁、元丰时以王安石为相行新法，用的是章惇、吕惠卿这班人。神宗死后，宣仁皇太后于元祐时改以司马光为相，复行旧法，用的是苏轼、苏辙、刘挚这班人。一朝天子一朝臣，于是形成"党争"，用"议论公正"者常安民的话来说：

> 元祐中进言者，以熙宁、元丰之政为非，而当时为是；今日进言者，以元祐之政为非，而熙宁、元丰为是。

这话是太后驾崩后说的，原来被斥逐的章惇已经"复相"，轮到他来贬逐"异党"了。

苏轼等人的被贬，也不是一步到位的。以苏辙为例：他先是以"门下侍郎"（副总理）降为"知汝州"（市级），再徙知袁州，再降为"化州别驾，雷州安置"（在化州挂名副县职，实际上下放到雷州）。苏轼最后是"责授琼州别驾，移送昌化军安置"，昌化军即儋州。刘挚则"责授鼎州团练副使，新州安置"。

时相忍忮

陆　游

绍圣中贬元祐人，苏子瞻儋州，子由雷州，刘莘老新州，皆戏取其字之偏旁也。时相之忍忮如此。

【三十七字】

〇本文录自《笔记》卷四。
〇绍圣，宋哲宗年号（一〇九四—一〇九七）。
〇元祐，宋哲宗年号（一〇八六—一〇九三）。
〇儋州，今属海南。
〇雷州，今属广东。
〇新州，今广东新兴。

泥娃娃

【念楼读】 国难之前，天下太平，小孩子的玩具也多讲究。鄜州城里有家姓田的字号，做的泥娃娃有各种各样的姿势和表情，天下闻名。汴京城里的，也不如他家做得好。

一对这样的泥娃娃，通常能卖到十吊钱，一“床”（五至七个）则要卖到三十吊。娃娃小的只两三寸高，大的一尺左右，没有再大的。

我家那时也有一对卧着的泥娃娃，身上标记着“鄜畤田玘制”。绍兴初年逃难到东阳山里住过一段时间，回来以后便找不着了。

【念楼曰】 雕塑人像的历史非常久远，演化出人形的玩具当然远在其后，但《太平广记》引《广异记》中有“帛新妇子”和“瓷新妇子”，即是绢扎和瓷塑的“美人儿”，可见唐代以前即有此种事物，实在可以称为现代“芭比娃娃”的老祖宗。

陆游所记的泥孩儿是从陕西销到浙江的商品。别的笔记里还记有“摩睺罗”“游春黄胖”等名目，《红楼梦》里宝钗要薛蟠给带虎丘泥人，周作人也写过他儿时所见火漆做的老渔翁，白须赤背，要二十四文一个。这些都是玩具史的好资料。

玩具在儿童生活中实在有重要的意义。有的成人，在工作和食色之馀，也还需要玩具，除了扑克和麻将牌。

鄜州田氏　　陆游

承平时，鄜州田氏作泥孩儿名天下，态度无穷，虽京师工效之，莫能及。一对至直十缣，一床至三十千。一床者或五或七也，小者二三寸，大者尺馀，无绝大者。予家旧藏一对卧者，有小字云：鄜畤田玘制。绍兴初，避地东阳山中，归则亡之矣。

【九十一字】

〇本文录自《笔记》卷五。
〇鄜州，今陕西富县。
〇鄜畤，音富至，即鄜州州城（今陕西富县）。

放火三天

【念楼读】 田登忌讳别人直呼其名——登。他做了州官，在本州之内，只要听到有人叫“登”，不管说的是“灯”还是“蹬”，都犯了他的讳，要挨板子。他手下的人怕打，要说“灯”时，只好改口叫“火”。

到了元宵节，州里要放花灯与民同乐，得通知四乡居民都可以进城来看灯，那告示是这样写的：

“元宵佳节，本州照例放火三天。”

【念楼曰】 “只准州官放火，不准百姓点灯”，即起源于此。

我不知道这是讲笑话的人创作出来的笑话，被作者记录下来的呢，还是“并非笑话”，在现实生活中确实发生过的。但它有一个黑暗而沉重的背景，认真想想，就一点都不好笑，也笑不起来了。

在“领导”集权、民众无权的年代里，总是有人享有特权，各种各样的特权。普通老百姓不能做的事情，他能做；普通老百姓得不到的东西，他能得。普通老百姓上大街得处处留神，别违犯了交通规则；他则汽车一长溜，还得“清道”，为了保证“安全”；普通老百姓必须遵纪守法，他则可以“和尚打伞，无法无天”，何止“只准州官放火，不准百姓点灯”。

田登忌讳

陆游

田登作郡，自讳其名，触者必怒，吏卒多被榜笞。于是举州皆谓灯为火。上元放灯，许人入州治游观，吏人遂书榜揭于市曰：本州依例放火三日。

【五十五字】

〇本文录自《笔记》卷五。

地下黑社会

【念楼读】 汴京城里的下水道，又宽又高。不少逃犯躲藏在里面，说是住进了“安乐窝”；有的甚至把女人带进去淫乐，自称“地下夜总会”。从建国时起，直到金兵打来，情况一直如此。再能干的地方官，也没法将这些角落完全管死。

【念楼曰】 记得看过一部法国“古装片”，巴黎的下水道里也是流浪者和小偷集结之处。想不到在“包龙图打坐在开封府”这里，也有同样的现象，而且花样更多，整个一地下黑社会。

我想，自从有了居民聚集的城市之时起，恐怕也就有了黑社会。太史公笔下的“夷门监者”侯嬴、“市井鼓刀屠者”朱亥、“藏于博徒”的毛公、“藏于卖浆家”的薛公、“大阴人”嫪毐、“以屠为事”的聂政、“藏活豪士以百数”的朱家、“铸钱掘冢不可胜数”的郭解、“年十三杀人”的秦舞阳、“狗屠及善击筑者”高渐离，包括“游于邯郸、燕市”的荆轲，都是进得“无忧洞”，上得“鬼樊楼”的人物。若要写中国城市史——中国黑社会史，绝对少不得这些人物。

如今媒体常宣传各地打击“涉黑势力”的成绩，“涉黑”的都这么多了，真的黑社会却似乎还未露面，是不是都躲到“无忧洞”里去了，正在“鬼樊楼”上作乐啊？

无忧洞　　陆游

京师沟渠极深广，亡命多匿其中，自名为无忧洞；甚者盗匿妇人，又谓之鬼樊楼。国初至兵兴，常有之，虽才尹不能绝也。

【四十六字】

○本文录自《笔记》卷六。
○京师，北宋京城在开封，时称汴京，又称东京。
○樊楼，当时开封最出名的酒楼，多妓乐。

口头语

【念楼读】 今日之后的第三日叫“外后日”，大家都这么叫。我原以为是老百姓的口头语，后来见到《唐逸史·裴老传》，其中也有“外后日”这个词。裴老是唐朝大历年间的人，可见它成为书面语言，也已经有很长的历史了。

【念楼曰】 考察日常生活用语中词语的来源，寻出它最早出现在哪本书里，这是很有学术意义的事情，同时也能引起不懂学术的我这样普通人的兴趣。《唐逸史》我没读过，也没见过，如果没有这本书，“外后日”这个我们口语中至今还在用的词儿，最早便是出现在《老学庵笔记》里了。

但是，按我们长沙人的口音，“外后日”的“外”要念作 ái，“外后日”要念成“挨后日”，从来如此。

今日之后是明日，明日之后是后日，后日之后是“挨后日”。挨者，拖延也，迟后也。照我想，写成“挨后日”也是“通”的。

放翁本以为“外后日”是俗语，硬要在书上见到了它，才发觉它早就成为“雅言”（书面语）了。其实，书面语本来是由口头语形成的，将书面上找不到的一概称之为“俗”，其实也不必吧，我以为。

外后日

陆游

今人谓后三日为外后日．意其俗语耳．偶读唐逸史裴老传．乃有此语．裴．大历中人也．则此语亦久矣．

【三十九字】

○本文录自《笔记》卷十。

宋人小说类编十篇

之乎者也

【念楼读】 宋太祖要扩建东京城，亲自到朱雀门去踏看，准备做规划，特别指定赵普陪同。

那城门上原来题了四个大字——“朱雀之门”。太祖见了，便问赵普道：

“明明是‘朱雀门’，为什么要加上一个‘之’字呢?”

赵普回答道：“他们读书人说，这‘之’字是个语助词。”

太祖听了，哈哈一笑，道：“‘之乎者也’这一套，‘助’得了什么事啊。”

【念楼曰】 “之乎者也，助得甚事”，这句话充满了蔑视。赵匡胤“一条杆杖打遍天下七十四军州”，是凭武力夺得天下的。他对于“没铲过滂田塅，没使过七斤半”的读书人，其蔑视十分自然，发自内心，“改也难”。

但他后来毕竟还是改了。在治理天下时，他慢慢认识到：“作宰相须是读书人”，因为读书人在经济、政治尤其是文化方面，还是有本事的，而且本事可能比自己还大。

于是他转而“重文”，死后还留下了一块“戒碑”，告诫嗣位子孙“不得杀士大夫及上书言事人”，给自己留下了一个好名声。

朱雀之门

高文虎

太祖将展外城．幸朱雀门亲自规画．赵韩王普特从上．指门额询普曰．何不只书朱雀门．何须着之字．普对曰．语助．太祖笑曰．之乎者也．助得甚事．

【五十六字】

〇本文见高文虎《蓼花洲闲录》，转录自《宋人小说类编》(下简称《类编》)卷一之二『地理类』。

〇高文虎，字炳如，宋鄞(今宁波)人。

〇太祖，指宋太祖赵匡胤。

〇赵韩王普，宋太祖大臣赵普，死后被追封为韩王。

敢言的戏子

【念楼读】 韩侂胄自恃拥立宁宗有功，掌握了朝廷大权，到嘉泰末年封平原郡王以后，更是独断专行，作威作福，国事都由他说了算，丝毫不由大内（皇宫里面）做主。许多人对此不以为然，却敢怒而不敢言。

有次宫中宴会演戏，演丑角的戏子王公瑾倒是讲出了一句谁也不敢讲的话：

“如今的事，就像伞贩子卖的伞，是不油（由）里面的啊。”

【念楼曰】 不记得是一九七三年还是一九七四年，反正是“反帝反修”“批林批孔”搞得天昏地暗的时候，我和Z君正以现行反革命犯身份在劳改队服刑。其时社会上鸦雀无声，人们都敢怒不敢言，劳改犯人更不敢乱说乱动，“天天读”却雷打不动，天天照读。有天读一篇关于“欧洲的社会主义明灯”的文章，大讲霍查的好话。Z君被指定读报，读到口干舌燥时允许他起身喝口水，他站起来后，不经心似的吐出一句：

“我是不喜欢霍查的。”

全组为之愕然，Z君却不慌不忙端起杯子继续说道：

“所以我只喝白开水。”

举国敢怒不敢言时，戏子利用插科打诨的机会敢言一两句，有时也可以收到和“不喜欢霍查（喝茶）”同样的效果。两千年前有优孟，八百年前有王公瑾，如今恐怕就只有Z君了。

不油里面

张仲文

嘉泰末年。平原公恃有扶日之功。凡事自作威福。政事皆不由内出。会内宴。伶人王公瑾曰。今日正如客人卖伞。不油里面。

【四十七字】

○本文见张仲文《白獭髓》，转录自《类编》卷三之四『隐语类』。

○张仲文，未详。

○嘉泰，宋宁宗年号（一二○一—一二○四）。

○平原公，韩侂胄拥立宁宗，被封为平原郡王。

不如狮子

【念楼读】 石副宰相生性滑稽。真宗皇帝天禧年间他在部里当员外郎时，有西域国家送来一头狮子，养在御花园里。他和同事们去参观，听说狮子每天得供应羊肉十五斤，有的同事便发牢骚：

“一头野兽一天给这么多肉，我们是部里的郎官，一天所得却只有几斤肉，还不如它啊。”

石中立听到了，便高声说道：“怎么能和它比呢，它是苑中狮子，我们却是园外狼（员外郎）啊！”

【念楼曰】 这也是一个利用谐音开玩笑的故事。将“郎”比“狼”，顶多使人发笑；“园外”和“苑中”相比，使人想起了离“无颜”远近的差别，感慨就深了一层。

员外郎从字面上看，好像是编制定“员”之“外”的“郎”官，隋初始置时本来如此。但他们也是中央国家机关里办实事、掌实权的，作用并不小，实际地位也不算低，一开头便是从六品，到宋朝则已是正六品。石中立天禧中为员外郎，还是“帖职”，到仁宗景祐时不过十多年，即官至“参知政事”（副宰相），正二品了。

清朝六部中，尚书从一品，侍郎正二品，是为堂官，现称部级；其下则郎中正五品，员外郎从五品，是为司官，等于司局级。五品年俸八十两，京官加恩俸八十两，每天不到四钱银子，用来买羊肉的钱只怕还没有石中立那时多。

员外郎

张师正

石参政中立性滑稽。天禧中为员外郎帖职时。西域献狮子。畜于御苑。日给羊肉十五斤。尝率同列往观。或叹曰。彼兽也给肉乃尔。吾辈忝预郎曹。日不过数斤。人翻不及兽乎。石曰。君何不知分耶。彼乃苑中狮子。吾曹员外郎耳。安可比耶。

【九十一字】

〇本文见张师正《倦游杂录》，转录自《类编》卷三之五『笑谈类』。

〇张师正，字不疑，宋归安(今浙江吴兴)人。

〇中立，即石中立，洛阳人，宋仁宗景祐(一〇三四—一〇三八)中拜参知政事。

〇天禧，宋真宗晚期年号(一〇一七—一〇二一)。

拍马屁

【念楼读】 最会拍马屁的，要算神宗皇帝时被我父亲推荐去做番禺太守的那个人了。

后来王安石做了宰相，那个人知道王安石会写文章，跟不少人家做过墓志铭，就找了王安石，对他说：

“我现在最大的恨事，就是贱体太顽健，不像是很快就会病死的样子。真希望我能得急病早点死去，那么便能求相爷您给我写一篇墓志铭，贱名便可以沾您的光，永垂不朽了。”

【念楼曰】 对写文章的人，恭维他的文章写得好，就跟恭维女人说她长得漂亮一样，总是不会碰钉子的。

但是，为了得到他一篇文章，便宁愿自己早点死，深恨“微躯日益安健”，脑不出血，心不绞痛，检查也没发现癌症，这就非情非理，马屁拍得太离谱了。

王安石是著名的拗相公，送他金钱美女、汽车洋房，他未见得会要。这样来投其所好，他会不会着了道儿，将其引为知己，委以重任呢？张师正没说，我们自然不知道。但是我想，他自家老太爷肯定是被此人灌米汤而且灌晕了的，不然怎么会将其“荐守番禺”。番禺是一处多好的地方，到那里当一把手，还不是顶肥顶肥的肥缺吗？

愿早就木

张师正

有善谀者．熙宁中曾以先光禄卿荐守番禺．尝启王介甫丞相曰．某所恨微躯日益安健．惟愿早就木．冀得丞相一埋铭．庶几名附雄文．不磨灭于后世．

【五十八字】

○本文来源及作者均与上一篇相同。

○熙宁，宋神宗年号（一〇六八—一〇七七）。

○先光禄卿，作者的父亲，熙宁中官光禄寺卿。

○王介甫，即王安石。

县太爷写字

【念楼读】 苏东坡当钱塘县令时，有人来告状，说扇子店欠了他二十吊钱不还。苏东坡派人将店主带来一问，店主回答道：

“不是不肯还账，而是因为久雨不晴，天气又冷，扇子没人买，所以无钱可还。”

苏东坡便叫他拿二十把扇子来，用判案的笔墨在每把扇子上随意写几行字，或者画几笔枯木竹石，叫他拿出去卖。

那店主一出县衙，市民立刻将二十把扇子抢着买完了，一吊钱一把，于是他立刻还清了账。

【念楼曰】 这故事和王羲之“躲婆巷”的故事一样，未必是真实的，却符合人们心理上的预期，“为钱塘县”的苏东坡就可能是这个样子，也只有他能这个样子。

县令“七品官耳”，但当作“百里侯”来做，也可以大作威福。试问如今有哪个县太爷会管老百姓二十吊钱的小事，就是“作亲民状”管一管，也决不会更没本事用自己的字画帮人还账。

如今的县长、市长、省长也有“会写字”的，他们给名胜景点、纪念碑堂、学校企业题词题字，比起从前最喜欢题字的乾隆皇帝来多出何止百倍。卖得上钱的也大大的有，前江西省副省长胡长清一幅字便价值几十万，可惜这只是在他在任的时候。

东坡书扇

陈 宾

东坡为钱塘县时．民有诉扇肆负钱二万者．逮至则曰．天久雨且寒．扇莫售．非不肯偿也．公令以扇二十来．就判事笔随意作行草．及枯木竹石．以付之．才出门．人竞以千钱取一扇．所持立尽．遂悉偿所负．

【七十八字】

○本文见陈宾《桃源手听》，转录自《类编》卷四之一『服饰类』。

○陈宾，未详。

○钱塘，即今杭州。

皇帝的风格

【念楼读】 西湖北山“九里松”牌匾上的字，本是吴说题写的。高宗皇帝去天竺寺路过时见到了，不禁技痒，于是自己动笔，另外写了，将吴说的字换下。

不久以后，吴说被派去信州任职，向高宗辞行。高宗问他：“‘九里松’是你写的吗？”吴答是的。高宗说：“我写了三次，看来看去，还是不如你写得好。”吴说再三表示不敢，然后告退。

吴说走后，皇上仍叫换上吴说的题字，找了许多地方，最后总算从天竺寺的库房里找得，便将其重新挂上了。

如今挂在那里的，还是吴说所题的“九里松”。

【念楼曰】 宋高宗因为批准秦桧杀岳飞，历来名声不好。其实他的书法倒很出色，后世谓其“专意羲献父子，直与之齐驱并辔”，评价十分之高。他既为书家，见到好字，想写出来比一比，应该也是常情。比了又比，觉得自己“终不如卿”，便放下皇帝的架子，将“御笔”撤下，“再揭原牌”，有此风格，作为书家已属难得，作为皇帝就更难得了。

前面说过清乾隆特喜欢题字，他的字其实远不如宋高宗。马宗霍说他“每至一处，必作诗纪胜，御书刻石；其书千字一律，略无变化”。字并不怎么样，却硬要包着写，风格真不足为道。至于书法和风格还远不如乾隆的皇帝或准皇帝，则更不足道矣。

九里松牌

陈　晦

北山九里松牌，吴说书。高宗诣天竺，遂亲御宸翰，撤去吴书。吴未几出守信州，陛辞，高宗因与语云，九里松乃卿书乎。吴唯唯。复云，朕尝作此三次，观之终不如卿。吴益逊谢。暨朝退，即令再揭原牌，遍索之，乃得之天竺库院，复令植道旁，今所榜是也。

【九十五字】

〇本文见陈晦《行都纪事》，转录自《类编》卷四之五『花木类』。

〇陈晦，未详。

〇吴说，南宋著名书法家。

〇信州，今江西上饶。

独乐园

【念楼读】 独乐园是司马光在洛阳任职时修造的私人住宅，有小园林，因为他写了文章，苏轼又写了诗介绍，所以小有名气。他调离洛阳后，仍常有人去那里游览。

后来司马光有次再去独乐园，见园内新建了一处侧屋，便问守园人，建屋的钱是从哪里弄来的。答说有人来游观，是向他们收得的钱。

“收得的钱你自己为什么不用?”

“钱是给园里的，不是给我的；也只有相爷您才不要钱，没来把钱拿走啊!”守园人答道。

【念楼曰】 孟子劝梁惠王“与民偕乐”，司马光偏要独乐，在《独乐园记》中答复质疑他不能学“君子所乐必与人共之”的人道：

> 叟愚，何得比君子？自乐恐不足，安能及人？况叟之所乐者，薄陋鄙野，皆世之所弃也，虽推以与人，人且不取，岂得强之乎。必也有人肯同此乐，则再拜而献之，安敢专之哉!

看了俞文豹这则小文，觉得司马光虽然命名独乐，其实倒是做到了和“肯同此乐”的人同乐的。他自己造了园，任人来观赏，观赏的人自愿给守园者一点钱，守园者用来造了间侧屋，他还不知道，知道了还问守园人为什么自己不把这些钱用掉，真可谓“不要钱”的相公了。

这守园人也真安分守己。“相公不要钱”，他也不要。

只相公不要钱

俞文豹

温公一日过独乐园．见创一侧室．问守园者何从得钱．对曰．积游赏者所得．公曰．何不留以自用．对曰．只相公不要钱．

【四十五字】

○本文见俞文豹《清夜录》，转录自《类编》卷四之八『杂记类』。

○俞文豹，字文蔚，宋括苍（今属浙江）人。

○温公，司马光卒后被追封为温国公。

朝云

【念楼读】 朝云是苏东坡最喜欢的侍女。

苏东坡有天下班回家,饭后扪着肚皮慢慢地散步,一面问侍女们道:“你们说,我这肚子里头都是些什么东西?”

“都是文章啊。”一个侍女抢着答道。

东坡摇摇头。

“都是见识。”又一个说。

东坡又摇摇头。

最后轮到朝云了,她说道:“我看呐,一肚子都是牢骚,不合时宜的东西。”

东坡听了,哈哈大笑。

【念楼曰】 大人物身边也要有女服务员、女秘书、女护士照顾,千年前的苏东坡自亦难免。地位虽然悬殊,人性却无两样。“食罢扪腹徐行”时问问侍儿,无非寻寻开心,助助消化,难道还想得到认真的答案吗?

妾妇之道,本在逢迎主人,使其悦乐。但也得看主人和妾妇两方面的素质,若是那种喜欢对客掏出小镜子照着梳头的主,则用不着恭维他满腹都是文章见识,只要对他说革命人永远年轻,就足够使他笑得合不拢嘴了。至于东坡,自然只有朝云才能引得他捧腹大笑,以至流传出来成为佳话。费衮写了它,我们今天还要写。

一肚皮不合时宜　　费　衮

东坡一日退朝，食罢扪腹徐行，顾谓侍儿曰：汝辈且道是中有何物？一婢遽曰：都是文章。坡不以为然。又一人曰：满腹都是识见。坡亦未以为当。至朝云乃曰：学士一肚皮不合时宜。坡捧腹大笑。

【五十九字】

○本文见费衮《梁溪漫志》，转录自《类编》卷四之八『杂记类』。

○费衮，字补之，宋无锡人。

○朝云，苏东坡的侍女。

黑暗时代

【念楼读】 神宗皇帝问王安石："你读过欧阳修编纂的《五代史》吗？"

王安石回答道："臣没有仔细读过。草草翻阅，只见他每篇结语都用'呜呼'开头；难道说，对于当时的每件事、每个人，都只能够摇头叹气吗？"

我说，从这句话来看，王安石一定是真的没有仔细读过《五代史》；如果仔细读过，他就不会觉得用"呜呼"开头有什么不对了。残唐五代时，还有什么事情能够使人不摇头叹气的吗？

【念楼曰】 署名"欧阳修撰"的《五代史》，现称《新五代史》，以别于署名"薛居正等撰"的《旧五代史》。欧氏结语每篇纪、传的结语"首必曰呜呼"本是事实。如《梁太祖本纪》结语首云：

> 呜呼！天下之恶梁久矣！

《（后）唐明宗本纪》结语首云：

> 呜呼！自古治世少而乱世多，……况于五代耶。

历史上有所谓"黑暗时代"（Dark Age），原是指欧洲公元五百年至一千年之间，这时战争不断，没有自由的生活、自由的思想、自由的城市和自由的人。其实如咱们的残唐五代、秦始皇时代，外国的希特勒时代、斯大林时代……，这类人人挨整、人人受苦的时代，也是公认的黑暗时代，也是"事事可叹"的。

必曰呜呼

孙宗鉴

神考问荆公云．卿曾看欧阳公五代史否．公对曰．臣不曾仔细看．但见每篇首必曰呜呼．则事事皆可叹也．余谓公真不曾仔细看也．若使曾仔细看．必以呜呼为是．五代之事．岂非事事可叹者乎．

【六十字】

○本文见孙宗鉴《东皋杂录》，转录自《类编》卷四之八『杂记类』。

○孙宗鉴，未详。

○神考，对死去的神宗皇帝的尊称。

○欧阳公，对欧阳修的敬称。

傍人门户

【念楼读】 东坡居士给道潜和尚写过这样一些话：

“有户人家，门板上贴着门神，门楣上挂着艾人，门槛下钉着桃符，都是用来辟邪的。

“忽然那桃符抬起头来，骂艾人道：‘你是什么东西，一把草叶子，居然爬到我的头上来！’艾人低头看桃符一眼，也骂道：‘半截身子都埋到土里去了，还敢同我争高下！’互相吵得不可开交。

“门神实在看不下去了，半劝半骂道：‘你们以为自己是谁？不过是几个给人家看门的，还有工夫在这里争闲气吗？’

“请大师看看，收尾这一句，是不是有点意思。”

【念楼曰】 我辈凡人，不通禅理，但对于桃符和艾人之间的争高下，也觉得没有多大意思。本来挂高挂矮、钉上钉下，全凭主人随意，争有何益。

倒是写文章的人，不妨多想想门神的话，因为自己和看门人的处境其实也差不多，反正得“傍人门户”，按统一口径说话，无从发表独立的思想和见解。就是我们这些人，对于文人学者之间的高下之争，亦不必太加注意。谁拿不拿大奖，谁称不称大师，又有多大区别，又有多少价值呢。

争闲气　苏轼

东坡示参寥云，桃符仰视艾人而骂曰，汝何等草芥，辄居我上。艾人俯而应曰，汝已半截入土，犹争高下乎。桃符怒，往复纷纷不已。门神解之曰，吾辈不肖，傍人门户，何暇争闲气耶。请妙总大士看此一转语。

【七十九字】

〇本文见苏轼《调谑篇》，转录自《类编》卷四之八『杂记类』。

〇苏轼，号东坡，北宋眉山（今属四川）人。

〇参寥，即僧道潜，后赐号妙总大师，与苏轼结交于杭州。

南村辍耕录五篇

棒打不散

【念楼读】 元朝由蒙古入主华夏，世祖改燕京为中都时，已历太祖（铁木真）、太宗（窝阔台）、昭慈皇后（乃马真）、定宗（贵由）、宪宗（蒙哥）等朝，还没有营造宫殿，制定礼仪。

每逢庆典，大小臣工拥挤在大帐外面，争先恐后要进去磕头。蒙古的执法官十分讨厌，举棒痛打，可是官儿们却打都打不散。王磐奏请快立规矩，免得外国耻笑，皇上当即同意。

【念楼曰】 元朝留下的笔记不多，陶宗仪《南村辍耕录》记述忽必烈进北京做了皇帝，依旧按蒙古习惯在帐篷里上朝，新老官员抢着磕头，棒打不散，确实是很有趣的掌故。

更为有趣的，则是王文忠公磐“虑将贻笑外国”的“外国”，并非有黄发碧眼的人，而是刚刚被蒙古大军赶到江南去的南宋王朝，刘克庄正在那里填《贺新郎》词，问“谁梦中原块土”哩。

王磐本人也是出生在金国的汉族读书人，因为举报李璮叛元投宋（在南宋要算是反正吧）有功，才被召为翰林学士的。

古时无所谓“爱国”，读书人只知道“忠君”，谁坐在金銮殿上就向谁磕头，重视利禄的更是争着去磕，棒打不散。王磐奏请立磕头的规矩有功，于是他死后便成为元朝的“王文忠公”。

谥法也是传统“礼制”的内容之一，却很快被蒙古人“拿来”用上，亦足以说明汉文化的同化力强，能够“与时俱进”。

朝仪

陶宗仪

大元受天命，肇造区夏，列圣相承，至于世皇至元初，尚未遑兴建宫阙，凡遇称贺，则臣庶皆集帐前，无有尊卑贵贱之辨。执法官厌其喧杂，挥杖击逐之，去而复来者数次。翰林承旨王文忠公磐时兼太常卿，虑将贻笑外国，奏请立朝仪，遂如其言。

【九十四字】

○本文录自陶宗仪《南村辍耕录》卷一。
○陶宗仪，字九成，元末明初黄岩（今属浙江）人。
○世皇，元世祖忽必烈。
○至元，元世祖年号（一二六四—一二九四）。
○磐，指王磐，字文炳，永平（今河北顺平县）人，金进士。

学者从政

【念楼读】 元朝初年，学者许衡被征召去做官，顺路看望了另一位学者刘因。

“一召便去，你是不是太快了一点？”刘因这样问许衡。

“如果不去，我的‘道’怎么能够实现呢？”许衡这样回答。

没过几年，刘因也被征召去做了官，但没多久便辞职了；接着朝廷又来征聘他，他仍以病坚辞。

“你为什么一定要辞官不做呢？”有人这样问刘因。

“如果不辞，我的‘道’不是太廉价了吗？”刘因这样回答。

【念楼曰】 许衡和刘因都强调一个“道”字，他俩一个出生于金卫绍王大安元年，一个出生在蒙古灭金以后，都没有做过宋朝的臣民。他们读书治学，虽然在异族统治之下，走的仍然是历代儒生的路子，其“道”就是为了“得其君而事之”，实现“修齐治平”；至于这个君怎么样，他们是不能选择也无权选择的。

许衡深研程朱理学，“慨然以道为己任”。元世祖征聘他去当国子祭酒（国立大学校长），后又拜中书左丞，成了国之重臣，“见帝多奏陈”，算是“能行其道”的了。刘因也讲朱子之学，却更重视个人操行，安排的官职也小些，可能有点“吾道不行”的意思，于是急流勇退，走了“退则山林”这另一条路。

征聘

陶宗仪

中书左丞魏国文正公鲁斋许先生衡，中统元年应召赴都日，道谒文靖公静修刘先生因，谓曰：公一聘而起，毋乃太速乎？答曰：不如此，则道不行。至元二十年，征刘先生至，以为赞善大夫，未几辞去；又召为集贤学士，复以疾辞。或问之，乃曰：不如此，则道不尊。

【九十九字】

○本文录自《南村辍耕录》卷二。

○许衡，字仲平，号鲁斋，元河内（今河南沁阳）人。

○中统，元世祖始用的年号（一二六〇——一二六四）。

○至元，见页三八七注。

○刘因，字梦吉，号静修，元容城（今属河北）人。

大国的体面

【念楼读】 元明善在仁宗朝擢参议中书省事，升翰林学士。正值朝廷派某蒙古大臣出使交趾，元为副使。此时交趾国内政权不稳，国主想结交中朝大官，便在使臣回国时以重金贿赠。那位蒙古大臣欣然接受了，元明善却坚不肯受。

“正使大人都收下了，您为何定要拒绝呢?”国主问道。

“他未加拒绝，是为了看重国主的情面，使你们小国安心；我必须拒绝，是为了保持自己的操守，维护大国的体面。”

听了元明善这番话，国主不禁肃然起敬。

【念楼曰】 元朝是蒙古人建立的政权，其用人标准是一蒙古、二色目（中亚及西亚人）、三汉人（辽金遗民及北方汉人）、四南人（南方汉人）。元明善属于汉人，虽为翰林学士，也只能当副使，还得帮受贿的蒙古正使打圆场，以“全大国之体”。

当时的蒙古（元）确实是大国。元太祖铁木真（成吉思汗）和太宗（窝阔台）命拔都的两次西征，横扫亚欧大陆，小国纷纷臣服。但世祖（忽必烈）灭南宋后，出征日本、安南（交趾）都不顺利，他死后的成宗、武宗、仁宗对外已无法用兵，但“大国”的架子还在。元明善当着交趾“伪主”面称其为“小国”，便是这种“大国心理”的暴露。

大国其实不好当，不能只图大国的风光，不顾大国的体面。

使交趾

陶宗仪

翰林学士元文敏公明善，字复初，清河人，参议中书日，会朝廷遣蒙古大臣一员使交趾，公副之，将还，国之伪主赆以金，蒙古受之，公固辞。伪主曰，彼使臣已受矣，公独何为？公曰，彼所以受者，安小国之心；我所以不受者，全大国之体。伪主叹服。

【九十三字】

○ 本文录自《南村辍耕录》卷二。

○ 交趾，越南，当时是元朝的属国。

○ 明善，指元明善，字复初，元清河（今属北京）人，谥文敏。

正室夫人

【念楼读】 御史大夫也先帖木儿，嫌弃自己的夫人好几年了，一直对她十分冷淡。

有次首席翰林学士阿目茄八剌死了，也先帖木儿派一名司马去吊孝，回来后问他死者的后事，司马回答说：

“承旨大人府上，戴凤冠的姨太太有十五位，都忙着争分财物，全不悲伤；一直守在灵前哭着的，只有一位正室夫人。”

也先帖木儿听后，默然无语。当天晚上，他便到夫人房中住了，从此恩爱如初。

【念楼曰】 读《元史》，尤其是这回写这节小文，十分讨厌“也先帖木儿”“阿目茄八剌”这类名字。读《清史稿》便好得多，“阿桂”“和珅”均可接受，因为他们愿意汉化，后来连“爱新觉罗”都改成了“金”。

但夫妻男女之间的事情，民族差异却似乎并不明显，官做大了，都会想多要几个娘子。戴罟罟（罟音古）的姨太太达十五位，承旨大人身体再棒，恐怕也难以“承旨”，于是正室夫人不能不“坐守灵帏，哭泣不已”了。

如今世界上有些国家允许一夫四妻（这倒正合了辜鸿铭老先生“一把茶壶四个杯”的妙喻），咱们这儿还有共产主义道德约束着，当官的总不会三妻四妾，自然会珍重正室夫人，不会冷落她的吧。

司马善谏

陶宗仪

御史大夫也先帖木儿，与夫人不睦，已数年矣。翰林学士承旨阿目茄八剌死，大夫遣司马明里往唁之。及归，问其所以，明里云，承旨带罟罟娘子十有五人，皆务争夺家财，全无哀戚之情，惟正室坐守灵帏，哭泣不已。大夫默然，是夜，遂与夫人同寝，欢爱如初。

【九十九字】

○本文录自《南村辍耕录》卷二十二。

○也先帖木儿，蒙古许兀慎氏，元仁宗时知枢密院事。

○罟罟，蒙古语，蒙古贵妇所戴的高冠。

『有气味』

【念楼读】 大画家倪云林讲究清洁讲究得过了头，简直成了病态。有次他看上了一个叫赵买儿的歌妓，招来陪宿。叫她洗澡上床后，又手摸鼻嗅，仔细检查。检查到私处，觉得“有气味”，又叫她下床再去洗。洗后再嗅，嗅后再洗，折腾到天亮，兴致也折腾得等于零了，白给了一笔服务费。

后来赵买儿说起这回事，每次都笑得直不起腰来。

【念楼曰】 艺术家的行为，往往有一般人觉得怪异的。这件事涉及两性关系，更容易引起人们的兴趣，或认为不可理解。其实倪云林此种怪癖乃是一种病症，现代医学上称为“强迫症”，“洁癖”只是其表现之一。我曾亲见有患者总嫌自己的手不干净，从早到晚不断地洗手，冬天因为手的皮肤老用肥皂洗，总是开裂，以至流血，他却仍然不断地洗。据说此病很难治好，患者痛苦不易解脱，甚至为此轻生。

人的性器位于“两便之间”，佛家说最为“不净”，难怪我们的大画家要“且扪且嗅”，至再至三，仍然觉得“有气味”，不行。其实这种“不净观”乃是反自然、反科学的。人体只要没有生病，并保持清洁，有气味亦不至于“秽”。据性学者说，两性互相吸引的途径，主要是通过视觉、触觉和嗅觉；那么“有气味”乃是正常的，毫无气味反而未必正常了。

病洁　　陶宗仪

毗陵倪元镇有洁病。一日，眷歌姬赵买儿，留宿别业中，心疑其不洁，俾之浴。既登榻，以手自顶至踵，且扪且嗅，扪至阴，有秽气，复俾浴。凡再三，东方既白，不复作巫山之梦，徒赠以金。赵或自谈，必至绝倒。

【七十七字】

○本文录自《南村辍耕录》卷二十七。

○毗陵，今常州。

○倪元镇，名瓒，号云林子，元无锡人。

菽园杂记六篇

儿子岂敢

【念楼读】 明英宗正统年间，司礼监太监王振掌权，势倾朝野。英宗称之为“先生”，百官尊之为“翁父”，还有些最不要脸的官员，干脆自愿做干儿子，叫他干爸爸。

工部侍郎王某最会拍马屁，又年轻貌美，很得王振欢心。有一次王振问他：

“王侍郎，你为什么不蓄胡子呢？”

王某恭恭敬敬地回答道：“您老人家没有胡子，做儿子的我，又怎么敢有胡子啊！”

【念楼曰】 演《西厢记》，张生得了相思病，头上扎着手巾，手里撑根木棍，走出来叫书童。书童上台时，头上也扎着手巾，手里也撑根木棍，显得比张生病得更厉害。张生惊问道：“你也病了？”书童答道：“相公病了，我不敢不病呀！”

书童“不敢不病”，是为了学样；王侍郎“不敢有须”，却是为了逢迎。小书童只是可笑，堂堂侍郎则可耻至极矣。

为了做官，不惜先做别人的儿子，甚至做太监的儿子。这种死不要脸的人怎么能够当上侍郎（副部长），真是怪事。明士大夫高谈气节者最多，寡廉鲜耻、毫无骨气者亦最多，这其实是一件事情的两面。当时君权最尊，人格最贱，进士翰林出身的官，动辄可以廷杖（打屁股）。屁股朝夕不保，脸面如何能存，所以王侍郎他们就干脆不要脸了。

王侍郎　陆容

正统间．工部侍郎王某．出入太监王振之门．某貌美而无须．善伺候振颜色．振甚眷之．一日问某曰．王侍郎．尔何无须．某对云．公无须．儿子岂敢有须．人传以为笑．

【六十二字】

○本文录自陆容《菽园杂记》（下简称《杂记》）卷二。

○陆容，字文量，明太仓（今属江苏）人。

○正统，明英宗年号（一四三六——一四四九）。

○王振，明英宗时宦官，擅权跋扈，后死于乱兵之中。

『凡是派』

【念楼读】 英宗皇帝初年，御史彭勖（当时在督理南京学政）认为，永乐年间编成的《五经四书大全》辑录各家的论点，颇有与朱子《集注》不合的地方；准备加以辩证，写成专书，拿去送审。有人说，《五经四书大全》的序是永乐皇上“御制”，这书怎么能改，此事便中止了。

现在看来，彭君所见不为无理。学问愈研讨愈精进，真理越辩论越分明，怎么能因为是“御制”的便不允许讨论、修改了呢？

【念楼曰】 “凡是派”好像只在二十世纪七十年代末八十年代初出现过一阵子，就“前不见古人，后不见来者”了。读了这则“杂记”，才知道明朝正统年间也有。古人云，“五百年犹比膊”，不仅五百年前有，就是五百年后亦未必没有，如果专制政治和专制文化还能存在五百年。

《五经四书大全》（以下简称《大全》）编成，彭勖要“删正自为一书”，“或以《大全》序出自御制而止”，这“或以”的他们不正是“凡是派”吗？

《大全》所采“诸儒之说，有与（朱子）《集注》背驰者”，彭勖就要来“删正”，他难道不也是“凡是派”么？

凡是“御制”便得维护，凡是“朱注”便得遵从。最可怕的是，此亦不必以朝廷诏令行之，反彭勖的和彭勖都是自觉自愿这么干的，他们早就被训练成“志愿凡是派”了。

御制大全　陆容

正统初．南畿提学彭御史勖．尝以永乐间纂修五经四书大全讨论欠精．诸儒之说有与集注背驰者．尝删正自为一书．欲缮写以献．或以大全序出自御制而止．以今观之．诚有如彭公之见者．盖订正经籍．所以明道．不当以是自沮也．

【九十字】

〇本文录自《杂记》卷三。

〇正统，明英宗年号（一四三六—一四四九）。

〇南畿，即南都，明朝时指南京。

〇彭勖，字祖期，明永丰（今属江西）人。

〇永乐，明成祖年号（一四〇三—一四二四）。

自称老臣

【念楼读】 危素和余阙，都是所谓文学名臣，在元朝都入过翰林院，修过史。后来元朝灭亡，余阙死于守城，危素则又进了明朝的翰林院。

有一天，明太祖派了个小太监去翰林院问问是谁在值班。危素朗朗高声地回答道："老臣危素。"

小太监回宫复命，太祖听了，一言不发。大概他觉得危素的"老"是"老"在前朝，现在实在不该倚老卖老，于是第二天就传旨令危素去余阙庙（在安庆）烧香，意思是要他到死节的老同事坟前去一趟，看他还好不好意思活得这样精神。

【念楼曰】 叫危素去余阙庙烧香，正好比叫陈明仁去战犯管理所看宋希濂、杜聿明，区别只在于一是看死者，一是看生者。一死一生，死者无言，还好应付；生者见了面总不能不说话，一为座上客，一为阶下囚，这话又如何说，岂不尴尬。想想这种安排也实在太挖苦人了，真不知当初怎么想得出来。

只做做文章的老先生如余阙者，本不必为元朝"死节"，何况那是"非我族类"的姓奇渥温的家天下。危素若迟生六百年，说不定还可以早点伸张民族大义，参加民族起义，那就不但可以自称老臣，而且可以自称老革命了。

危素　陆容

高皇一日遣小内使至翰林看何人在院。时危素太仆当直。对内使云。老臣危素。内使复命。上默然。翌日传旨令素余阙庙烧香。盖余危皆元臣。余为元死节。盖厌其自称老臣。故以愧之。

【七十一字】

○本文录自《杂记》卷三。

○高皇，时人对明太祖朱元璋的称呼。

○危素，字太朴，元大臣，明初授翰林侍讲学士。

○余阙，元大臣，曾同危素修史，后死于红巾军手中。

染　发

【念楼读】 陆展将白头发染青讨好小老婆，寇准拔掉胡须争取当宰相，都是为了个人目的，对抗自然规律；但是晋人张华在《博物志》中就介绍过染白胡须的方法，唐人、宋人也写过镊去自己白头发的诗，可见此事由来已久。

不过如今这样做的人，多数倒不是为了搞到女人，而是为了搞到官位。不信你可以看看，卖乌须药和镶牙补牙的广告，岂不是都贴在吏部衙门前，并没贴到风月场所去吗？

【念楼曰】 陆展不知何许人，"染白发以媚妾"，这种"装嫩"虽然太肉麻，但只要他自己的老脸上搁得住，毕竟与别人没太多关系。拔掉白毛、补齐牙齿，说想多为人民服务，其实想的全是功名利禄，更进一步则改小年龄，假造履历，相率而为伪，这就于世道人心大有妨碍，不完全是个人的事情了。

对于我来说，乌须药首见于《龙凤呈祥》，戏台上的刘备招亲成功，它起到了决定性的作用。当然皇叔的大目标乃是荆州而非孙尚香，政治从来是第一位的。不爱江山爱美人，是无大志的人生哲学，大英帝国温莎公爵庶几近之。在男尊女卑的东方，则只要有了江山，又何愁没有美人，即使他七八十岁了，如还有此需要，年轻的女秘书、女护士不都争着上，谁还敢要他染头发。

白发白须

陆　容

陆展染白发以媚妾，寇准促白须以求相，皆溺于所欲，而不顺其自然者也。然张华博物志有染白须法，唐宋人有镊白诗，是知此风其来远矣。然今之媚妾者盖鲜，大抵皆听选及恋职者耳。吏部前粘壁有染白须发药修补门牙法，观此可知矣。

【九十四字】

○本文录自《杂记》卷九。

○陆展，未详。

○寇准，字平仲，北宋时下邽（今陕西渭南）人。

○张华，字茂先，西晋时方城（今河北固安）人。

画圣像

【念楼读】 太祖皇帝召来多位画师为自己画像，画出来都不满意。有画像技术最高、画得最像的，以为自己画的万岁爷一定会满意，结果也不行。

只有一位画师揣摩出了皇上的心思，特地将御容画得格外慈祥，呈上去以后，龙心大悦，又叫他再多画几幅，分赐给封了王的各位皇子。

【念楼曰】 都知道朱元璋“五岳朝天”，满脸横肉，一副杀人不眨眼的凶狠相。如果照着真容来画圣像，自然会越逼真越难看，画得越像越“不行”。

只有杀起人来绝不心慈手软，才能夺得天下。夺得天下以后，为了收揽人心，又得以慈眉善目的姿态出现，于是此圣像便只能依赖画师们来“创作”了。这种“创作”当然是一种宣传，“客观主义”首先要反对，“为真实而真实”也不行，必须服从政治，服从国家的最高利益，无论如何也得画出一副“穆穆之容”，画出一个亲民爱民的皇帝来。

我很佩服那位能够“探知上意”的画工的本领，凭着这套本领，明朝那时候如果建立“美协”，他“当选”主席肯定没有问题。那些画得最像的，则只怕还会落下个丑化万岁爷形象的罪名，吃不了兜着走。

传写御容　陆容

高皇尝集画工传写御容，多不称旨。有笔意逼真者，自以为必见赏，及进览，亦然。一工探知上意，稍于形似之外，加穆穆之容以进，上览之，甚喜，仍命传数本以赐诸王。盖上之意有在，他工不能知也。

【七十六字】

◎本文录自《杂记》卷十四。
◎高皇，见页四〇三注。

乌柏树

【念楼读】 乌柏树只能用接枝法繁殖，成树后才能结子，否则即使结子，也不会多。

十一月间采了柏子，用水碓舂捣，使核外的一层“肉”脱落，然后过筛，将二者分开。“肉”煎成蜡，是制烛的材料。核磨碎蒸软榨出油，可用来点灯，也可掺在蜡中制烛，或掺入桐油制雨伞；但不能食用，误食了会使人上呕下泻。

柏子榨油后的枯饼，是农田的好肥料。

【念楼曰】 在我的家乡，水边常有柏树，树干和树枝多弯向水面，小孩可以爬上去，当然印象最深的还是它的红叶。后来才知道，张继的“江枫渔火对愁眠”、刘伯温的“红树漫山驻岁华”，都是咏乌柏的。陆子章《豫章录》云：

> 饶信间柏树冬初叶落，结子放蜡，每颗作十字裂，一丛有数颗，望之若梅花初绽。枝柯结曲，多在野水乱石间，远近成林，真可作画。

也写得很传神。可惜我从离乡以后，即未再见过它的身影。

柏子出的油有三种，平江人分别称为皮油（“肉”即核外蜡质层所制）、子油（核即种仁所制）、木油（整粒柏子所制）。皮油的硬脂酸含量高，浇成的蜡烛较硬，优于用木油者。

如今乡下有了电灯，敬神的烛亦改用石蜡制成，柏树不再有经济价值，唯愿还能留一点下来，点缀山村的风景。

柏　　陆容

种柏必须接，否则不结子，结亦不多。冬月取柏子舂于水碓，候柏肉皆脱，然后筛出核，煎而为蜡，其核磨碎入甑蒸软，压取清油，可燃灯，或和蜡浇烛，或杂桐油制伞，但不可食，食则令人吐泻，其渣名油饼，壅田甚肥。

【八十二字】

〇本文录自《杂记》卷十四。

古今谭概五篇

心中无妓

【念楼读】 程颢(明道)、程颐(伊川)两兄弟,都以讲道学出名,被尊称为“两程夫子”。有回哥俩同往官宦人家赴宴,有妓女来陪酒。小程先生怕妓女近身,连忙站起,整整衣襟,大步离开了;大程先生却若无其事,和众客人一同笑谈饮酒,直至终席。

第二日,小程先生来到哥哥书房,讲起头天让妓女来陪酒,仍然气愤。大程先生便对弟弟说:“昨天酒席上有妓女,我心目中却没有妓女;今天这书房中没有妓女,你心里却还有妓女啊。”

【念楼曰】 《古今谭概》是冯梦龙纂辑的一部书,“心中无妓”这个故事传说甚广,大概亦非冯梦龙虚构的。两兄弟都是道学家,但看来哥哥的“道学”水平比弟弟更高。他以为,只要心中无妓,座中即使有妓,也不会影响自己的“道学”形象。

其实在古时,士大夫们对家妓或官妓,逢场作戏一下是完全没有关系的,不过道学先生要当“夫子”,便不得不从高从严要求自己,装出一副特殊材料做成的人模人样。

小程先生“拂衣起”,至次日“愠犹未解”,面皮绷如此久,血压肯定升高,比起大程先生随大流“尽欢而罢”,似乎更不利于养生。可是弟弟只比哥哥小一岁,却在哥哥去世后还活了二十二年,这又如何解释呢?难道要做到“心中无妓”,见可欲而心不乱,竟如金庸所写的“必先自宫”,比起板起一副脸装正经,对于身心健康更为不利吗?

两程夫子

冯梦龙

两程夫子赴一士夫宴．有妓侑觞．伊川拂衣起．明道尽欢而罢．次日．伊川过明道斋中．愠犹未解．明道曰．昨日座中有妓．吾心中却无妓．今日斋中无妓．汝心中却有妓．伊川自谓不及．

【七十字】

○本文录自冯梦龙《古今谭概》（下简称《谭概》）『迂腐部第一』。

○冯梦龙，字犹龙，明长洲（今苏州）人。

○两程夫子，即程颢、程颐兄弟，北宋洛阳人。

○伊川，程颐（字正叔）的外号，为颢之弟。

○明道，程颢（字伯淳）的外号。

大袖子

【念楼读】 曹奎中了进士，制袍服时有意将袖子做得特别大，穿在身上，招摇过市。

“你这袖子做得太大了吧?”杨衍见了，问他道。

“就是要大，才装得下天下黎民百姓呀。”曹奎得意洋洋地回答。

“我看呐，天下黎民百姓虽然装不下，一个两个倒硬是装得进去了。”杨衍笑着说了这么一句。

【念楼曰】 做大官的总说“心中要装着老百姓”，翻译成古话，也就是“盛天下苍生”了。

若真能如此，当然很好。怕就怕像曹奎那样，专门只在衣服之类事情上做表面功夫。修行馆若干处，一掷几个亿，衣服却打上几十个补丁，还摆出来展览，也不怕漫画化了自己。

在上者提倡某种精神，宣传某种思想，要收效莫如身体力行，而不在多言。颁布几条顺口溜式的口号，比如“盛天下苍生”之类，以为如此天下苍生便会得救，岂非捏着鼻子哄自己。官儿们倒是会闻风而动，“上头”怎样说，他们立马就会怎样表现，曹奎的大袖袍便是表现之一。但是，蒋介石手订的“党员守则”背得再滚瓜烂熟，亦无救于国民党的败亡啊。

盛天下苍生

冯梦龙

进士曹奎作大袖袍。杨衍问曰。袖何须此大。奎曰。要盛天下苍生。衍笑曰。盛得一个苍生矣。

【三十五字】

◎本文录自《谭概》『怪诞部第二』。

不怕杀头

【念楼读】 嘉靖时北方蒙古族俺答汗率部入侵，京师一度危急。皇上怪罪兵部尚书丁汝夔抵御无方，将其斩首示众，这件事在百官中引起很大震动，都觉得仕途险恶，说：

“动不动就杀头，谁还敢做官。”

“怎么没有人敢做呢，这是大官呀！”有人笑道，“兵部尚书这把虎皮交椅，如果坐一天便杀头，也许没人争着坐；只要坐得上个把月，就是杀头，也还是有人要争着坐的。”

【念楼曰】 为了做官不怕杀头，这似乎是一句挖苦话，其实不然。后来明朝的兵部尚书被“大辟”的仍旧不少，如熊廷弼、袁崇焕，而且都是忠臣。明知这把交椅坐上危险，还是毅然决然坐上去，真所谓忠臣不怕死了。

贪官不怕死的就更多。明太祖恨贪官，县官贪污被告发，便将其剥皮填草，挂在县衙内堂示众。新县官来上任，吏胥们常窃窃私语：“填草的又来了。”

如今读报，亦常见有贪官判死刑、判死缓，不怕判的却越来越多。斯蒂文森写《自杀俱乐部》，有波斯王子花钱买死；我们的贪官用来买死的钱，本就是凭“空手道”得来的，不必从波斯王宫远道搬来，所以才会更加“大方”和“痛快”。

仕途之险

冯梦龙

世庙时，通州虏急，怒大司马丁汝夔，置之辟。缙绅见而叹曰，仕途之险如此。有何宦情，中一人笑曰，若使兵部尚书一日杀一个，只索抛却，若使一月杀一个，还要做他。

【六十四字】

○本文录自《谭概》『痴绝部第三』。

○世庙，明世宗，即嘉靖皇帝。

○丁汝夔，字大章，明沾化（今属山东）人。

那两年靠谁

【念楼读】 有个姓吴的人，二十岁做了爸爸，儿子养到三十岁，他自己已经五十岁了。这个儿子蠢得很，名字就叫“蠢子”，生活全得爸爸照顾。

有天来了个算命先生，爸爸请他替自己和儿子算命，结果算出，爸爸寿八十，儿子也会活到六十二。蠢子听后，号啕大哭：

“爸爸八十岁死了，我六十岁以后还有两年，那两年靠谁养活啊！”

【念楼曰】 不幸生下白痴或低能儿，只能尽一世义务，身后还会留下遗恨。对此社会应予同情，国家也该关心，绝不该觉得好笑。旧笑话打趣残疾人，乃是国民心理不健全的表现。但取笑弱智和病人的毕竟还少，除了借呆女婿、傻新娘讲黄色笑话。

这位吴蠢子却未必很蠢，他知道父亲大自己二十岁，算得出八十减二十再减六十二等于负二，知道父亲死后还有两年无人养活自己。如果及早训练他学会独立生活，不让他养成饭来张口、衣来伸手的习惯，很可能他就不会如此号啕大哭了。

社会上有所谓的特权阶层。让一部分人先富起来以后，又出现了新富阶层。富贵之家，自然会注意子女教育。但如果教之不以其道，子女虽然并不弱智，也会被娇惯成饭来张口、衣来伸手的少爷小姐。富人的命即使再长，寿终正寝时也会放心不下的。

吴蠢子　　冯梦龙

吴蠢子年三十，倚父为生。父年五十矣。遇星家推父寿当八十，子当六十二。蠢子泣曰：我父寿止八十，我到六十以后，那二年靠谁养活。

【五十二字】

〇本文录自《谭概》『专愚部第四』。

人之将死

【念楼读】 刘宋朝的明帝决定要王彧死在自己前头，自知不起时，派使者将敕书和毒酒送到江州去，令其服毒自尽。

使者到时，王彧正在和客人下棋。他读过敕书，将它和毒酒放在一旁，继续将一局棋下完，收好棋子，才从容对客人说：

"皇上要我死呢。"顺手将敕书递给客人一看，然后举起毒酒说，"这壶酒没法请你喝啦。"自己几口吞下，随即气绝。

【念楼曰】 人之将死，其本来面目、风度、修养都会显示出来。

王彧出身名门，富有才学，从小即很受宋武帝（明帝之父）爱重，选他妹妹为太子妃，又要将公主嫁给他，想太子和他互为郎舅。王彧倒没什么野心，他多次辞谢加官晋爵，还以病体辞不尚主。明帝即位后，他更加谨慎小心，主动请求出守外地，远离政治中心。但即使如此，当明帝重病快死时，怕以后太子年幼，皇后临朝，王彧是"元舅"自然会出掌国政，以他的才能和资望，天下便可能会由姓刘变为姓王，所以还是决定请他喝毒酒，先行一步。

这便是专制政体最可怕、最黑暗的一面。君要臣死，臣便不得不死。即使位极人臣，甚至是二把手，毒酒送来也不能不喝。王景文能留下这么一句有风度的、耐人寻味的遗言，可谓参透人生，洒脱至极了。

此酒不堪相劝

冯梦龙

宋明帝赐王景文死．景文在江州．方与客棋．看敕讫．置局下．神色怡然．争劫竟．敛纳奁毕．徐言奉敕赐死．方以敕示客．因举鸩谓客曰．此酒不堪相劝．遂一饮而绝．

【六十二字】

○本文录自《谭概》『越情部第十』。

○宋明帝，即刘彧，南朝宋皇帝，四六五年至四七二年在位。

○王景文，名彧，南朝宋临沂（今属山东）人。

○江州，今江西九江。

广东新语八篇

水流鹅

【念楼读】 广东地方有一种水鸟叫做“淘鹅”,有时口音略变又叫“逃河”,阳江的方言则叫“水流鹅”,其实就是别处叫鹈鹕的。其形体大小如鹅,会潜水捕鱼,还会将浅水弄干取鱼。捕得鱼它并不全都立即吞食,而是将有的鱼“养”在下喙下面的皮囊里;养鱼的水,有时多达两升。它每游弋捕鱼一次,便能吃上好几天。

水流鹅哎莫淘河,我的鱼少你鱼多。

弯起竹弓想射你,你又会跑奈不何。

渔家有一首儿歌就是这样唱的。

【念楼曰】 《辞海》(一九七九年版一七七五页)云:

> 鹈鹕(Pelecanus),亦称“伽蓝鸟”“淘河鸟”“塘鹅”,……下颌底部有一大的皮囊,俗称“喉囊”,可用以兜食鱼类。性喜群居,主要栖息在沿海湖沼、河川地带。……

我想这里说的“淘鹅”即《辞海》所谓的“塘鹅”,“逃河”即“淘河鸟”,应该没有什么问题,只有“伽蓝”这个梵文音译词有点突兀。一查,方知“伽蓝鸟”出于佛经,给中国人用的《辞海》本该稍加说明,不能怪屈大均失记。

屈大均对于渔童歌唱的水流鹅“竭小水取鱼”和(颐下皮袋)“常盛水二升许以养鱼”的生态,观察入微,描写生动,在关于自然史的记载中殊不多见。

淘鹅

屈大均

淘鹅，即鹈鹕也。曰逃河者，淘鹅之讹也。阳江人则谓水流鹅云。其大如鹅，能沉水取鱼，或竭小水取鱼。颐下有皮袋，常盛水二升许以养鱼，随水浮游。每淘河一次，可充数日之食。渔童谣云：水流鹅，莫淘河。我鱼少，尔鱼多。竹弓欲射汝，奈汝会逃何。

【九十四字】

○本文录自屈大均《广东新语》（下简称《新语》）卷二十。
○屈大均，字翁山，明末清初番禺人。
○阳江，今广东省阳江市江城区。

狗与奴才

【念楼读】 澳门地方多有洋狗，躯体矮小，长着狮子似的长毛。它们完全不能看门、捕猎，却要卖十多两银子一只。

洋人很看重自己养着玩弄的这种狗，和它同住同吃，好吃的食物先给它吃，对狗比对买来的幼年奴仆宠爱得多。

洋狗也很听洋人的话，叫它坐就坐，叫它站就站，人和狗倒是蛮融洽的。所以澳门当地有这样一句俗话：

“宁可变洋狗，也甭作洋奴。”

【念楼曰】 西洋人对狗的态度，自来和中国人很不相同。葡萄牙人居留澳门已久，他们养狗作为玩伴，还买来黑人或华人的幼童作为仆役，此即所谓“奴团”。在葡萄牙人心目中，这些“奴团”的确是“反不如狗”的。

“宁为番狗，莫作鬼奴”，这是痛恨“洋鬼子”的本地“奴团”才讲得出的心里话。但在大多数中国人看来，狗总是更卑贱的东西，骂人骂“狗奴才”也显得更为厉害。但狗与奴才，在必须服从主人这一点上其实并没有什么不同，他们和它们都必须交出自己的自由，作为被豢养的代价。不过奴才读过书，能识字，心思也更灵泛一些，所以得为主人做更多的事，也更不容易讨好。

番狗　屈大均

蠔镜澳多产番狗，矮而小，毛若狮子，可值十馀金，然无他技能，番人顾贵之，其视诸奴囝也，反不如狗，寝食与俱，甘肥必先饲之，坐与立，番狗惟其所命，故其地有语曰：宁为番狗，莫作鬼奴。

【七十二字】

○本文录自《新语》卷二十一。

○蠔镜澳，当作『濠镜澳』，即澳门。

瑶人美食

【念楼读】 竹老鼠住行都在地下，专门在地下吃竹根。它的皮毛柔软，躯体也很柔软，肉非常肥美，可以切成大片，一两片便是一盘，呈紫色，鲜甜如嫩笋。它的鲜血直接饮用，据说也很养人。

瑶家将它视为上等食品，称之为“竹猪”。我在一首写广东风物的诗中也赞赏过：

海上人采来的鲜贝，山里人捉到的竹猪。

【念楼曰】 “文化大革命”中，我在湖南茶陵“洣江茶场”服刑，曾和一个从江华林区送来的瑶族犯人同队。有次他讲起，捉了竹老鼠，用“木叶”烧熟后撕成大块，就着上山打猎或挖笋时随身带的“盐巴”，咬一口肉，舐一舐盐巴，“那个味道呀，真比睡婆娘还美”！

他就是因为烧竹老鼠吃，失火延烧了一小片山林，被作为“纵火犯”判刑五年的。我打趣他道：

“吃只竹老鼠，判了五年刑，你后悔不后悔？”

他仍然沉浸在对美味的回忆中，低下头想了想，才慢慢地回答我道：

“后悔当然有点后悔，判了我五年哪五年——不过竹老鼠那硬是好吃得很！”

竹鼦　　屈大均

竹鼦穴地食竹根，毛松，肉肥美，亦松肉之益人。傜中以为上馔，谓之竹豚。予诗：一二㝝可盈盘，色紫，味如甜笋，血鲜饮海人花蜃蛤，山子竹鸡豚。

【五十五字】

〇本文录自《新语》卷二十一。

何必引韩诗

【念楼读】 龙虾可以大到七八斤一只，头部可以有尺把宽，俨然像个龙头，色彩斑斓，还有两根三四尺长，粗如手指的须。

它的肉味鲜甜，但是比普通河虾肉要粗些。在它的壳内点灯，光亮有如红琥珀，便是有名的龙虾灯。

东莞、新安、潮阳沿海都产龙虾。韩愈在潮州时写诗道：

见到龙虾时不禁想问问它，谁还有更长更美的须和牙？

【念楼曰】 旧时作文喜欢引用古人句子证明自己的渊博，其实这在大多数情况下都是没有必要的，屈大均介绍龙虾引韩愈的诗，即属此类。

韩愈当然是大文豪，确实写过不少好诗，这两句却写得并不好。全诗见《昌黎先生集》卷六，题目是《别赵子》。这里说龙虾的须“雄”也许不错，说龙虾的“牙”也“雄”就太离谱了，因为虾是没有牙的呀。古诗为了凑字数或者押韵，常有这种用字不顾字义的情形，虽韩公亦不免焉。

屈氏说龙虾肉粗，则一点不错，我就不喜欢吃龙虾(和一切的海虾)，只喜欢吃河虾，尤其是现剥现炒的虾仁。至于“光赤如血珀”的龙虾灯，自己虽未见过，知道“东莞、新安、潮阳多有之”也足够了，昌黎诗实在不必抄引也。

龙虾

屈大均

龙虾巨者重七八斤．头大径尺．状如龙．采色鲜耀．有两大须如指．长三四尺．其肉味甜．稍粗于常虾．以壳作灯．光赤如血珀．曰龙虾灯．东莞新安潮阳多有之．昌黎诗．又尝疑龙虾．果谁雄牙须．

【七十三字】

○ 本文录自《新语》卷二十二。

○ 东莞、新安、潮阳，皆当时广东县名，即今之东莞市、深圳市宝安区、潮阳市。

○ 昌黎诗，即韩愈诗，昌黎为韩氏郡望。

金色的丝

【念楼读】 广东阳江有种野蚕叫天蚕，专吃樟叶和枫叶。每年三月蚕体成熟即将吐丝时，将其捉来浸在醋里，可以抽出七八尺异常坚韧的丝来。其丝金光灿烂，最适于用来缠葵扇的边。

如果不如此浸制，天蚕也能在树上成茧。这茧要比家蚕的大好几倍，却无法缫成丝。《尚书·禹贡》所说的充当贡品的“厥篚檿丝”，有人说是这种天蚕丝，其实应是山东地方野生桑蚕的丝。

另外还有一种长在沙柳树上的野蚕，也可以取其丝缠扇子。

【念楼曰】 《禹贡》叙述夏禹“别九州”后“任土作贡”（依照各州土地的出产，决定其贡献的种类），在谈到青州的时候，说了“厥篚檿丝”这句话。

“厥”即是“其”；“篚”音非，是装东西的竹器；“檿”音掩，是山桑树。“厥篚檿丝”的意思便是：其地用竹笼装山桑蚕丝。据说“山桑叶小于桑而多缺刻，（木）性尤坚紧”；吃山桑树叶的蚕所吐的丝，特别适于做琴弦。

看来青州所贡的这种丝，确实不是“以作蒲葵扇缘”的天蚕丝；“海岱惟青州”，在渤海和岱（泰）山之间吃山桑叶的野蚕，也确实不是在广东阳江地方“食必樟枫叶”的天蚕。

天蚕的金色的丝，不知道如今还有没有人在用醋浸取，真想搞“长七八尺”的一根来看看，虽然蒲扇早就不用了。

天蚕

屈大均

天蚕出阳江，其食必樟枫叶，岁三月熟，醋浸之，抽丝长七八尺，色如金，坚韧异常，以作蒲葵扇缘，名天蚕丝，亦有成茧者，大于家蚕数倍，禹贡厥篚檿丝，或即此类，然不可缫为丝，入贡者齐鲁之山茧也，有沙柳虫，腹中丝亦可作缘。

【八十八字】

〇本文录自《新语》卷二十四。

香分公母

【念楼读】 丁香树广州也有，它高一丈多，叶子有些像栎树，花朵细圆，花蕊色黄，结紫色的子，这子就是人们所说的丁香。

人们又将丁香分为公、母两种，小颗的叫“公丁香”，大颗的叫“母丁香”。母丁香效力大一些，但也不如从外国来的贵重。南洋人喜欢嚼丁香，跟嚼槟榔一样。

丁香树结子时，常有彩色羽毛的鹦鹉飞来，啄食嫩的丁香子；人们采过子以后，鹦鹉便啄食留下的皮。

【念楼曰】 丁香是一种香料，中国又用来入药，《本草纲目》介绍它有公母之分，李时珍曰“雄为丁香，雌为鸡舌”；李珣云“小者为丁香，大者为母丁香”；陈藏器云“最大者为鸡舌，击破有顺理而解为两向如鸡舌，故名，乃是母丁香也”。

查了《辞海》才知道，丁香树的“浆果长倒卵形至长椭圆形，称‘母丁香’……干燥花蕾入药，称‘公丁香’”，只有采收迟早之分，并无公母之别。长倒卵形分为两向，倒真有点像鸡舌，它又是香料，女人可含在口中。所以好色多情的李后主，才会写出“向人微露丁香颗”这样的句子来。香分公母，被赋予性别意识，是不是与此多少有关？

“从洋舶来者珍”，因为丁香的原产地乃是南洋，那里出产的本来才是正宗的。

丁香

屈大均

丁香。广州亦有之。木高丈馀。叶似栎。花圆细而黄。子色紫。有雌有雄。雄颗小。称公丁香。雌颗大。其力亦大。称母丁香。从洋船来者珍。番奴口尝含嚼。以代槟榔。其树多五色鹦鹉所栖。以丁香未熟者为饵。子既收。则啄丁皮。

【八十四字】

〇本文录自《新语》卷二十五。

夺香花

【念楼读】 乳源山上长着许多白瑞香，十一二月间盛开如雪，人们叫它“雪花”。砍了它的枝条做柴火，夹着野生的兰草和川芎，烧起来四邻都闻得到浓烈的香气。

瑞香以枝干骈生的为最好。有一种开紫花的尤其香，和别的香花放在一起，别的花香都闻不到了，所以又叫它“夺香花”。

将瑞香花晒干入药，可以治痘症，使患者减轻症状。

【念楼曰】 第一代搞新文学的人，写过些介绍“草木虫鱼”的短文，周作人的《菱角》和《苍蝇》最为著名，他引述过汤姆逊《秋天》文中关于落叶的一节：

> 最足以代表秋天的无过于落叶的悉索声了。它们生时是慈祥的，因为植物所有的财产都是它们之赐，在死时它们亦是美丽的，在死之前，它们把一切还给植物，一切它们所仅存的而亦值得存的东西。它们正如空屋，住人已经跑走了，临走时把好些家具毁了烧了，几乎没有留下什么东西，除了那灶里的灰。但是自然总是那么豪爽的肯用美的，垂死的叶故有那样一个如字的所谓死灰之美。

末了说，此一节“寥寥五句，能够将科学与诗调和地写出，可以说是一篇落叶赞，却又不是四库的哪一部文选所能找得出的”。

《四库全书》里的确找不出汤姆逊这样的文章，只有《广东新语》这些篇也许可以算作无鸟之乡的蝙蝠。

瑞香　屈大均

乳源多白瑞香。冬月盛开如雪。名雪花。刈以为薪。杂山兰芎䓖之属烧之。比屋皆香。其种以挛枝为上。有紫色者香尤烈。杂众花中。众花往往无香。皆为所夺。一名夺香花。干者可以稀痘。

【七十一字】

◯本文录自《新语》卷二十五。

◯乳源，县名，今属广东省韶关市。

草木之名

【念楼读】 “步惊”是一种木本植物。将它的嫩叶加几粒米稍微炒一下，煎汤喝了，可以治疗呕泻寒症。

它的花的香味很像兰花。人们在山野间行走，忽然闻到兰的幽香，在附近又找不到兰草，总免不了惊异，所以将这种树木叫做“步惊”。“步惊”也因此有了名气。

广东永安人进北京，常常带一点晒干了的“步惊”嫩叶，作为本地土产送人。

【念楼曰】 草木之名有一些十分有意思，比如说“步惊”，还有上一节中的“夺香花”，从中不仅可以看出人的心智和情思，更重要的是，还可以看出人和自然的关系。

同一种植物，在不同的地方和不同的人群中，常常有不同的名称。湖南人爱吃的苦瓜，在广东叫凉瓜，北京老百姓喊作癞葡萄，士大夫则称为锦荔枝。研究这些不同的名称，也很有自然史和社会学的价值。

很希望有人能编一部《植物俗名大词典》，若能对木部和草部的许多古字进行研究，将它们如今在各地的俗名一一考证出来，加上绘图说明，那就更好了。现在还没见有这样的大词典，那么就先找些像《广东新语》这样的书来看看也好。

但这往往被人“惊为蕙兰”的“步惊”到底是一种什么植物，它的正式名称和学名该是什么，又有谁能够明白无误地告诉我们呢？

步惊

屈大均

步惊，木本，以嫩叶和米数粒微炒，煎汤饮之，可愈呕泻寒疾。花有幽香，步行遇之，往往惊为蕙兰，故曰步惊。永安人每以嫩叶干之，持入京师作人事。

【五十七字】

○本文录自《新语》卷二十五。

○永安，今广东紫金县。

广阳杂记十一篇

洪太夫人

【念楼读】 洪承畴降清后，被编入汉军八旗，进京师当了兵部尚书，统兵经略西南。他本是福建南安人，这时见天下大定，便派人回老家接母亲来京城享福。

洪太夫人一来，见到儿子，怒气冲冲地举起拐杖就打，痛斥他贪生怕死，无耻不义，骂道："你接我来，想叫我跟旗人去做老妈子吗？我打死你，为世人除害！"洪承畴抱头鼠窜，才没有被痛打。

骂过以后，太夫人命令家人备好船只，立刻南回。

【念楼曰】 满洲如果和中国不再分离，则多尔衮和洪承畴都是统一的功臣。作为部队长官，战败投降犹可谓迫不得已，《日内瓦公约》也会予以保护。可洪承畴却不是投降而是"起义"，不仅不要缴械，还要继续持械"经略"大西南，杀原来的袍泽。太夫人骂他无耻不义，并不冤枉。

洪太夫人痛骂过无耻不义的儿子以后，仍然坐船回南方去当老太太，这也是合情合理的。她虽是朝廷命妇，却并未担负政治军事的责任，用不着为了改朝换代而绝粒或悬梁。至于本来就在压迫剥削下的平头百姓，则更无须如此。关内几万万居民若都在甲申殉国，汉人从此绝种，中国岂不真正灭亡，永远灭亡了吗？

洪承畴母

刘献廷

洪经略入都后，其太夫人犹在也，自闽迎入京。太夫人见经略，大怒，骂，以杖击之，数其不死之罪，曰：汝迎我来，将使我为旗下老婢耶？我打汝死，为天下除害。经略疾走得免，太夫人即买舟南归。

【七十四字】

○本文录自刘献廷《广阳杂记》（下简称《杂记》）卷一。

○刘献廷，字继庄，别号广阳子，清大兴（今属北京）人。

○洪经略，即洪承畴，降清后以兵部尚书经略西南。

谢客启事

【念楼读】 崇祯帝殉国后，福王在南京即位，马士英为首相。黄仲霖向朝廷奏参马士英，召对之后，知道马士英参不倒，自己闯下了弥天大祸，回到家里，便写了张启事粘在门首：

“我得罪了权臣奸佞，离死已经不远，为免连累他人，特令本宅传达，对于来访各位，一概请辞不见。”

【念楼曰】 金兵入汴京，靖康亡国后，南宋又支持了一百五十多年；闯军入北京，崇祯亡国后，南明的弘光小朝廷却仅仅支持了两年。

谈起弘光小朝廷的事，真是既可气，又可笑。这皇帝不像个皇帝，即位后要办的第一件事便是大选“淑女”；首相也不像个首相，口说要“力图恢复”，干的却是“日事报复”，打击妨碍自己结党营私的人；只有一个史可法，却不让他参与朝政，将其派到外地去督师；而所“督”的将官也不像将官，清兵已快临城下，还在内战不止，然后分别降清。黄仲霖在弘光面前参马士英，其志可嘉，其愚却不可及，虽说尽愚忠也是臣子的本分，也得看看这个君值不值得你尽愚忠呐。

但黄仲霖的书生意气，毕竟还有其可爱之处，“以白纸大书于门”的几句话，也写得挺牛的，看了很能使人解气，这恐怕是甲申乙酉间南京城中唯一的亮点。

参马士英　　刘献廷

黄仲霖参马士英，召对归署，以白纸大书于门曰，得罪权奸，命在旦夕，诸客赐顾，门官一概禀辞。

【三十七字】

○本文录自《杂记》卷一。
○黄仲霖，未详。
○马士英，字瑶草，明末贵阳人。

抬轿子

【念楼读】 南岳山上的轿夫，抬轿子的身手，可称天下第一。旅客坐在轿子上，他们抬着行走如飞，速度比得上跑马。他们又特别善于爬陡坡、过独木桥。过桥时，脚板只能横踩在独木上，轿夫们侧着身子，以单肩“挑”着轿杠，脚趾和后跟悬空，全凭脚板心在木头上蹭着走。由一前一后两个轿夫“挑”起的轿子，却仍旧平平稳稳，不侧不偏，使坐轿的人舒舒服服，虽然免不了有些紧张，过后谈起，还不禁吐出舌头，连呼啧啧。

【念楼曰】 一九四九年以前，在报纸上看见蒋介石坐轿子上庐山的照片，曾经破口大骂，说这是压迫人民的象征。蒋氏走后，名山胜地的轿夫确曾一度绝迹，大概比城市中的人力车夫们歇业得还早些。

可是在改革开放以后，旅游兴起，供旅客爬山代步的轿子，又应运而复生。二十世纪八十年代我在四川青城、峨眉都看到过不少顶，争着揽客的，讨价还价的，甚至空轿子跟在客人后面苦口婆心劝客上轿的，均所在多有，供过于求。

天下的事物，本来有需便有供。轿子只要有人要坐，便会有人来抬。取缔既难实行，实亦无必要；从旁替“被压迫者”打抱不平，更属多事，只怕还会被轿夫们认为断了他们的财路，挨一顿臭骂。

舆夫

刘献廷

衡山舆夫矫健冠天下.走及奔马.上峻阪.走独木危桥.舆在肩侧.其足逡巡.二分在外.舆平如衡.无少敧仄.吁.亦异矣.

【四十五字】

○本文录自《杂记》卷二。

小西门

【念楼读】 在长沙小西门外，看湘江两岸居民的房屋，都是竹篱茅舍，朴素中显出一种雅致，丝毫没有城市的拥挤和做作。

湘江中有不少船只。走上水的，走下水的，挂满风帆快速驶过的，停泊在岸边不动的，船上的人正在整理樯橹的，大大小小的船，都很入眼。将它们画下来，肯定十分好看。

我走遍了大江南北，风景绝妙之处，恐怕要算这里。

【念楼曰】 我少年时代的一头一尾，都是在长沙度过的，小西门自然是十分熟悉的地方。但在我的记忆中，那里早成了热闹嘈杂的码头。上下船的货担和人流，使小孩子在尘土飞扬中只能侧着身子走。

在河中间的水陆洲上和河对岸的岳麓山下，那时候还有一些竹篱茅舍（父亲曾在那里买过一处房屋，虽非茅舍，却带竹篱，还有几十株橘树，一九五四年被师大征收去修成体育场的一角了），但河这边早变成了一间挨着一间的铺面和住宅，河街上则是低矮污秽的棚户。刘献廷笔下的风景，早就大大变样了。

近来听说长沙市正在规划建设“小西门历史风貌保护区”，这当然是件好事情，但不知“保护”的是什么样的“历史风貌”。照我想，康熙年间的风貌是没有可能恢复的了，也没有必要恢复；只要能在新修的“风光带”上留下小西门这地名和刘献廷这五十七个字的文章就好。

天下绝佳处

刘献廷

长沙小西门外，望两岸居人，虽竹篱茅屋，皆清雅淡远，绝无烟火气。远近舟楫，上者，下者，饱张帆者，泊者，理楫者，大者，小者，无不入画，天下绝佳处也。

【五十七字】

〇本文录自《杂记》卷二。

春来早

【念楼读】 长沙地区的春天来得早。二月初，在府境之内，桃花、李花都已盛开，柳树的枝条也又绿又长了。

这里的物候，比下江地方的苏州、常州一带，要早三四十天；比北京附近，则要早五六十天。如果再往南，过了五岭，只怕还要早。

【念楼曰】 中国几千年以农立国，四时节气全凭物候安排农事，而幅员广大，各地气候的差异自然也大。读书人如果不行万里路，则不会注意到这种差异，更不会写出来。

我一直喜欢看笔记，尤喜看其中关于岁时风俗的记载，这些都是自然史、社会史和人民生活史的材料，可惜的是它们太少了。通常笔记中间可以看看的，还包括：（一）历史掌故；（二）人物故事；（三）学术考证；（四）诗话文评。这些材料开卷亦能得益，却并不是我的最爱。至于因果报应、忠孝节烈、神佛鬼怪、风花雪月那一类东西，除非有民俗研究的价值，我就很少看了，也实在看不得那么多。

《广阳杂记》便是我常读的一种笔记。其记事多可取，文字亦简洁，看得出作者的真性情。

清朝时候的长沙府，比现在的长沙市大得多，湘阴、湘乡都是其属县。所以左宗棠和曾国藩都算长沙人，坟墓和祠庙都修建在长沙。

长沙物候　　刘献廷

长沙府二月初间，已桃李盛开，绿杨如线，较吴下气候约差三四十日，较燕都约差五六十日。五岭而南，又不知何如矣。

【四十六字】

〇本文录自《杂记》卷二。

看衡山

【念楼读】 都说泰山为五岳之首，可是南岳衡山的规模气势，实在超过了泰山，更不必说嵩山和华山了。

我来衡山，一走近山脚，便觉得它不同凡响。它不像别的山靠一座主峰显示，而是群峰插天，峰峰各面，依远近高低，自然分出了层次。这里的每座山峰，各有不同的面貌，都可称秀丽奇崛；但它们秀而不媚，奇而不怪，没有犬牙裂齿、矫揉造作的小摆设相。正好比古时青铜器，也有填朱鎏金的，却绝不见斧凿痕，纯以古朴苍老的厚重感取胜。又好比杜甫的杰作，大气磅礴，用他恭维李白的诗句"清新庾开府，俊逸鲍参军"来形容，那是远远不够的。

这便是我心目中的衡山。

【念楼曰】 既为名山，就必不是一般的山，就必有它不同于其他山（包括名山）的景色。用拟人化的话说，也可称为山的个性。本文写出了衡山的个性，便能给人留下不一般的印象。

山尚以有个性为贵，而况人乎。奇怪的是偏偏有过叫"人人都做螺丝钉"的时候。螺丝钉是"标准件"，按标准成批制造，颗颗一样，绝不允许有任何差异，也就是个性。想想看，这有多可怕，如果人人都成了"标准件"。就是世上的山水，若是都成了"标准件"，处处一样，还有人愿意出门旅游吗？

南岳

刘献廷

南岳规模宏阔．过于岱宗．无论嵩华．初陟山麓．即觉气象迥别．群峰罗列．层层浮出．各极奇秀．而雄浑博大．绝无巉岩刻削之状．正如雷尊象鼎．虽丹碧烂然．而太朴浑沦之气．非鬼工匠手所能拟议．又如杜少陵诸绝作．必非清新俊逸超脱幽奇等目所可形容者也．【百零二字】

◯本文录自《杂记》卷二。

瑰丽的雪

【念楼读】 在南岳，我有一晚住宿在山麓一处叫“云开堂”的僧房里。半夜被大风雨惊醒，雨泻在屋瓦上如注如倾，风则把整栋房屋都吹得摇动起来。

第二天一早，知客僧来说，昨晚山上下了大雪。于是我穿衣出门，走到屋后，抬头望去，只见香炉峰以上一片白，高山密林全被晶莹洁白的雪覆盖起来了。可香炉峰以下，却仍然还是绿色。眼中的全景，竟像翡翠盘中装满水晶白玉，有种说不出的美丽和庄严。

此时风雨已小，但仍没停。遥想祝融峰顶上封寺里的人，恐怕还在看雪花飞舞吧。

平生所见过的雪，这一回可说是最瑰丽的了。

【念楼曰】 老实说，我是一个美感迟钝的人，从小就被讥为“缺乏艺术细胞”，不会欣赏良辰美景，自己也完全承认。但不知为什么，我却特别喜欢下雪，尤其是下大雪，把一切都覆盖、使所有东西都改变了常态的大雪。

家人和朋友们都知道，我从来懒得出门，不愿走动，只有大雪天是例外。这时天亮得也特别早，我总是一早就收拾出门，到外面去走走。一边走，一边听着自己靴子踏在雪上，发出细碎的、带着点清脆的声音，好像在低语。平常看去永不会变的一切，至少暂时是改变了，这样真好啊！

雪景之奇

刘献廷

余宿衡山云开堂时，夜半梦醒，闻雨声如注，风撼屋宇皆动，晓起，主僧来言，夜来峰顶大雪，亟出屋后仰望，自香炉峰以上，皆为雪覆，如银堆玉砌，香炉而下，依然翠霭千重，时风雨犹未止，想上封正在撒盐飞时絮也，雪景之奇，于斯极矣。

【九十一字】

○本文录自《杂记》卷二。

○上封，寺名，在衡山祝融峰顶。

○撒盐飞絮，此处用《世说新语》典故，见页三〇一注。

鸡公坡

【念楼读】 彭岳放的家在善化县衙右首，地名鸡公坡，门前并无多人经过，显得很寂静。宅门之内，广植树木，虽在街巷之中，却有山林之致，可谓难得。

门上的楹联是彭君自制的，写的是：

白发添新，缕缕记一生辛苦；

青山依旧，匆匆看百代兴亡。

从联语中，便可以想见其为人了。

【念楼曰】 彭岳放其人待考。从本文看，他应是刘献廷在本地结识的友人。另一则云：

> 袁文盛言湖南之妙，宜卜筑于此，为读书讲学地，柴米食物庐舍田园之值，较江浙几四分之一。……而质人甚非之，以湖南无半人堪对语者，以柴米之贱，而老此身于荒陋之地，非夫也。

既然有人认为“湖南无半人堪对语者”，那么这位“白发消穷达，青山傲古今”的彭岳放，岂不难得又难得，更值得珍重吗？

在明清两朝，善化县和长沙县同为府城“附郭”之县，县衙同城，一南一北。如今长沙黄兴南路大古道巷，全长不到四百米，在一九四九年以前却分为三段，有三个名字，即大古道巷、鸡公坡、县正街。在鸡公坡和县正街的分界处，还有个地名叫县门口。刘献廷去过的彭岳放家，应该就在它的右边。

门联　　刘献廷

彭岳放住善化县右鸡公陂．门径幽寂．有山林之致．书其门曰．白发消穷达．青山傲古今．读此联．可想见其人矣．

【四十三字】

〇本文录自《杂记》卷二。

〇陂，在这里同『坡』。

孤独的夜

【念楼读】 康熙三十二年四月十七，从长沙水路往衡山，船夜泊在昭陵。半夜醒来，见月光从船篷空隙处射入舱中，明亮如同白昼，便再也睡不着了。伸头出外，只见长空万里，没有丝毫的云翳，就像水洗过一样的干净，衬托得月亮更大更明。

我呆呆地望着月亮，心里觉得极度的寂寥，不禁想起了从前所作的一首诗：

孤独的夜晚，孤独的船。
只能呆想着远方的月亮，
是否也照着有人在无眠。

也是在十七日晚上写的，也是在舟中望月。不过现在离家更远，也更加凄苦了。

【念楼曰】 久居城市，看星星、看月亮已经成为遥远的往事。几年前不知是听说“五星联珠”还是“狮子座流星雨”，半夜里也曾被孙儿辈的中学生拉到阳台上去看过。但城市“亮化”以后的万家灯火抢尽了星月的光，加上我老眼昏花，在模糊的天穹上终于找不着想看的天象。

像曹操和李白所赞叹过的“星汉灿烂”和“明月光”，像第谷和伽利略久观不倦的旋转的天球和明亮的星座，晚间只能在电视荧屏前消磨时间的我，在剩给我的不多的岁月中，恐怕再也见不着了。

舟泊昭陵

刘献廷

癸酉四月望后二日，舟泊昭陵，夜卧至夜半即觉，碧天如洗，皎月自篷隙照入舟中，如白昼也，对之凄然，予尝有诗曰，孤舟寂寂更无邻，惟有长安月照人，亦十七夜舟中也，而苦乐之致，不啻天渊矣。

【七十六字】

〇本文录自《杂记》卷三。

〇昭陵，今属株洲，为江行必经处。

采茶歌

【念楼读】 去年在衡山县过元宵节,睡在床上听采茶歌,颇为喜欢它的音调,词句却一点也听不懂。

今年又来到衡山,又听了采茶歌。土话虽然还不能全懂,意思却总算能明白三四分。这才觉得,乡下妇女、小孩子口里唱的歌,它们的意思、词句和表现方法,其实跟《诗经》里保存的古代民歌,相差并不很远。衡山老百姓的创作,差不多比得上“十五国风”了。

这也可以说是我对文学起源的一点见解,可叹的是在这里找不到人可以谈这些。

【念楼曰】 在南方乡村里,直至“中国农村的社会主义高潮”兴起之前,家家户户吃茶都是靠自己,因而年年到时候都要采茶,都有人唱采茶歌。其实歌也不单在采茶时唱,大抵只要男女能有在家庭外接近的机会,劳作又不是太苦太累,还有点剩馀精力供宣泄,便可以对唱甚至对舞一番,元宵节自然也是个适宜的时候。上世纪五六十年代农村变化奇大,“红旗歌谣”一来,真正的民歌于焉绝迹。虽然仍有“采茶灯”“采茶戏”的名目,却已成为像花鼓戏一样由文化馆管的剧团,在演《浏阳河》之类的节目了。现在当然又有了新的变化,但卡拉OK、三点式都下了乡,采茶歌恐怕已经没有人会唱和要听了。

十五国章法　　刘献廷

旧春上元在衡山县，曾卧听采茶歌，赏其音调，而于辞句懵如也。今又来衡山，于其土音虽不尽解，然十可三四领其意义，因之叹古今相去不甚远，村妇稚子口中之歌，而有十五国之章法，顾左右无与言者，浩叹而止。

【八十四字】

○本文录自《杂记》卷四。
○『今又来衡山』，句中『来』字原本作『□』，今以意补。
○十五国，《诗经·国风》有十五国风。

『双飞燕』

【念楼读】 汉阳和汉口之间，隔着条襄河（汉水）；往来过渡，全靠一种叫“双飞燕”的小船。这种船由一个人驾驶，荡两支桨。两支桨一左一右，好像燕子的两只翅膀，“双飞燕”的名称便由此而来。

“双飞燕”的驾者站在船尾，两手同时荡桨，力量均匀，船走得快，而且十分平稳。它收费也很低，一位客人只收两文钱，还不到一厘银子。如此便宜，所以有俗话道：

走遍天下路，只有武昌好过渡。

真是一点不假。

【念楼曰】 此文作于康熙三十年顷，过了一百五十年，道光二十年前后叶调元作《汉口竹枝词》，其十二云：

五文便许大江过，两个青钱即渡河。

去桨来帆纷似蚁，此间第一渡船多。

渡（襄）河仍然只收两文钱。若从汉阳、汉口到武昌，则要过大（长）江，水面宽得多，便得收五文，照想刘献廷时也是如此，不会大江小河一个价。而一百五十年间，收费一直没有变，即可见直到十九世纪中叶，中国的社会经济还是“超稳定”的。

长沙五十多年前过江的划子，也就是“双飞燕”，有风时偶有扯帆借力的，但不常见。

汉阳渡船

刘献廷

汉阳渡船最小，俗名双飞燕。一人而荡两桨，左右相交，力均势等，最捷而稳。且其值甚寡，一人不过小钱二文，值银不及一厘。即独买一舟，亦不过数文。故谚云：行遍天下路，惟有武昌好过渡。信哉。

【七十五字】

○本文录自《杂记》卷四。

○文，指一枚钱，当时通用的钱中间有方孔，四边有文字，故一枚钱称一文。

巢林笔谈十篇

悲哀的调子

【念楼读】 我对于音乐没有多少了解，只喜欢笛声的高亢清越，每当心情抑郁，觉得无聊，便取出笛子来吹。也不管吹的是什么，入耳好像都是悲哀的调子。吹着吹着，有时泪水便不知不觉地流下来了。

今夜月白风清，静静地倚靠着栏杆，心境倒是少有的好。拿过笛子来，特地选了两支谱古诗的曲子。诗境本是平和的，可是不知怎的，吹出来的声音好像仍然带着一丝呜咽……

【念楼曰】 在古代中国的“个人写作”中，抒情全用诗歌，即所谓“诗言志，歌永（咏）言”。用散文形式作内心独白的，则极为少见。龚炜的《巢林笔谈》中却有好些这样的文字，值得注意。

这篇小文写笛，可是并没有写任何一支具体的笛子和笛曲，也没有写任何一次具体的吹笛过程，只写他自己的笛音“往往多悲感之声”，连适意时吹的“和平之词”，“其声仍不免于呜咽”。此全是个人内心的一种感觉，他自己也不知怎的了，为什么会这样……

这样的题材，这样的写法，在唐宋八大家的文集中是找不着的。如果作者改用《红楼梦》《儒林外史》的白话来写，写出来便是现代的抒情散文或散文诗了。作者自谓，“四十年来视履所及，暨胸中所欲吐，稍稍见于此矣”。我以为值得注意的，正是他“胸中所欲吐”的文字，比如说这一篇。

笛音

龚炜

予于声歌无所谙，独喜笛音寥亮，每当抑郁无聊，趣起一弄，往往多悲感之声，泪与俱垂，审音者知其为恨人矣。今夜风和月莹，阑干静倚，意亦甚适，为吹古诗一二首，皆和平之词，而其声仍不免于呜咽，何也。

【八十字】

○本文录自龚炜《巢林笔谈》（下简称《笔谈》）卷四。

○龚炜，字巢林，清昆山人。

中秋有感

【念楼读】 今天晚上，又是中秋了。

未老的身心，被病耗着；大好的年华，被迫闲着。想上进的人，只怕谁都会怄气；平生无大志的我，却正可借此躲懒，并不觉得有什么难过。

可是今夜却偏偏碰上这讨厌的雨。

月光被雨云遮住了，眼前不见半点秋色，耳中也只有单调的檐溜声。

一生一世，也不知过得了几个中秋，像今天晚上这样杀风景的，简直不能算数。

【念楼曰】 人生苦短，一年中有数的几个有点情趣、差堪玩味的日子，如果又因为什么白白糟践掉了，例如中秋无月、重阳遇雨，的确是憾事。

但也得对文化生活有理解、有追求的人才会有此感觉，专门等着通知开会的老同志殆未足以语此，当然等到了通知能够去开会，可能也是他们的幸福。

我也是一个没什么文化品位的人，赏月登高乃至现代化的各种文娱活动，从来都很少参加，也没什么兴趣。不过顶不感兴趣的还是开会，已经退休，就应该“退”、应该“休”了，还要去开什么会呢？

绝无佳景

龚　炜

今夕是中秋节矣，病侵强岁，闲过清时，功名之士，所为短气，不佞缘以藏拙，亦自不恶。但檐溜泠泠，月光隐翳，绝无佳景，一生不知几度此节，似此便可扣除。

【六十字】

○本文录自《笔谈》卷四。

自作孽

【念楼读】 任何事物，你不看重它，不争取它，绝不会不请自来，得不到它也是十分自然的。

求名的，把全副心思都放在八股文上，自然能考取，能得名；求利的，把身子脑袋都钻进钱眼里，自然能发财，能得利。我一生不得名利，就是因为看不起八股文，得罪了文曲星；又看不起守财奴，得罪了财神爷。

还是商朝那个不争气的君王太甲说得好，“自己作的孽，怪不得别人”，有什么可埋怨的呢？

【念楼曰】 此篇看似自嘲，实是反讽。

作者内心里十分看不起应试的时文，认为钻研制义是“抛却有用功夫”，学做八股是“聚成一堆故纸”，后来干脆托病不赴乡试，以诸生终老，对于累代阀阅的世家来说，乃是不肖子弟，故牢骚颇多。自嘲也好，反讽也好，都是在发牢骚，都是在发泄内心的不满。

全无爱名求利之心的人，大概是没有的。但“把心思智巧都倾入八股中”，“把精神命脉都钻入孔方里”的人，毕竟也只有那么多，因为“倾”也要有本钱才能倾，“钻”也要有本领才能钻，并不是每个人都能具备。但如果这种人越来越多，像龚炜的就会越来越少，读书人的总体素质就会越来越差，社会的风气也会越来越坏。

名利两穷

龚　炜

凡物不贵重之，则不至。如求名者把心思智巧都倾入八股中，自然得名；求利者把精神命脉都钻入孔方里，自然得利。樵朽一生，名利两穷，只缘看得时文轻，便是上渎文星；看得守钱鄙，便是获罪财神。太甲曰，自作孽，不可逭。

【八十七字】

○本文录自《笔谈》卷五。
○樵朽，作者自称。
○太甲，商代的国君，曾被放逐。

江上阻风

【念楼读】 孩子从没出过远门，头次去省城参加考试，不能不陪送。船到沙漫洲，为风所阻，只得停下来等风停。

挨着的船，也有去赶考的。府城中宋家叔侄，将船移泊到岸边柳荫下，两人坐在船头下棋。我们则去看近处的荷花，只见夕阳将花叶映照得分外鲜活，又将我们几个人不戴帽子、摇着蒲扇的影子投射在水面上。如果画一幅江上阻风图，下棋、看花，都堪入画。

【念楼曰】 明清两代，文童通过县、府、院试，取得“县学生员”(俗称“秀才”)身份以后，每逢“子、午、卯、酉”年(三年逢一次)，可以到省里参加乡试。如能考中，成了“举人”，第二年入京会试，若又能中“进士”，便登了仕途，有官做了。

省试(乡试)每次取录的举人名额有限，江苏定额六十九名，后加额十八名，总共也只有八十七名。全省来考的却在万人以上，“中举”的机会小于百分之一，故十分难。龚炜自称“三黜乡闱”，就是三次应乡试都失败了。但这是明清士人唯一的出路，所以一而再，再而三，总得考，还得送儿子去考。不过他此时已淡泊科名，不再将考试和送考视为人生头等大事，所以才能以“萧疏”的心情“科头握蕉扇，委影池塘”看荷花，也不怕江上阻风会耽误了考期。

佳景如画

龚炜

儿子从未远出，初应省试，不能不一往。阻风沙漫洲，舳舻相接，郡中宋氏叔侄，移船头就柳阴，棋于其下，崇友拉予看荷花，夕阳反照，荷净花明，萧疏四五人，科头握蕉扇，委影池塘，若绘江上阻风图，二景绝佳。

【八十字】

○本文录自《笔谈》卷五。

○省试，秀才考举人，分省举行，三年一次。

黄连树下

【念楼读】 入秋以来，家贫再加上发病，心情总是这样抑郁。晚间坐在屋里，更是感到寂寞，觉得无法消愁。

这时忽然从内室传出了琴声，像一阵清风，吹开了久闭的窗户，精神为之一振。

这是妻在弹琴。

妻还能借音乐暂时忘却难堪的处境，难道我就只能永远被境况压倒吗？于是拿过挂在壁上的琵琶，随手挑拨几声，算是给正在“黄连树下弹琴”的妻伴奏。

但是，琵琶的声音却总是这样迫促凄清，不能够委婉柔和，终究无法发泄我满怀的郁闷。

【念楼曰】 明人小说中，就有“黄连树下弹琴，苦中取乐”的话。这话如今还有人使用，想不到龚炜将它写到了文章里头。

借音乐以抒情，在古代文人生活中，也是常有的事。读古人的诗，王维“独坐幽篁里，弹琴复长啸”，白居易“忽闻水上琵琶声，主人忘归客不发”，李益“不知何处吹芦管，一夜征人尽望乡”，都能引人入胜。高启听笛，“始知嶰谷枯篁枝，中有人间无限悲。愿君袖归挂高壁，莫更相逢容易吹”，更把黄连树下借以消愁愁更愁的心情，婉转而又淋漓尽致地写出来了。但用散文自述奏乐情状尤其是夫妻合奏的，却极为少见。

琴声　龚炜

秋来病与贫俱．夜坐小斋．郁结不解．忽琴声自内出．不觉跃起．妇能忘境．我乃为境滞耶．因取琵琶酌两三弹．作黄连树下唱酬．其声冷冷．终不能啴以缓．发以散也．

【六十三字】

〇本文录自《笔谈》卷六。

悼亡妻

【念楼读】 今晚就是大年三十夜了吗？那么，妻死去已经快二十天了。

提笔想写一点妻的事情，手在写，眼泪也在流，勉强写出了一个她的生平大略。但三十七年来的贫病相依、温存慰藉和病中的愁苦、死别的惨凄，却是写不尽也写不出的。

往岁过年，不管怎样艰难，妻总会想方设法，安排周到。今年则只有孝帐里的哭声，还有披麻戴孝的孙儿孙女两双泪眼，哪里还有心情过年。

【念楼曰】 此文作于壬午即乾隆二十七年，时龚炜五十九岁，已入老境，失去了同甘共苦、贫病相依的伴，又是个能“作黄连树下唱酬”的知心知性的人，其悲痛可想而知。所谓“粗述其生平大略”，应是替妻写墓志。这篇小文则特意提到了墓志中“不忍一二道也”的“三十七年夫妇之情”，一反常规，直抒胸臆，故比寻常文字动人得多。

后来长洲（今苏州）人彭绩作《亡妻龚氏圹铭》，文情与此可以相比，可惜文字稍多，只能节录其后半于下：

> ……嫁十年，年三十，以疾卒，在乾隆四十一年二月之十二日。诸姑哭之，感动邻人。于是彭绩始知柴米价，持门户，不能专精读书，期年，发数茎白矣。铭曰：作于宫，息土中，吁嗟乎龚。

壬午除夕

龚炜

今夕是除夕耶，内亡且二十日矣，含泪濡毫，粗述其生平大略。三十七年夫妇之情，与一切病亡惨境，不忍一二道也。往年度岁，纵极艰难，内必勉措齐整。今夕但闻幕内哭声，孙男女麻衣绕膝，泪霪霪不止，何心更问度岁事，哀哉！壬午除夜泪笔。

【九十四字】

○本文录自《笔谈》卷六。

○壬午，此处指乾隆二十七年（一七六二）。

○内，指龚炜妻王氏。

微山湖上

【念楼读】 从夏镇到南阳镇，船都在微山湖上走。

太阳西下时，落照将千姿百态的云霞染成异彩，赤金色的天光投射在广阔的水面上，再反射出来，闪烁不定，使得倒映出来的各种形象和颜色更加好看。

太阳一落，蓝天立刻开始黯淡，彩霞也很快变成了浓云。霎时间苍穹上便出现了一钩新月，点点明星。

变化中的天地，真是一篇大文章、一幅大图画，充满了无穷无尽的创造力。

【念楼曰】 小学六年级时，国文先生给选读过一篇郑振铎写红海日落的散文，题材与此篇相似，篇幅则不止长十倍，虽然在现代散文中仍算短篇。

“五四”时提倡白话文，提倡口语化，应该说是不错的。但过于否定文言文，则不无过正，因为文言文简练的优点，是多少代文人呕心沥血创造得来的，不该随便丢掉。如果作文都记口语，像我在六年级课堂里听先生讲的话，如今的小学生即难完全听懂，何况还有方言的差别。元朝的白话谕旨、明太祖的手诏，也比八大家文更难读。

尤其在抒情写景方面，无论是作诗还是作散文，语体文（白话文）真能赛过文言文的，还真不多。

大块文章

龚　炜

从夏镇抵南阳，时当落照，云霞曳天，澄波倒影，俯仰上下，无彩不呈，俄而浓云四布，宝净色忽焉惨淡，已又推出新月，清光一钩，疏星万点，大块文章，真是变化不尽也。

【六十四字】

○本文录自《笔谈》续编卷上。

○夏镇，时属江苏沛县，即今山东微山县城。

○南阳，镇名，位于微山湖中，原属山东鱼台县。

惜华年

【念楼读】 挨着节气数下来，又是清明时分了。

反正多的是闲时，今日出门到野外去散步，枝头已可见新生的柳叶、初绽的桃花。浓绿的麦田和深黄的油菜花，更将大地铺上了锦绣，真是一派大好春光呐。

林中的百鸟都在唱歌，水里的鱼鳖也开始追逐游戏了，所有植物和动物都现出了勃勃的生气。接触到这一切，真的既能添游兴，也有益文思。

只可惜人的青春却一去不回，能够享受欢乐的时间啊，真是太少太少了。

【念楼曰】 上一篇谈到了写景抒情，抒情虽不必写景，写景则必得抒情。人们常说此情此景，“此景”若不入人目，不动人心，又怎能被写成文字，抒发作者的襟怀，引起别人的感兴，生出“此情”来。

上篇又将今人和古人写景抒情的文章比较，说今人的文章是写给大众看的，总不免做作，古人的文章则是写给自己看的，不会有太多做作，龚炜便是一个好例。

龚炜写凄清时是写愁，写“春林渐盛”“春水方生”时，想起青春易逝也还是写愁，看来多愁善感的确是他与生俱来的气质。

但这和“少年不识愁滋味”偏要“强说愁”有所不同，龚炜倒是“识尽愁滋味”而不能“欲说还休”的。

清明闲步

龚炜

数时报节，已届清明，闲步郊原，枝间柳桃，花铺菜麦，春林渐盛，黄莺紫燕，何树不啼，春水方生，黛甲素鳞，何波不跃，一切卉木禽鱼之胜，多是文章朋友之资，独惜少年一去不回，为欢常如不及。

【七十四字】

〇本文录自《笔谈》续编卷上。

暑中悬想

【念楼读】 盛夏时节，大太阳当头晒，无处不热气逼人，老年人又特别怕热，真是受不了。

听说浙南括苍山中有一处整个被绿荫笼罩的地方，一百二十里路两边全是茂密的竹林，两边多有茶亭、房舍，尽可流连休息。明朝刘一介先生在此一住六十年，从来不想离开。

热得不得了的时候，心想着这个清凉世界。想得入神时，身上仿佛也分得了一丝凉气。

【念楼曰】 过去没有空调，生活在几大“火炉”旁的人，都领教过夏夜热得无法入睡的滋味。那时也记得“心静自然凉”的老话，心却无论如何也静不下来，更无法像龚炜这样，悬想遥远的“绿天深处”，“便觉清气可挹”。

这是一个个人修养的问题，也是一个读书多少的问题。记得有佛教居士写过这样两句诗：“身居火宅中，心在清凉境。”印度习瑜伽的人，据说也有暑不觉热、冻不怕冷的本事。这些类似“练功”的说法，老实说我是不太相信的。但不能不承认，读书多、见识广、思想通脱的人，确实较能抵御外力的侵扰，较能保持内心的平静。无论是对自然界的酷热严寒，或者对人世间的狂暴横逆，大抵都是如此。

绿天深处

龚炜

夏月赤日行天，炎气逼人，衰年怯暑，大是苦境。旧闻处州括苍山有绿天深处，缘竹径入，百二十里绿阴，五里一亭，十里一室。明刘一介处此六十年，悬想便觉清气可挹。

【六十五字】

○本文录自《笔谈》续编卷上。

○处州，今浙江丽水。

○刘一介，未详。

画中游

【念楼读】 平生心愿是游遍名山大川，可是体力财力都不足，又总是穷忙，虽有此心，却难实现。

如今老病缠身，此事更成了空想。只好多看看名家画的山水，想象自己身在其中，算是一种弥补。

【念楼曰】 古时候，出游尤其是出远门去游名山大川，不是那么容易的。行路住店，都只为两种人准备，一种是商人，一种是做官的人和准备做官的读书赶考的人。旅游不仅不方便，而且不安全，因为不能只走官商大路，只能像徐霞客那样犯难冒险，真的需要财力和体力。故龚炜老来作此语，是潇洒，亦是可怜。

如今旅游成了温饱之后人人得以享受的一种文娱活动，一种休闲方式。龚炜心目中的名山水，只要想去游，完全可以不必画饼充饥了。但今人之中，也有像我这样不会享福的。老朋友、老同事都在到处跑、满天飞，我却是很少出游的一个。说忙吧，离休以后应该不忙了。说穷吧，公费旅游也享受得到。究其原因，主要是现在的名山水已非清净场，旅游更成了上餐厅、看表演，闲散之乐已经很少。其次则同游者全是"老干"，原来的政治水平高，现在跳舞打牌的水平也高，而我于此二者都不沾边，混迹其中便成了异类，浑身不自在，只好恕不奉陪。

置身画图中

龚　炜

常思遍游名山水，而阻于无事之忙，限于不足之力，今老矣，虚愿难酬矣，披览名人图画，恍若置身其中，亦可少补游屐所未至。

【四十九字】

○本文录自《笔谈》续编卷下。

子不语八篇

虫吃人

【念楼读】 明朝亡国的那一年，河南发生严重蝗灾。飞蝗每来一批，如同急雨利箭，吃光草木，便群集在人身上啃皮肉。婴儿若无保护，很快皮肉就会被啃光，整个被蝗虫吃掉。

开封的城门也被蝗虫塞满，交通为之断绝。祥符知县调来大炮，对准城门开炮，一炮轰开一条通道；不到一顿饭时间，城门又被飞蝗填满了。

过去读《北史》，见上面说北魏灵太后时闹虫灾，有许多人被蛾子吃掉了，现在才相信那是真的。

【念楼曰】 《论语》云，“子不语怪力乱神”。就是说，孔夫子是不谈论怪异、暴力、悖乱、鬼神这类事物的。袁枚却将他这部笔记小说取名为“子不语”，专记这类事物。他在序文中表明了自己的观点：不能只吃大鱼大肉、海参鱼翅，也要尝尝通常不会吃的蚂蚁蛋酱和腌的野菜；欣赏庙堂上演奏的正乐之后，无妨再听听少数民族的山歌。我以为他很有道理。

“怪力乱神”的记述，有些也有自然史和文化史的价值。蝗虫吃人和炮打蝗虫，对于研究昆虫和虫害的人，便是很有用的材料。何况还可以当作三百七十多年前的新闻，可广见闻，可资谈助，岂不比讨论文怀沙到底有没有一百岁更为有趣和有益吗？

炮打蝗虫

袁　枚

崇祯甲申，河南飞蝗食民间小儿，每一阵来，如猛雨毒箭，环抱人而蚕食之，顷刻皮肉俱尽，方知北史载灵太后时蚕蛾食人无算，真有其事也。开封府城门被蝗塞断，人不能出入，祥符令不得已，发火炮击之，冲开一洞，行人得通，未饭顷，又填塞矣。

【九十五字】

○本文录自袁枚《子不语》卷十二。

○袁枚，字子才，号随园老人，清钱塘（今杭州）人。

○崇祯甲申，即崇祯十七年（一六四四），明亡国之年。

○灵太后，姓胡名充华，北魏孝明帝之母，五一五年至五二八年掌权。

○祥符，旧县名，当时河南省治和开封府治所在地。

死不松手

【念楼读】 雍正九年冬天，山西发生地震。介休县有个村子出现了地陷，塌陷处长宽有一里左右。其中有些房屋破坏严重，屋基成了深坑；有的整体陷没，被土埋了，房屋结构却大体完好。

事后有人掘出一户姓仇人家的宅子，仇姓全家人俱在，只是都成了僵硬的尸体，却不曾腐烂。家具杂物、锅盆碗盏等一切东西，也都完好无损。仇家的主人正在用天平称银子，他的右手紧紧握着一个元宝，掰都掰不出来。

【念楼曰】 意大利的庞贝（Pompeii）古城，公元七十九年被维苏威火山爆发喷出的火山灰埋没，一千六百多年后开始出土，经过陆续发掘，也发现了不少受难者遗体，在六至七米深的火山灰堆积层中保存完好。其中也有正好在数钱时遇难的，手中仍紧抓着金币。山西人抓元宝，罗马人抓金币，都死到临头不松手。可见人同此心，心同此理，全世界都有人把钱看得比命重。

康有为在光绪三十年五月四日游庞贝，见“死尸人十四，……皆作灰色，有反覆卧者，有作业者。其移至各国博物院者盖太多，存于此者不过此数。其衣服冠履，皆已黑霉……”。大概这也和马王堆那具女尸一样，才出土时颜色如生，接触空气、日光后便迅速变质，自然不能像介休县仇姓主人那样虽死犹生了。

僵尸执元宝

袁枚

雍正九年冬．西北地震．山西介休县某村．地陷里许．有未成坑者．居民掘视之．一家仇姓者．全家俱在．尸僵不腐．一切什物器皿．完好如初．主人方持天平兑银．右手犹执一元宝．把握甚牢．

【七十二字】

〇本文录自《子不语》卷十二。

千佛洞

【念楼读】 甘肃肃州合黎山的顶上，有一处万佛崖，那里的几千个菩萨像，容貌俨然，如同生成的一般。有位章道台路过那里，亲眼见到过。

据说康熙五十年间，寂静的合黎山顶上，忽然听见有人大声喊道：

“开不开？开不开？”

一连喊了几天，没人敢答应。后来有个牧童随口应了一声：

“开！”

立刻石裂山开，惊天动地，现出了这座万佛崖。

【念楼曰】 肃州即今甘肃酒泉，合黎山在其北。至今为止，甘肃已知的石窟造像，并没有在合黎山顶的。因此我想，这一则传说可能是甘肃境内别处佛教石窟造像被发现后不久开始形成的，“万佛崖”也可能就是后来闻名世界的敦煌“千佛洞”。

在前面我说过，讲“怪力乱神”的，有时也有自然史或文化史上的价值，但这需要披沙拣金，善于发现和别择。像这一篇讲牧童随口应一声“开”，立刻山石大开，出现了“天生菩萨像数千”，当然不可能是事实，只是“章淮树观察过其地”时听来的故事，袁枚以其“怪”而记录下来。但甘肃确有万佛崖——千佛洞，内地士大夫过去并不知道，更从未前去看过，那么此篇实可谓为甘肃千佛洞的早期报道，有它文化史的意义。

肃州万佛崖

袁枚

康熙五十年，肃州合黎山顶，忽有人呼曰，开不开，开不开，如是数日，无人敢答。一日，有牧童过，闻之，戏应声曰，开。顷刻砉然，风雷怒号，山石大开，中现一崖，有天生菩萨像数千，须眉宛然，至今人呼为万佛崖。章淮树观察过其地，亲见之。

【九十字】

〇本文录自《子不语》卷十六。
〇肃州，今甘肃酒泉。
〇合黎山，在甘肃省西部和内蒙古自治区西部边境。

大榕树

【念楼读】 云南楚雄碍嘉州有一处名叫者卜夷的地方，长着一株特大的常绿树。树的根从地下长出来，成为枝干又再往下进入地中，上下盘绕，连绵恐怕有上十里。远远望去，一株树简直成了一处林子。

人们走到此树下，只见那些树根树干，有的可以当作桌子、凳子、床铺，中空的可作为橱柜，住上十来户人家不成问题。只可惜树叶毕竟不能充当屋瓦，无法完全遮蔽风雨。

这种树的树根可以破土而出，朝上长成树干；干上的树枝又可以朝下钻，钻到土里成为树根，真是奇观。

【念楼曰】 袁枚笔下的"楚雄奇树"，从形态上看，可以知道便是岭南遍地可见的榕树，不过长得特别大罢了。

地球上陆地非常宽广，不必说七大洲，即是中国这几百万平方公里土地上，种类繁多的生物也是人的一生中难以遍见，更难以尽识的。袁氏能凭传闻将榕树的特点说对十之七八，已属不易。

养蚕取丝，织成丝绸，这是中国最早使得泰西人惊异的文明成就。可是古希腊人却说：

> 中国人用粟米和青芦喂养一种类似蜘蛛的昆虫，喂到第五年虫肚子胀裂开，便从里面取出丝来。（《希腊纪事》）

莫笑古希腊人记述失真，这却是他们好奇和注意观察记录的表现，不容轻视。

楚雄奇树

袁枚

楚雄府碍嘉州者卜夷地方，有冬青树，根蟠大十里，远望如开数十座木行，其中桌椅床榻厨柜俱全，可住十馀户，惜树叶稀，不能遮风雨耳，其根拔地而出，枝枝有脚。

【六十四字】

〇本文录自《子不语》卷二十三。

〇碍嘉，当时州名，今属云南楚雄彝族自治州双柏县。

卖祖宗像

【念楼读】 有个小偷，白天进屋在人家厅堂壁上偷取下一幅画，卷起来拿着走到门口，正好碰上回家的主人。小偷急中生智，连忙跪下，双手举起画轴，对主人说：

“小的家中无米下锅了，这幅自家祖宗的画像，求求您买下它，给我一点买米的钱，或者给我几斗米，也是做了好事啊！”

主人听了，觉得卖祖宗遗像简直太可笑，也太荒唐了。于是想都没想，便挥手叫他快滚。

走进厅屋以后才发现，原来挂在那里的一幅赵子昂的画，已经被刚刚碰着的这个人偷走了。

【念楼曰】 这可能是袁子才听来的一则笑话，未必实有其事。但当作“骗术奇谈”看看，也还有点趣味，能引人一笑。

在口头上流传的故事或笑话，属于民间文学的范围，研究它们的发生和演化、内容和情节，不仅有文学史的意义，也有社会风俗史的意义。像堂上挂字画，还有卖祖宗画像这类事情，都带有时代的色彩，后世的人未必清楚，这便是有意义的地方。一笑置之，固未尝不可；不置之的话，也是有学问可以供研究的。

如今祖宗画像和水陆道场画一样成了文物，被公开拍卖，价钱还越来越高，“大笑，嗤其愚妄”的，大概不会有了。

偷画

袁枚

有白日入人家偷画者，方卷出门，主人自外归，贼窘，持画而跪曰：此小人家祖宗像也，穷极无奈，愿以易米数斗。主人大笑，嗤其愚妄，挥叱之去，竟不取视。登堂，则所悬赵子昂画失矣。

【七十字】

○本文录自《子不语》卷二十三。

○赵子昂，名孟頫，号松雪道人，元代大画家。

装嫩

【念楼读】 杭州范某娶了个老新娘，五十多岁，牙齿都掉了好些。她带来的箱笼里头咯噔噔地响，一看是盒子里装着两个核桃，都以为是偶然放在那里的。

谁知第二天早上梳妆时，新娘因为牙齿脱落，腮帮子凹进去，粉扑不匀，便喊丫环：

“把我的粉楦头拿来。”

丫环忙送上那两个核桃，新娘接过去塞进口中，一边一个，腮帮子凸起，粉就扑匀了。

从此，杭州人开玩笑，就把核桃叫做“粉楦头”。

【念楼曰】 金圣叹曰：“人生三十未娶，不应更娶；四十未仕，不应更仕……何则，用违其时，事易尽也。”如今提倡晚婚，三十岁不结婚没什么不好，不过“用违其时，事易尽也”却说得不错。

“年五十馀，齿半落矣”的老太婆要再婚，已是“用违其时”；牙齿掉了双颊内陷，扑粉无法扑匀了，硬要将胡桃塞进口里当“粉楦”，更是“用违其时”，使人觉得装嫩，大可不必。

这是袁枚所在的乾隆时候的事情。如今人的寿命延长，五十几岁可能还不算很老，还可以搞搞“黄昏恋”。但六十几、七十几、八十几，总有老的时候吧。可偏有八十好几的老人要装嫩，要找“孙女级”的太太。“用违其时”当然是他的自由，但他一定要四处登场炫耀“上帝给我的礼物”，则亦难以阻止观众要作呕。

粉楦

袁枚

杭州范某娶再婚妇，年五十馀，齿半落矣。奁区具内橐橐有声，启视，则匣装两胡桃，不知其所用，以为偶遗落耳。次早，老妇临镜敷粉，两颊内陷，以齿落故，粉不能匀，呼婢曰，取我粉楦来，婢以胡桃进，妇取含两颊中，扑粉遂匀。杭人从此戏呼胡桃为粉楦。

【九十六字】

○本文录自《子不语》卷二十三。

○楦，放入鞋中将鞋面撑起的木制模型。

雁荡奇石

【念楼读】 南雁荡山有两块奇石，叫“动静石”，上下相叠，都有七开间的房子那么大。

在下的那块为“静石”，它是不动的，人可以躺在它上头；用双脚去蹬在上的“动石”，哪怕蹬的是个七八岁的小孩，它也会轧轧地响着，摆开约一尺远，人一缩脚，又随即恢复原状了。

如果站着去推，即使叫十几个轿夫一齐用力，这“动石”仍丝毫不动。

天地间有些奇事，它们的道理我一直弄不明白，此亦其一。

【念楼曰】 读高小时，教地理的先生给我看过一张照片，是印在一本什么书上的，正是“一人卧静石上，撑以双脚”的情形，当然石轰然作声，移开尺许是听不见也看不着的。先生还讲解过支点、力矩和重心的关系，这本是自然课的内容，结合生动的例子，印象更加深刻，不然我怎能七十多岁了还记得。

我很少旅游，连名气大得多的北雁荡山都未到过，更别提南雁荡山了，也不知道这两块巨石现在还在不在。如果还在的话，何不将《子不语》这一节刻在石头上面，并根据物理学常识简单说明“其理”——物体的重心和力矩。这样既介绍了古人的记述，又普及了科学的知识，岂不好吗？

动静石

袁枚

南雁宕有动静石二座。大如七架梁之屋。一动一静。上下相压。游者卧石上。以脚撑之。虽七八岁童子能使离开尺许。轰然有声。倘用手推。虽舆夫十馀人。不能动其毫末。此皆天地间物理有不可解者。

【七十七字】

○本文录自《子不语》续集卷六。

○南雁宕，即南雁荡山，在浙江平阳。

砸夜壶

【念楼读】 山西人张某在如皋任县官，聘了杭州人王贡南当师爷。某次王贡南随张某乘船出行，夜间小解，用了张某的夜壶。

第二天，张某发觉以后，勃然大怒，说："咱山西人把夜壶当女人，这夜壶嘴巴是放啥东西进去的，能够让别人乱用吗？王先生你也太不讲规矩了。"一面骂，一面叫拿板子来，将夜壶砸得粉碎，丢进水中。又叫听差将王师爷连人带行李一起送上岸，径自开船走了。

【念楼曰】 夜壶为生活用具，本不便共用。但张县令生气的却不是别人用了自己的便壶，而是"乱用"了自己的"妻妾"。

性的独占性，盖出于雄性的本能。我们在电视屏幕上看《动物世界》，从海狗一雄管百雌、雄狮夺"位"后急于杀尽"前夫"留下的幼子这类事情上，感觉得到这种自然力是如何之强，根本不是人类的道德观念所能约束的。

但人类毕竟是人类，经过几百万年的进化，兽性总应该淡化到接近于零的无穷小了吧。可是歌颂唐太宗的功德，说他将"怨女三千放出宫"，此数量是海狗的三十倍，也只是他用不了的一小部分。

古代如此，现代的准皇帝或超皇帝，也有多位女人侍奉，未"婚"者想结婚，已婚者想回家，都须他批准。此皆是兽性的遗留，不能不使人叹息。相形之下，张县令视夜壶为"妻妾"，不许王师爷"染指"，虽近于变态，却也情有可原吧。

溺壶失节

袁枚

西人张某作如皋令．幕友王贡南．杭州人．一日同舟出门．贡南夜间借用其溺壶．张大怒．曰．我西人俗例．以溺壶当妻妾．此口含何物．而可许他人乱用耶．先生无礼极矣．即命役取杖．责溺壶三十板．投之水中．而掷贡南行李于岸上．扬帆而去．

【九十三字】

〇本文录自《子不语》续集卷九。

阅微草堂笔记八篇

两个术士

【念楼读】 安中宽告诉我:吴三桂起兵时,术士某甲会占卜吉凶祸福,前往投吴。路上遇见某乙,也说要去投吴,二人便结伴同行。

夜间住宿时,乙将铺位开在西墙下。甲说:“别睡那儿,这墙今天半夜时分会坍倒。”乙说:“墙的确会倒,不过不会向内,而会向外倒。”到时候,墙果然向外倒了。

我觉得,安中宽讲的这个故事,不会是真的。如果甲、乙二人真能预知吉凶,也就能预知吴三桂会失败,怎么还会不远千里去投奔他呢?

【念楼曰】 前面介绍过陆游、陶宗仪、陆容、屈大均和龚炜等人的作品,基本上属于纪实,我以为是正宗的笔记。若冯梦龙和袁枚所写,虽然也有名有姓,但创作的成分居多,应该视之为小小说。

纪晓岚这八篇,都是从《阅微草堂笔记》中选出来的,名为笔记,亦是小说。纪氏题记亦谓:“小说稗官,知无关于著述;街谈巷议,或有益于劝惩。”用小说来进行“劝惩”,即想它承担起教化的任务,事实上恐怕不大可能。比如说,我们早就不信“六壬”能卜吉凶了,这与看没看这一篇实在毫无关系;而那些烧香敬神求罪行不被揭发、畏罪潜逃还要请术士择日子的大小贪官,就是给他们看上一千遍,又岂能为他们破除迷信。

之所以选它,只因为它是篇好看的小小说,这就够了。

安中宽言

纪昀

安中宽言．昔吴三桂之叛．有术士精六壬．将往投之．遇一人．言亦欲投三桂．因共宿．其人眠西墙下．术士曰．君勿眠此．此墙亥刻当圮．其人曰．君术未精．墙向外圮．非向内圮也．至夜果然．余谓此附会之谈也．是人能知墙之内外圮．不知三桂之必败乎．

【九十六字】

○本文录自纪昀《阅微草堂笔记》（下简称《笔记》）卷一。

○纪昀，字晓岚，清献县（今属河北）人。

○安中宽，人名疑非实指，故不注，下同。

○吴三桂，字长白，辽东人，叛明投清，后又叛清。

○六壬，用阴阳五行占卜吉凶的方术。

自己不肯死

【念楼读】 听人说，某人在明朝当御史时，有次扶乩，他向乩仙请问自己的寿命。乩示说他不久就会死，死期在哪年哪月哪日，讲得十分具体。某人为此忧心忡忡，谁知到时候却平安无事。

到了清朝，某人的官做得更大了。有次往别人家去，正遇上扶乩。碰巧扶乩者和请来的乩仙都和上次相同，他便请问上次判的为何没有应验，乩示道：

“到了时候您自己不肯死，我有什么办法？”

某人低头想了一想，脸色大变，立刻起身，匆匆离开了。

原来上次乩示他的死期是甲申年三月十九日，正是崇祯皇帝吊死煤山那一天。

【念楼曰】 此篇构思精巧，讽刺深刻，是一篇上乘的小小说。

它讽刺的对象，是那位“在明为谏官”，“入本（清）朝至九列”的某公。当然，明朝不明，这是历史的事实，搞得亡了国，也是咎由自取。崇祯皇帝不肯做宋徽宗那样的“昏德公”，或者像后来的爱新觉罗·溥仪那样向斯大林交入党申请书，一索子吊死在煤山，倒不失尊严。吃过明朝俸禄的人，是不是全得和他一同“殉国”呢？成千上万的“旧官吏”一齐“同日死”，我看亦可不必。但对于“九列”的地位总不该那么积极去争取，当然他还没有像某军统大特务那样津津乐道“光荣起义”的经过，还没那么不要脸。

乩判

纪昀

宋按察蒙泉言，某公在明为谏官，尝扶乩问寿数，仙判某年某月某日当死。计期不远，恒悒悒。届期乃无恙。后入本朝，至九列，适同僚家扶乩，前仙又降，某公叩以所判无验，又判曰：君不死，我奈何。某公俯仰沉思，忽命驾去，盖所判正甲申三月十九日也。

【九十七字】

〇 本文录自《笔记》卷二。
〇 九列，即九卿，古时朝廷所设九个高级部门的主官，也可泛指朝廷大臣。

老儒死后

【念楼读】 有个“走阴差”(生魂被神召去,办完阴间的差事后又还阳)的人,说是在阎王殿的走廊上见到一位刚刚死去的老先生,站在那儿瑟瑟发抖。

这时走过来一位判官,好像是老先生的熟人,热情地同他打过招呼后,和颜悦色地问道:

“老先生你天天讲无鬼论,说是没有鬼,那么今天该怎样称呼你呢?”

听了判官这话,旁边的鬼一齐哈哈大笑起来;再看那位老先生,却更加抖得缩成一团了。

这个故事是边随园先生讲给我听的。

【念楼曰】 世上到底有没有鬼这种东西,现在似乎已经不称其为问题,但在以前恐怕就很难干脆做出回答。那时候很多人的心中,或多或少总会留有些鬼的影子或记忆。有人曾下令编过一本《不怕鬼的故事》,说是不怕鬼,其实是心中有鬼;若心中无鬼,又怎么会有那么多鬼来考验人是怕还是不怕。

老先生生前不相信有鬼,死后成了鬼,信念破灭的痛苦自然难免。但只要不是生前宣传“无鬼论”宣传得太过头,打鬼打得太多,把新鬼故鬼全都得罪了,重新做鬼也并不太难,又何至于站在那儿瑟瑟发抖。

边随园言

纪昀

边随园征君言．有入冥者．见一老儒立庑下．意甚惶遽．一冥吏似是其故人．揖与寒温毕．拱手对之笑曰．先生平日持无鬼论．不知先生今日果是何物．诸鬼皆粲然．老儒猬缩而已．

【六十九字】

○本文录自《笔记》卷四。

○边随园，名连宝，清任丘（今属河北）人，曾召试鸿博，又举经学，辞不赴，故称征君。

鬼有预见

【念楼读】 徐某在福建当盐运使时，家中原本很正常，后来却连出怪事：箱笼锁得好好的，火却从里面烧起来；小老婆的头发，一觉醒来，竟被剪掉许多。——都是鬼来作怪。

不久，徐某便被罢了官，而且来不及动身离开福建就病死了。原来鬼有预见，知道徐的官做不长了，便来欺负他。

人走上风，鬼不敢放肆；走下风，鬼就目中无人。如此看来，鬼的确是“能知一岁事”的。

【念楼曰】 “山鬼能知一岁事”，语出《史记·秦始皇本纪》：

> 三十六年，荧惑守心，有坠星下东郡，至地为石。黔首或刻其石曰：“始皇帝死而地分。”
>
> ……秋，使者从关东夜过华阴平舒道，有人持璧遮使者曰：“……今年祖龙死。”使者问其故，因忽不见，置其璧去。使者奉璧具以闻，始皇默然，良久曰：“山鬼固不过知一岁事也。”

秦始皇是三十七年七月死的，三十六年已经有“黔首”在陨石上刻字咒他死，又有人在夜里拦住朝廷使者求他死（是求才会送上玉璧）。秦始皇明明知道，刻字送璧都是人干的，也只有人才干得了，“默然良久”后偏要说：“山里的鬼，也顶多晓得一年的事情吧。”真不知道他是有了预感呢，还是在自宽自解。

妙就妙在，祖龙——始皇真的死了，徐道台也“未及行而卒”了。看来鬼真能预见，有恃无恐、作威作福的人，你们不怕人，也该怕鬼呀。

徐景熹

纪昀

徐公景熹官福建盐道时，署中箧笥每火自内发，而扃钥如故；又一夕，窃剪其侍姬发。为祟殊甚，既而徐公罢归，未及行而卒。山鬼能知一岁事，故乘其将去肆侮也。徐公盛时，销声匿迹；衰气一至，无故侵陵。此邪魅所以为邪魅欤。

【八十八字】

〇本文录自《笔记》卷六。

报应

【念楼读】 人做坏事，常说天理难容；天理怎样昭彰，却谁也无法预测。又说善有善报，恶有恶报，却是有的报，有的不报，有的报得快，有的报得迟，也有报得很巧的。

我在乌鲁木齐时，有次吉木萨地方来报告，充军犯人刘允成因为无法应付债主的催索，被迫上吊自杀身亡。我叫办事员找出刘的档案准备注销，只见刘原判的罪名，正是“重利盘剥，逼死人命”。这便是报应报得很巧的了。

【念楼曰】 社会不公平，便只能寄希望于“报应”。林彪摔死是报应，江青得癌症吊颈也是报应。在吃够了他们苦头的百姓心里，这样的报应当然来得越快越好，越巧越好。

常言道“多行不义必自毙”，便隐含了“善恶到头终有报”的意思。“秦王扫六合，虎视何雄哉”，中国头一回大一统，如果他不焚书坑儒、不大肆诛杀的话，本不该只统治十五年。可是他偏要焚书坑儒，偏要大肆诛杀，有人在石头上刻了“始皇帝死而地分”，他破不了案，便“尽取石旁居人诛之”。如此多行不义，“报应”自然来得快，身死国灭，连子孙都没能留下一个半个。

纪晓岚讲的这个“巧报应”，自己“重利盘剥，逼死人命”，结果也因“逋负过多，迫而自缢”，巧则巧矣，意义却不够广大。只有等着看秦始皇之类暴君的下场，人们才会有“得报应”的愉快感。

天道乘除

纪昀

天道乘除．不能尽测．善恶之报．有时应．有时不应．有时即应．有时缓应．亦有时示以巧应．余在乌鲁木齐时．吉木萨报遣犯刘允成．为逋负过多．迫而自缢．余饬吏销除其名籍．见原案注语云．为重利盘剥．逼死人命事．

【八十三字】

○本文录自《笔记》卷八。

○吉木萨，今吉木萨尔县，在乌鲁木齐东北。

死了还要斗

【念楼读】 山东嘉祥人曾英华给我讲过他的一次奇遇。

一个秋天的晚上，月色正明，他们几个朋友正在菜园旁边散步。忽然一阵旋风从东南方刮来，只见十多个鬼你扭着我，我抓住你，边打边骂。鬼话连篇，不甚了了，只听清一句两句，好像是在争论唯心唯物的问题。

难道讲斗争哲学斗一世还没斗够，做了鬼还要斗下去吗？

【念楼曰】 这一篇写十多个鬼为争"朱陆异同"，居然打成一团，闹得不可开交。我想这只怕是纪公的创作，有没有听鬼谈哲学的"嘉祥曾英华"其人呢，亦毋庸追究了。

我不曾活见鬼，只见过"全民学哲学"运动的热闹场面，那真是惊心动魄啊。"嘉祥曾英华"所见十馀鬼所争的"朱陆异同"，指朱熹和陆九渊二人在哲学思想、学术方法上的争论，后来变成了宗派之争，没完没了，令人生厌，但亦只令人生厌而已。我所经历的"革命大批判"，则是"斗争哲学"的活学活用，其实与哲学完全不沾边，只是为了满足"与人奋斗，其乐无穷"的快感，硬要斗到"杀关管教"为止。我即是斗争对象之一，终于被"牵曳"进了劳改队，一关就是九年。

曾英华言

纪昀

嘉祥曾英华言．一夕秋月澄明．与数友散步场圃外．忽旋风滚滚自东南来．中有十馀鬼．互相牵曳．且殴且詈．尚能辨其一二语．似争朱陆异同也．门户之祸．乃下彻黄泉乎．

【六十六字】

〇本文录自《笔记》卷十二。
〇朱陆异同，朱熹、陆九渊皆理学家，学派不同。

狐仙也好

【念楼读】 老前辈陈句山先生有次迁居，搬家具时，先搬了十几箱书放在准备迁入的院子里。这时，仿佛听见院子旁边的树后面有人小声道：

“这儿见不到这些东西，已经有三十多年了。”

去看树后，却什么人也没有。家人们以为一定是狐狸精，有些害怕。句山先生却说：

“能够说出这样的话来，狐仙也好啊。”

【念楼曰】 是读书人家，才会有书，才会喜欢书。

陈句山乾隆初举博学鸿词，授翰林院检讨，确实是纪晓岚的前辈。他是有著作行世的人，家里的书自然不会少。

那在树后小声说话的狐仙，想必也是个喜欢书的。喜欢书喜欢到极点了，就会更进一步，不喜欢不喜欢书的人。三十馀年不见书，也就是三十馀年只能和不喜欢书的人住在一个院子里，当其见书箱而欢喜，忍不住要现“声”。

陈句山愿与此狐为邻，大约也是很不喜欢自己那些不喜欢书的同事、邻居和朋友的，当然这里面不会包括纪晓岚。

在《阅微草堂笔记》和《聊斋志异》里，狐仙比鬼往往更亲近人，更具人性，这一点外国人大概不容易理解，我们的研究者应该给他们做些解释。

陈句山移居

纪昀

陈句山前辈移居一宅，搬运家具时，先置书十馀箧于庭，似闻树后小语曰：三十馀年，此间不见此物矣。视之阒如，或曰：必狐也。句山掉首曰：解作此语，狐亦大佳。

【六十二字】

〇本文录自《笔记》卷十五。

〇陈句山，名兆仑，字星斋，清钱塘（今杭州）人。

贪官下地狱

【念楼读】 有个做知州的地方官，因为贪赃枉法、横行霸道被判了死刑。随后，地方上便出现种种传言，讲他完全是因为坏事做多了才受报应，将他下地狱受罪的情形讲得活灵活现，走刀山呀，下油锅呀，跟亲眼见到的一样。

我想这大概是此人作恶太多，大家不解恨，才编出这些故事来。我哥哥晴湖那时还在，却另有一番说法：

"讲报应，当然只能是天报应。但天既没眼睛又没耳朵，只能通过人们来看来听；既然老百姓们都说他在受报应，便是他实在该受报应，也真的在受报应了。"

【念楼曰】 纪晴湖的这番话，讲得实在是深刻极了。"新沙皇"时代，俄罗斯民间流传种种政治笑话，不正是"民言如是，是亦可危也已"，后来在"苏东波"中一一都应验了吗？

我如今也托福住在老干部宿舍楼，时常听到传言，某个前书记、某个前省长被中纪委来人带走了，或者是被"双规"了。对此我总是笑答云，未必会有此事，只不过说明人们心里认为会出这种事罢了。这也就是"民言如是，是亦可危也已"了。

州牧即知州。清朝省以下分府、厅、州、县。州有两种，直隶州属省管，下可辖县，地位相当于府；单州则属府管，地位相当于县。

州牧伏诛

纪昀

有州牧以贪横伏诛。既死之后，州民喧传其种种冥报，至不可殚书。余谓此怨毒未平，造作讹言耳。先兄晴湖则曰：天地无心，视听在民。民言如是，是亦可危也已。

【六十二字】

○本文录自《笔记》卷十五。

扬州画舫录九篇

飞埫

【念楼读】 扬州城外运河两岸，有不少可以游观的处所，其中一处叫叶公坟，是明朝一位姓叶的刑部侍郎的墓地。墓后有座十多丈高的土山，墓前流过一条小河(河上建了座石桥，本地人叫它叶公桥)。此处地形像骆驼耸起个驼峰，算得上一景。墓前建造了石牌坊、石香案，还修筑了墓道。墓道两旁，排列着石人石马。

清明前后，扬州人常来这里放风筝，还玩一种叫“飞埫”的游戏：先在石人头上搁些瓦片，再用瓦石去掷，看能否击中，以预测自家的运气。

重阳到叶公坟登高，也成了扬州的风俗。

【念楼曰】 屈大均的《广东新语》，天、地、山、水、食、货、动、植无所不包，自称为“广东之外志”；李斗的《扬州画舫录》，覆盖面只限于扬州，又专录居民的社会文化生活，“琐细猥亵之事，诙谐俚俗之谈，皆登而记之”，亦有其不可代替的价值。这类专记地方风土的书，在汗牛充栋的历代笔记中，本来就是凤毛麟角，正是我的兴趣所在。

纸鸢、飞埫，都是儿童喜欢的游戏。飞埫在长沙一带称为“打碑”，在僻巷中、井台旁都可以玩，亦不必以石人头作为目标，就在地上将瓦片码成小塔，站在丈许外以瓦砾击之，以一击能中者为胜，如能只削去塔尖不波及塔身，则够得上称大哥了。

叶公坟　　李斗

叶公坟．明刑部侍郎叶公相之墓也．墓后土阜高十馀丈．前临小迎恩河．右有石桥．土人称之为叶公桥．相传为骆驼地．其上石枋．石几．翁仲．马羊陈列墓道．里人于清明时坟上放纸鸢．掷瓦砾于翁仲帽上．以卜幸获．谓之飞堶．重阳于此登高．浸以成俗．

【九十七字】

○本文录自李斗《扬州画舫录》(下简称《画舫录》)卷一。

○李斗，号艾塘，清仪征(今属江苏)人。

僻静得好

【念楼读】 桃花庵妙就妙在僻静得好。到那里去，先得过长春桥，再沿着溪流走进山谷。这条路相当险峻，很不好走。要走上一段，才会发现，溪水在两山之间汇成了一个湾。湾虽不大，却在两边都有山脚形成的小岛。岛上各有一小亭，叫做“螺亭”和“穆如亭”。走过小岛和小亭，人就到了桃花庵的石阶下，溪水也一直到了庵前。

庵门上有做盐运使的朱某人的题额。坐在洁净的石阶上，弯腰便能接触到洁净的水——洁净到简直可以掬起来漱口。一群白色的水鸟，羽毛刚刚长满，在水中尽情嬉戏。这里溪水既深，游人又少，看得出它们很自由和快乐。

【念楼曰】 门口的石阶上能坐人，坐着还能弯腰掬水，漱口润喉，看成群水鸟自在游戏，这真是一处人和鸟都能“得人稀水深之乐”的既僻静又能休闲游览的好处所。

我以为，休闲游览之处，第一就是要静。要静先得人稀，如果不是人稀而是人密，成了游乐场，便只有热闹，无法安静了。何处人才会稀而不密呢？那就得找寻僻静处。山径很不好走，过了小澳还要过小屿才走得到的桃花庵，大概就是这样的僻静处。不然的话，这里的水鸟早已惊飞，门前的水也断然无法进口了。

桃花庵

李　斗

桃花庵僻处长春桥内．过桥．沿小溪河边折入山径．嵽嵲难行．小澳夹两陵间．屿亦分而为两．左右有螺亭穆如亭．屿竟琢石为阶．庵门额为朱思堂转运所书．溪水到门．可以欹身汲流漱齿．中多水鸟．白毛初满．时得人稀水深之乐．

【八十九字】

〇本文录自《画舫录》卷二。

〇嵽嵲，音『叠聂』，形容山高。

茶楼酒馆

【念楼读】 （天宁门）大街的西边，有家餐馆叫“扑缸春”。到扬州城外游玩的人，饱览湖光山色后，满脸高兴，想找人说话，进城后多半在这里歇脚，一边享受扬式菜肴的美味，一边互相叙说感受和见闻。

街西边还有一处著名的茶馆，叫“青莲斋”，是安徽六安山里的和尚们开的。和尚们自有茶园，春夏两季在山里采茶制茶，秋冬两季便进了城，到店里来帮着卖茶。上东门这边游玩的客人，大都会到这里买茶，作为一天的饮料。

青莲斋里面挂着一副对联：

从来名士能评水，自古高僧爱斗茶。

此乃郑板桥的手笔。

【念楼曰】 此文写扬州一条热闹大街上的茶楼酒肆，只介绍了两家，因为抓住了特点，几十个字便能使人留下鲜明的印象。

“扑缸春”过去称酒肆，现在叫餐厅，因为位置靠近“游屐入城”之处，客人多是“山色湖光（是平山堂的山色和瘦西湖的湖光吧），带于眉宇”的游客，这便是它的特点。

“青莲斋”的特点更明显，它乃是六安山里的和尚来扬州卖六安茶的店子。六安茶，这可是大观园里栊翠庵中妙玉捧给王夫人、凤姐她们吃的茶啊，只有贾母才说：“我不吃六安茶。”

扑缸春

李斗

扑缸春酒肆在街西．游屐入城．山色湖光．带于眉宇．烹鱼煮笋．尽饮纵谈．率在于是．青莲斋在街西．六安山僧茶叶馆也．僧有茶田．春夏入山．秋冬居肆．东城游人．皆于此买茶．供一日之用．郑板桥书联云．从来名士能评水．自古高僧爱斗茶．

【九十二字】

○本文录自《画舫录》卷四。

○六安，今安徽六安市。

○郑板桥，名燮，清兴化（今江苏）人，书画名家，『扬州八怪』之一。

演法聪

【念楼读】 扬州的戏班里，扮演二花脸最出名的，要数蔡茂根。我看过他演《西厢记》里的法聪和尚，大吼一声跳上台，怒目圆睁，胳膊收紧，再猛然两肩一沉，双拳齐出，好一个亮相，真是演活了一个跃跃欲试的莽和尚。叫他打出普救寺去搬救兵，他兴奋得摩拳擦掌，一连串大动作将头上的和尚帽抖得摇摇欲坠。

台下看戏的人越来越紧张，生怕和尚帽子掉下来露出了头发。蔡茂根却若无其事，仍然做他的大动作，头上的帽子也仍然摇摇欲坠，一直到终场。

【念楼曰】 古人笔记中的戏剧史料，以《陶庵梦忆》写得最为生动。这一条写演员表演，似可与之比美。中国戏剧的表演都是夸张的，但演得传神，也能使观众感情激动。这就需要演员自己先投入整个身心，“兴会飙举”才行。

小花脸在戏中一直是配角，但高明的演员凭精彩的演技也可以大获成功。蔡茂根能让头上的和尚帽子摇摇欲坠，马上要掉落下来似的，使得满场观众都替他捏一把汗。和尚帽子掉下来，露出的却不是一个光头，岂不露馅了吗？可是他却“颜色自若”，像是完全不觉得，于是观众们更担心、更紧张，他的表演也更加讨好。

这便是二面蔡茂根的本事，也是《扬州画舫录》作者的本事。

二面蔡茂根

李斗

二面蔡茂根演西厢记，法聪瞪目缩臂，纵膊埋肩，搔首踟蹰，兴会飙举，不觉至僧帽欲坠，斯时举座恐其露发，茂根颜色自若。

【四十八字】

〇本文录自《画舫录》卷五。

男旦

【念楼读】 魏长生艺名三儿，从四川出来，演红了各地舞台。四十岁时，江鹤亭邀请他到扬州来演出，一出戏的酬金就是一千两银子。

某天他乘船游湖，消息传出，扬州花船上的妓女，全都打扮整齐，催船追看魏三儿。一时桨碰桨、船挤船，衣香鬓影，简直把湖水都搅开了。魏长生却萧然自若，态度和平常一样闲远。

【念楼曰】 妓女争看男戏子，性心理属于正常，和现在女人们追捧男艺人没有什么不同。不过在李斗的时代，普通妇女（更不要说大家闺秀了）没有这种自由，所以只能由妓女来代表。她们那时候的"发烧"劲，亦不过多熏一点香，多给几个钱叫船夫用力划桨，比起如今的女学生跳上舞台去抱着"哥哥"狂吻，或者因为"偶像"不肯签名便投水自杀，实在是还很"保守"。

魏长生是一名男旦，在一九一九年以前，男旦和"相公"乃同义词，尽人皆知，老实说没什么自尊好讲。《海上花》中所写长三痛打相公，是妓女恨男旦抢走生意，是"同行相妒忌"，不将其视为异性，而将其当成做皮肉生意的同行，究属变态。因为男旦毕竟是男人，本应该由女人来看来追。而魏长生在"妓舸尽出"都来追看他的情况下，并不像香港的陈冠希那样扬扬自得，这倒是罕见的。

魏三儿

李　斗

四川魏三儿，号长生，年四十，来郡城投江鹤亭，演戏一出，赠以千金，尝泛舟湖上，一时闻风，妓舸尽出，画桨相击，溪水乱香，长生举止自若，意态苍凉。

【五十七字】

○本文录自《画舫录》卷五。

丝竹何如

【念楼读】 “知己食”是一家餐馆的招牌。那里的老板兼主厨姓杨，他创造了一种新式的烧烤方法做熏肉，很是有名。

餐厅里有块匾额，四个大字是“丝竹何如”，顾客都不太明白它的意思。有人说是用王羲之的话，“虽无丝竹管弦之盛，一觞一咏，亦足以畅叙幽情”，意思是此处宜“觞咏”，即饮酒赋诗；有人则说是用桓温的话，“丝不如竹，竹不如肉”，意在宣传这里的“肉”即熏肉。众说纷纭，莫衷一是。

其实饮食店的招牌，本意只在标新立异，吸引顾客，也不必硬要做十分确切的解释吧。

【念楼曰】 取招牌名，或者说取名字（店名、商标文字等），的确需要一点巧思。清末有家酒楼取名“天然居”，两边的对联是：

客上天然居
居然天上客

还有美国奶粉品牌 KLIM（克宁）的四个字母，颠倒过来正是 MILK（牛奶），都是好例。

“知己食”和“丝竹何如”，都是走偏锋，用使人觉得特别的方法来吸引人注意。顶极端的例子还有一个：《东观汉记》记西南夷“白狼王唐菆”作歌颂汉云“推潭仆远……”，无人能解，犍为郡椽由恭素与相狎，始译云“甘美酒食……”。清代京城有家餐馆用“推潭仆远”做招牌，一下便吸引了京城人的眼光。

知己食

李斗

知己食在头桥上．宰夫杨氏工宰肉．得炙肉之法．谓之熏烧．肆中额云．丝竹何如．人皆不得其解．或以虽无丝竹管弦之盛语解之．谓其意在觞咏．或以丝不如竹竹不如肉语解之．谓其意在于肉．然市井屠沽．每藉联扁新异．足以致远．是皆可以不解解之也．

【九十九字】

○本文录自《画舫录》卷七。

○『虽无丝竹管弦之盛』，见王羲之《兰亭集序》。

○『丝不如竹，竹不如肉』，见陶渊明《晋故征西大将军长史孟府君传》。『竹不如肉』的『肉』指人的歌喉。

以眼为耳

【念楼读】 二钓桥南的明月楼茶馆，紧挨着二道沟水道。二道沟是淮水的一条支流，但涨潮时长江的水也会进来。所以，能够同时用淮河的水和长江的水给客人泡茶，也就成了明月楼的一大特色。

因此明月楼的生意特别好，总是客人满座，笑语喧天。加上许多人都带着笼养的鸟儿来坐茶馆，鸟儿聚会，叫得更欢。茶客之间交谈，如果隔了一两张桌子，便根本听不清，彼此得依靠脸色和手势。

【念楼曰】 研究中国城市史，了解古代中国的城市生活，有几部书真是十分重要。北宋时的开封有《东京梦华录》，南宋时的杭州有《武林旧事》，明代的北京有《春明梦馀录》，清朝极盛时的扬州则有这部《扬州画舫录》。而论材料之富赡，见解之明达，文字之生动，则后来者居上，前三者均有所不及。

《扬州画舫录》最优胜的一点，就是注意普通市民的日常生活，光是写茶楼酒馆的便有好多条。在太平盛世时，这类地方最能反映出市民生活的逸豫，看起来也饶有趣味。明月楼中的喧阗嘈杂，“以眼为耳”四个字便写尽了。当然乱世中或暴政下的茶楼酒馆里有时也人声鼎沸，但气氛、情调则大不相同，用心便能分辨得出。

明月楼

李斗

明月楼茶肆，在二钓桥南。南岸外为二道沟，中皆淮水，逢潮汐则江水间之。肆中茶取于是，饮者往来不绝，人声喧阗。杂以笼养鸟声，隔席相语，恒以眼为耳。

【六十字】

〇本文录自《画舫录》卷七。

同声一哭

【念楼读】 珍珠娘是个妓女的花名。她本姓朱，十二岁便以唱歌出名，成了吴家的养女。陪酒卖笑的生活，使她年纪轻轻就染上了肺病，但她仍不能不用心打扮，勉力应酬。每次梳头，头发就像霜叶经风，纷纷下落，这时她总忍不住伤心。

珍珠娘的客人中有一个同情她的人——诗人黄仲则。仲则见到我，总用怜惜的口吻谈起珍珠娘，谈起她的病和愁，谈时他常常忍不住伤心流泪。

珍珠娘死时才三十八岁。几年以后，仲则为谋事远走山西，死在绛州，死时也才三十八岁。

【念楼曰】 黄仲则生前穷困潦倒，身后却名满天下。我少年时把《两当轩集》常放在枕边，“独立市桥人不识，一星如月看多时”尤喜吟诵。郁达夫写黄的那篇《采石矶》，更是我爱读的小说。黄和珍珠娘有这么一段感情，却是看《扬州画舫录》后才知道的。

从《画舫录》看，珍珠娘年纪比黄仲则要大好几岁，且患肺病，“每一栉杓，落发如风前秋柳”，又病又老（旧时妓女年过三十即“老”了）。黄仲则为少年名士，虽然无官位、无钱财，在诗酒场中还是人人为之侧目的，却每天陪着她梳头，对朋友谈起她时还“声泪齐下”。我想联系他和她的肯定不全是性，而是人间自有的真情，真值得同声一哭。

珍珠娘

李 斗

珍珠娘姓朱氏．年十二．工歌．继为乐工吴泗英女．染肺疾．每一榫杓．落发如风前秋柳．揽镜意慵．辄低亚自怜．阳湖黄仲则．见余每述此境．声泪齐下．美人色衰．名士穷途．煮字绣文．同声一哭．后以疾殒．年三十有八．数年后仲则客死绛州．年亦三十有八．

【九十七字】

○本文录自《画舫录》卷九。

○榫杓，疑当作『榫栉』。榫是一种白色的木，榫栉是用白木做的梳子，引申为用梳子梳头发。

○阳湖，旧县名，属江苏，后并入武进县(今武进区)。

○黄仲则，名景仁，清武进人，以诗著名。

○绛州，今山西新绛。

扬州泥人

【念楼读】 扬州出产的泥人,形态生动,外加彩绘,制作方法和苏州的“不倒翁”相同,却以人物故事不断翻新取胜。戏园子里上演的新戏,如《倒马桶》《打盏饭》《杀皮匠》《打花鼓》……很快人物都做成了泥人。两个一组的叫一对,三个以上一组的叫一台,价钱都卖得很高,简直超过了宋朝的名牌泥人“鄜畤田”。

【念楼曰】 “拔不倒”别的书中多写作“扳不倒”,应是对的,现则称为不倒翁。“鄜畤田”,《老学庵笔记》云“鄜州田氏作泥孩儿名天下”,末又云“鄜畤田玘制”。鄜畤即鄜州,今陕西富县,田玘则是田氏的代表,制作泥人儿的手工艺人。古时不重庶民,手艺人能在文人笔下留名,很不容易。

“扳不倒”即不倒翁,这种玩具下部是重心所在,又做成半球状,故可扳而不倒,即使用手按住它,一松手又起来了。中国历来尊老,小孩在家中没什么地位,有个泥做的白须白发的老头儿,能够扳倒他几下,也会给儿童一种心理上的愉快感。

至于要将多个泥人做成一台戏,工艺就复杂多了。《倒马桶》这些戏没看过,《打花鼓》在湖南乡下演出,至少一旦一丑,动作都很大,表情又丰富,用泥塑表现并不容易。若要像天津泥人张做《钟馗嫁妹》尤其是《寿怡红群芳开夜宴》,则更难矣。

雕绘土偶

李斗

雕绘土偶，本苏州拔不倒做法，二人为对，三人以上为台，争新斗奇，多春台班新戏，如倒马子、打盏饭、杀皮匠、打花鼓之类，其价之贵，甚于古之鄜畤田所制泥孩儿也。

【六十四字】

○本文录自《画舫录》卷十六。

○『三人以上为台』印本原作『三人以下为台』。

○鄜畤田，详见页三五五『畤』原误作『志』，今改。

两般秋雨庵随笔八篇

座右铭

【念楼读】 “如今谈起用人，总埋怨人不容易安排出去；其实这只能怨进人进得太多，不管哪里来的都接收，太浮滥了。

“如今谈起用钱，总埋怨钱不容易弄进来；却不知这只能怨花钱花得太多，各种开支太大了。”

明朝人吕坤的这两句话，当官和当家的人都值得好好听一听，想一想。

【念楼曰】 吕坤是一个有学问、有见识的人。周作人民国十二年曾撰文介绍他的《演小儿语》，认为“颇有见地”，并曾在北京大学《歌谣周刊》上全文转载。

吕坤又是一个做过官、办过事的人。他在万历年间成进士后，官至山西巡抚、刑部侍郎，史称其“举措公明，立朝持正”，“以是为小人所不悦”，上疏陈天下安危，朝廷又“不报”（不予理会），于是中年就辞官归隐，专事著述，以学者终老了。

吕坤绝不是不谙世事的书呆子，他的有些格言确实“可为居官居家者座右铭”。从古书中找“管理经验”，这是改革开放以来才有的“课题”，在这方面亦不必只抄《管子》《盐铁论》，随笔杂书中的材料也可以看看。

吕叔简语

梁绍壬

明吕叔简云．今之用人．每恨无去处．而不知其病根在来处．今之理财．每恨无来处．而不知其病根在去处．二语可为居官居家者座右铭．

【五十三字】

○本文录自梁绍壬《两般秋雨庵随笔》（下简称《随笔》）卷一。

○梁绍壬，号晋竹，清钱塘（今杭州）人。

○吕叔简，名坤，号新吾，明宁陵（今属河南）人。

不白之冤

【念楼读】 通政使陈句山先生，年纪已经过了六十，胡须却全是黑的，还没有白一根。裘叔度先生是陈先生的好友，见了陈，便跟他开玩笑道：

“莫怪别人不敬你老，只怪你的胡子不肯白，给你造成了‘不白之冤’啊！”

【念楼曰】 陈兆仑（句山）和裘曰修（叔度），都是当时（清乾隆朝）的名人。陈是雍正进士，乾隆初举博学鸿词，入翰林院，诗文和书法都为人称赏，官至通政使。裘是乾隆进士，参编《太学志》《西清古鉴》《石渠宝笈》等书，历任三部尚书。这篇短文是一则小小的名人逸事。

此类小记事、小语录，完全没有什么重大的意义，就只是好玩。无伤大雅，却可以使人莞尔一笑，精神上偶尔放松一下，便于心理健康有益。有的进行讽刺或谐谑，亦各有其功用，却是别一类。如今记“名人”、记“明星”，多注意八卦绯闻，往往猥亵油滑，堕入恶趣，则是下流行径，在避谈闺阃的古人那里，倒是极为少见的。

附带说一下，《西清古鉴》四十卷和《石渠宝笈》四十四卷，分别著录内府所藏古代铜器和历朝书画，至今仍是研究文物的重要参考书。

不白　　梁绍壬

陈太仆句山先生年逾耳顺，须尚全黑。裘文达公戏之曰：若以年而论，公须可谓抱不白之冤矣。

【三十七字】

○本文录自《随笔》卷二。

○裘文达公，名曰修，字叔度，清江西新建人。

警句

【念楼读】 北宋末年的学者刘子明隐居乡下，坚决不出来做官，徽宗皇帝曾给他赐号“高尚先生”。他有几句话，是在写给友人王子常的信中说的：

“人们用嗜好杀害自身，用财富杀害子孙，用政府行为杀害国民，用政治理论杀害人类。”

此话初听觉得有点吓人，仔细想想，恐怕确是如此。

【念楼曰】 嗜好如果于健康不利，于道德有碍，于社会有害，是有可能杀害自身的，如吸毒、聚赌、滥淫……

财富也有可能杀害子孙，大少爷恣意妄为，以致犯下死罪，如上世纪八十年代初上海枪毙的几名高干子弟。

这头两句，乃是人所能见、人所能言的。

政府行为杀害国民的事实，古往今来，并不少见。秦始皇修长城造陵墓，希特勒清洗犹太人，都死了成千上万的人。秦始皇陵、奥斯维辛至今还在，可以为证。

秦始皇、希特勒等的“政府行为”，都是有“政治理论”做指导、为依据的。李斯在咸阳宫的长篇发言，《我的奋斗》和“德国德国，高于一切”的歌词……，白纸黑字，赖也赖不掉。

这后两句，未必人人都能看出，都敢说。“高尚先生”能够如此简单明白地把它说出来，确可称警句。

刘子明语

梁绍壬

宋刘卞功字子明，隐居不仕，赐号高尚先生。答王子常书曰：常人以嗜欲杀身，以财货杀子孙，以政事杀民，以学术杀天下后世。此数语甚奇辟。

【五十五字】

○本文录自《随笔》卷一。

○刘卞功（原本误作刘十功），字子明，北宋末安定（今河北保定）人。

○王子常，不详。

蔡京这样说

【念楼读】 北宋时候，吴伯举做苏州太守。蔡京那时对他十分赏识，当宰相后，立刻推荐他入京任职，又一连三次提拔，使他担任相当于中央政府副秘书长的高官。吴伯举却不能事事同蔡京保持一致，于是后来被贬到扬州当地方官去了。有人为吴伯举抱不平，向蔡京提意见。蔡京说：

“既要做官，又要做好人。吴伯举他也不想想，这两件事情是兼顾得来的吗？”

【念楼曰】 要做官，便不能做好人。蔡京这样说，他也是这样做的。

司马光执政时，蔡京任开封知府。司马光停止“新政”，恢复“差役法”，限期五日实行。大家都说办不到，只有蔡京雷厉风行，如期完成，因而受到表扬。可很快司马光下了台，章惇又上了台，重行“雇役法”，蔡见风转舵，更加雷厉风行，遂得一路升官，终于取章惇而代之，当上了首相。

蔡京确实不怕做恶人，他当权时尽贬支持司马光的诸臣，称其为“奸党”，又籍没批评“新政”者，称其为“邪等”，共三百零九人。他对这些人的子孙亦予以禁锢，并将其姓名刻石立碑，决心办成“铁案”，做恶人做到底。

好在恶人到底做不太久。蔡京和他儿子的官，做到金兵南下时终于还是丢掉了，父子还先后送了命。

丧心语

梁绍壬

宋吴伯举守姑苏，蔡京一见大喜，入相首荐其才，三迁中书舍人，后以忤京，落职知扬州。客或有以为言者，京曰：既做官，又要做好人，两者可得兼耶？此真丧心病狂之语。

【六十五字】

○本文录自《随笔》卷一。

○蔡京，字元长，北宋末为太师，仙游（今属福建）人。

○吴伯举，不详。

女人之妒

【念楼读】 山东人张映玑在浙江当盐运使，他的性情平易近人，尤其喜欢开玩笑。某天坐官轿出门，有个女人拦着他的轿子喊冤，状告丈夫宠爱小老婆而欺压她。张映玑接过状纸一看，便边笑边用学来的杭州话对她说：

“阿奶！我这个官职只管盐事，不管民事，只管得人家吃盐，管不得人家吃醋啊！”

随即吩咐手下人好好地劝那个女人回家去。

【念楼曰】 用“吃醋”形容男女之间产生的嫉妒，不知始于何时。元人杂剧、明人话本中，即已常见此语，但我想一定还要早得多。因为这种情感恐怕是人类与生俱来的，亚当和夏娃离开了乐园，有了第三者、第四者……，其爆发即无法避免。《圣经》云“爱情如死般坚强，嫉妒如地狱般残忍”，只此一语，便可见它的厉害和无法克服。

无论是民间或士大夫间的笑话，笑“吃醋”的都不少，对象则差不多全是女人，这是很不公平的。古时男人可以有多个女人，对她们实行独占；女人则“淫”和“妒”都犯“七出”，有一条便可以被逐出夫家。其实女人也是人，既然是人，便有人的权利和需要，应该得到尊重。要求女人都不“吃醋”，都做《浮生六记》里的芸娘，一心为丈夫谋娶小老婆，实在不合情理，也是不可能的事。

吃醋

梁绍壬

浙江转运张映玑，山东人，性宽和，善滑稽。一日出署，有妇人拦舆投呈，则告其夫之宠妾灭妻者也。公作杭语从容语之曰，阿奶，我系盐务官职，并非地方有司，但管人家吃盐事，不管人家吃醋事也。笑而善遣之。

【八十一字】

〇本文录自《随笔》卷二。

借 光

【念楼读】 写《围炉诗话》的吴修龄说：

“现在作诗的人，总喜欢依附名家，标榜什么体、什么派，不禁使我想起苏州一户人家送葬的铭旌，长长的白布幔上面写着的大字是：

大明太子少保文渊阁大学士申公隔壁豆腐店王媄虵之灵柩

我想，这样的铭旌，请那些一心想依附名家的人们高高举起，走在什么门派的队伍前头，大概也还合适。”

吴氏的话说得挖苦了一些，但是对趋炎附势的人，刺他们一下也好。

【念楼曰】 大学士就是宰相，为文职最高官，正一品。少师即太子少保（长沙有席少保祠），为仅次于太子太保的荣誉头衔。大学士加少师衔，等于现在的常务副总理，申公的荣光自不待言。但这和隔壁豆腐店的王媄虵有什么关系呢？除了隔壁邻居这一点外，实在可以说毫无关系。

明明没有什么关系，偏要扯上关系，目的全在借光。王阿奶家，小门小户，想把丧事办得光彩一点，未尝不情有可原；但扯得太没有边了，效果又会适得其反。《传世藏书》请季羡林当主编，印《闲情偶寄》请余秋雨作序，还不和“作诗动称盛唐”一样只能令人齿冷？还不如像《儒林外史》里的戏子鲍文卿，死后铭旌就题“皇明义民”四个字，只要有老友向鼎来题。

诗傍门户

梁绍壬

吴修龄围炉诗话云．今人作诗．动称盛唐．曾在苏州见一家举殡．其铭旌云．皇明少师文渊阁大学士申公间壁豆腐店王阿奶之灵柩．可以移赠诸公．此虽虐谑．然依人门户者可以戒矣．

【七十二字】

○本文录自《随笔》卷三。

○吴修龄，名乔，一名殳，清初太仓（今属江苏）人，著有《西昆发微》《围炉诗话》等。

立威信

【念楼读】 明朝初年，一位监生出身的官员，当了都察院的都御史。科第出身的御史们看不起他，约了几个即将出差到外省去巡按的，一同去请他做训示，想试试他的斤两。

谁知他竟毫不推辞，立即接见，放大声音讲的重话却只有两句：

“从这里出去，不要使人害怕；回到这里来，不要让人笑话。”这两句话一说出来，从此全院上下，再没人敢小看这位学历不硬扎的新来的主官了。

【念楼曰】 这里讲的是一位原来为下属看不起的主官如何为自己树立威信的故事。

科举时代，由秀才、举人、进士一路考上去，经过殿试分派官职，叫做正途出身，资格才过得硬。监生本来是进京师国子监读书的生员，后来则多由父兄功勋或捐纳银两取得空名，等于现在得奖或买来的文凭，为读书人所看不起。

都掌院即都察院，为最高监察机关，且有奏言政事的权责。其主官称都御史，为从一品，高于正部级。下设御史若干名，为从五品，相当于副局级，级别虽不高，对于分管的省、道，尤其是前往巡按时，却有弹劾专断之权。如果擅作威福，便会使人怕；若以权谋私，便会被耻笑。主官话虽不多，却击中了要害，要言不烦，威信自立。

上舍

梁绍壬

明初，一上舍任都掌院，群属忽之，约二三新差巡按者请教。掌院厉声云：出去不可使人怕，归来不可使人笑。闻者凛然。

【四十六字】

〇本文录自《随笔》卷五。

夏紫秋黄

【念楼读】 北方的水果，品味最佳妙的莫过于葡萄。有人问汪琬：

“南方的水果，有什么能和葡萄相比呢？”

汪答道：“秋天有金黄的橘柚，夏天有紫红的杨梅。”

这答语比得上晋代名人陆机的名句：“千里地方的莼菜丝做汤，末下出产的咸豆豉调味。”

还有南朝“出口成章”的周颙所说的“早春剪下的嫩韭叶，霜后摘取的白菜心”。

这三句话，都形容出了食物令人歆羡的色香味。

【念楼曰】 话题别致，吐属风流，也是文人雅趣的一种表现。梁绍壬引来和汪钝翁“橘柚、杨梅”句相比的“莼丝、盐豉”，出自《晋书·陆机传》，而文字微有不同，《晋书》的原文是：

> (王)济指羊酪谓机曰：“卿吴中何以敌此？”答云：“千里莼羹，未下盐豉。”

通常解释为：从远方运来莼菜，淡煮作羹不加盐豉。或谓莼菜不能致远，也没有淡吃的，以为“未”字系“末”字传写之误，千里和末下都是吴中的地名。《两般秋雨庵随笔》是采取后一说的。“早韭、晚菘”句，则出自《南史·周颙传》：

> 文惠太子问颙：“菜食何味最胜？”颙曰：“春初早韭，秋末晚菘。”

葡萄

梁绍壬

北地葡萄最美。有客问：南中何以敌此。汪钝翁曰：橘柚秋黄，杨梅夏紫，此与千里莼丝，末下盐豉，春初早韭，秋末晚菘，同一风致。

【四十九字】

○本文录自《随笔》卷七。

○汪钝翁，名琬，清长洲（今苏州）人。

春在堂随笔八篇

夫妻合印

【念楼读】 松江的尹鋆德（别字冰叔）拿了一卷画来叫我题诗，画的是他祖母黄老太太在纺织，已经题咏不少了。其中有一首七言古诗，作者署名“吴江张澹”，书者是“璞卿女史陆惠”，最有意思的是盖的一枚图章：

文章知己/患难夫妻/张春水陆璞卿合印

既是患难夫妻，又是文章知己，真可说是文坛佳话。

【念楼曰】 从现代各国（包括中国）实际情况看，女子在文学艺术方面的天赋和能力，绝对不比男子差。但古代中国的女文学家、艺术家，真正为多数人认知认可的，却屈指可数。女诗人还有个李清照，女画家、女书家就很难数得出。杜甫诗“学书初学卫夫人”，可是唐人论书法将她列为“下之下品”，作品亦不见（至少我不见）有传世的，不好硬拉来凑数。

直到“少文缺礼”的蒙古和满洲来做了主，男尊女卑的关系才起了微妙的变化。女子的地位虽未上升，男子的地位一下降，差距渐渐缩小，才有了管夫人“书牍行草，殆与其夫不辨”的评价，但宋濂修《元史》，仍然连她的名字都没有提。张春水、陆璞卿这一对“文章知己”，已是鸦片战争以后的人，又是以鬻书画为业而非仕宦之家，才能如此“合印”。如果换成了当宰相的“刘罗锅”，那就说什么也不会让为他代笔的姬人盖印落款。

词场佳话

俞樾

华亭尹冰叔鋆德，以其祖母黄纺织图索题。图中题者甚众，有张春水七古一章，署云吴江张澹未定草，璞卿女史陆惠书，钤一小印云：文章知己，患难夫妻。张春水陆璞卿合印，亦词场佳话也。

【七十四字】

○本文录自俞樾《春在堂随笔》（下简称《随笔》）卷一。

○俞樾，号曲园，清末浙江德清人。

○华亭，旧县名，后改名松江，今属上海。

○张澹，字春水，清末江苏震泽（后并入吴江）人。

百工池

【念楼读】 西湖净慈寺外有一个“百工池”，寺里的大圆和尚说，这是济公和尚开出来的。

查《西湖志》，净慈寺历史上多次发生火灾，北宋熙宁年间，有会风水的人说，须得挖一处水池才能消灾。当时的住持宝文和尚为此发动募捐，参加捐助者不下万人，才建成“百工池”。可见此池在北宋即已修成，与南宋时的济公并无关系。

如今都说是济公开池，全不知是宝文和尚出的力。以讹传讹，真伪真有些难辨。

【念楼曰】 济公倒是实有其人的，他出生在台州，原名李心远。后在杭州灵隐寺出家，法名道济，一直疯疯癫癫，不守戒律，喝酒吃肉，被称为“济颠”，常做出些不可思议的不寻常的事。入净慈寺后，其名声渐大，经过附会渲染，“灵迹”越来越多，几乎被信众视为“活佛”，许多事迹都归到了他的名下。

宝文和尚募捐修成“百工池”，乃是济公之前一百多年的事情，《西湖志》记载得清清楚楚。可是众口一词，都要把开池归功于济公的法力，连本寺的老和尚也这样认为。

俞樾毕竟读书多，一翻《西湖志》，便判明了真伪。但他的文章又有几人读？“济公”我却在电视上看过好多回。

非颠僧遗迹

俞樾

余游净慈寺。寺僧大圆指门外百工池。谓是宋时颠僧道济遗迹。余按西湖志云。宋建炎已前。寺累遭火。鞠为荆墟。熙宁间有善青乌之术者云。须凿池以禳之。寺僧宝文乃募化开池。与力者万人。故名。则此池之开。非道济也。世俗知有道济。不知有宝文。传讹久矣。

【百零一字】

○本文录自《随笔》卷二。

○道济，南宋僧人，世称济公。

○熙宁，宋神宗年号，一〇六八—一〇七七年。

○青乌术，即青乌术，今称『风水』。

碧螺春

【念楼读】 太湖洞庭山出产名茶碧螺春，我久住苏州，送碧螺春给我的不算太少，真正的极品却难遇到。

屠石巨家住洞庭山，拿了《隐梅盦图》来要我题诗，送给我一小瓶（碧螺春）。那颜色，那味道，那香气，才是真正的极品。

我将它带回杭州住处，打来湖畔的好泉水将它泡上，品味之馀，不禁叹息道：穷书生有限的口福，只怕这一盏茶便让我享用完啦。

【念楼曰】 “碧萝春”应作“碧螺春”。比俞樾大一百三十八岁的王应奎写的《柳南随笔》中说，此茶原是洞庭东山上“野茶数株”所产，某年采摘时筐盛不下，揣了些在怀里，受热后香气勃发，采茶人直喊香得吓杀人了。“吓杀人者，吴中方言也，因遂以名是茶。”康熙三十八年即一六九九年南巡到太湖，巡抚宋荦“购此茶以进，上以其名（吓杀人）不雅，题之曰碧螺春。自是地方大吏岁必采办，而售者往往以伪乱真”。

野茶树就那么几株，地方大吏采办了去进贡的尚不免“以伪乱真”，俞樾说“佳者亦不易得”当然是事实；但在一百九十年后（《春在堂随笔》刊行于光绪十五年即一八八九年），将碧螺春的“螺”改成“萝”，则似乎不必。时间又过去了一百二十年，王稼句君今年寄来的两盒，上面印的名字也还是“碧螺春”。

洞庭山茶叶　　　　俞樾

洞庭山出茶叶．名碧萝春．余寓苏久．数有以馈者．然佳者亦不易得．屠君石巨居山中．以隐梅盦图属题．饷一小瓶．色味香俱清绝．余携至诂经精舍．汲西湖水．瀹碧萝春．叹曰．穷措大口福．被此折尽矣．

【七十七字】

◎本文录自《随笔》卷二。

又是一回事

【念楼读】 道光庚戌年和我同榜中进士的谢梦渔，考得很好，是第三名探花及第，学问也不错，可是官运不好，当了二十多年京官，一直不得重用。他曾对我说：

“学问是一回事，考试是一回事，官运又是一回事，各不相干；有学问的未必考得好，考得好的也未必能升官。”

我把他的话告诉了翰林前辈何绍基先生。何先生加上了一句：“有学问，能不能真正出成果，恐怕又是另外一回事。”

【念楼曰】 中国是名副其实的考试大国，千年以来体制屡变，只有这一点始终没变。中国人读书，也主要是为了考试。

但书读得好不等于会考得好，俞曲园的书读得未必不如谢梦渔（保和殿复试俞取得第一），后来学问文章的成就更远大于谢梦渔，进士名次却让谢居了先。

俗话道：“一缘二运三风水，四积阴功五读书。”说的就是书读得好不好，与能不能考中状元、探花，能不能被保送清华、北大，当然颇有关系，但亦不如跟贵人有缘千里来相会，或者幸运地拿到了一两块奥运金牌，或者爷爷奶奶的坟风水好，爸爸妈妈积了阴功，因而可以一掷千万元作“教育投资”，更有把握。

谢梦渔

俞樾

余同年生谢梦渔.以庚戌进士第三人及第.学问淹雅.官京师二十馀年.郁郁不得志.尝语余曰.学问是一事.科名是一事.禄位是一事.三者分而不合.有学问者不必有科名也.有科名者不必有禄位也.余深韪其言.偶以语何子贞前辈.先生曰.传不传.又是一事.

【百零一字】

○本文录自《随笔》卷二。

○同年生，同一榜考试得中者。

○谢梦渔，名增，江苏人。

○庚戌，清道光三十年。

○何子贞，名绍基，清湖南道州(今道县)人。

纪岁珠

【念楼读】 吴仰贤太守（别字牧驺）将他自己作的诗抄了一册，拿给我看，其中一首题为《纪岁珠》的，有小序介绍本事：

徽州有一个商人，新婚刚满月，便出外经商。其妻在家，以刺绣维生，每年都要用节省下来的钱，买一颗珍珠用彩色丝线络起，取名“纪岁珠”，作为对远行不归的丈夫的纪念。

待得这个徽州商人回来，他的妻已死去三年。打开她的箱子，用彩色丝线精心结络成串的纪岁珠，数一数，已经串连二十多颗了。

纪岁珠这名字取得真好，记录了这个女人好不容易打发的一生——只可惜我们不知道她的名姓。

【念楼曰】 这实在是一个凄惨的故事，它诉说着旧时代妇女的无告和无望、寂寞和凄苦。俞曲园能记下这故事是可取的，说它“新艳可传”，这“艳”字看出他赏玩的态度，就不可取了。

成书早于《春在堂随笔》的《熙朝新语》，亦记有此事，末云：

> 汪千鼎洪度为作《纪岁珠》诗云：“珠累累，天涯客，归未归？”较白香山“商人重利轻别离”之句，尤觉婉约可悲。

这“婉约可悲”四个字用在这里，就比“新艳可传”好多了。

白居易在浔阳江头遇到的只是又一个“苏三”，还在为来往客官们卖艺，而这位守着二十馀颗纪岁珠守到死的徽州女子，却是想抱琵琶也没得抱的。

歙人妇

俞樾

吴牧驺太守仰贤．手录所为诗一册见示．内有纪岁珠一首．序云．歙人某娶妇甫一月．即行贾．妇刺绣易食．以其所馀．岁置一珠．以彩丝系之．曰纪岁珠．夫归．妇殁已三载．启箧得珠．已积二十馀颗．余谓此妇幽贞自守．而纪岁珠之名亦新艳可传．惜不得其姓氏也．

【百零一字】

○本文录自《随笔》卷五。

○歙，音『涉』，歙县，今属安徽黄山市。

甘露饼

【念楼读】 甘露饼是天长县的特产，九文钱一枚，并不十分甜，却特别松脆。

勒少仲有次得到一百枚，认为难得，分送给我和吴平斋、应敏斋二君各二十四枚。

他在送饼来的信中说："此饼风味很不错，特送请一尝，如果感觉还好，可否写它一写？"

他显然不知道，对于我来说，这并不是什么新奇之物，于是我回信道："这是天长苏家的出品，所以做得这样酥。"有意卖弄了一下自己的老资格。

但不管如何，能够又一回吃到自己喜欢的甘露饼，心情总是高兴的，一下子竟仿佛回到了顽皮的少年时。

【念楼曰】 勒、吴、应、俞四人，都是谈文论学的朋友。勒方锜做到了河道总督，应宝时署江苏布政使，吴云署苏州知府，官都比俞樾大，写文章则是俞当仁不让的事情。每人送二十四枚饼，看得出他们完全是以文人身份平等相待、随意往来，自有一份生活的情趣。

一百二三十年前，哪怕在苏南这样富庶之区，物资交流也是不怎么通畅的。出生于江西偏远小县的勒方锜，恐怕还是到江苏当了河督，才能"偶得百枚"甘露饼。初尝之后，觉得"风味颇佳"，赶忙分赠三位好友"各二十四枚"，自己剩下的恐怕也就只有这么多了吧，谁知却被俞樾幽了一默。

勒少仲送饼

俞樾

甘露饼出天长县。一饼直钱九。味不过甜。而松脆异常。勒少仲同年偶得百枚。分诒吴平斋应敏斋及余各二十四枚。媵以书云。此饼风味颇佳。请试尝之。不知尚足一说否。余报以书云。此苏家为。甚酥也。偶书于此。识老饕口福。

【八十七字】

○本文录自《随笔》卷五。

○天长县（今天长市），属安徽，邻近江苏。

○勒少仲，名方锜，字悟九，江西新建人。

○吴平斋，名云，号退楼，浙江归安人。

○应敏斋，字宝时，浙江永康人。

封印

【念楼读】 明朝嘉靖年间，田汝成著《西湖游览志》，说是政府机关在每年大年三十那天将印加封，停止用印，新年正月初三过后将印启封，开始办理公事。

可见当时封印的时间只有四天。

现在年头年尾官厅封印的时间却长达一个月，此规定不知是何时开始实行的，值得查考查考。

【念楼曰】 看《平贵回窑》，王宝钏不相信丈夫成了西凉国主，而当丈夫边唱边做，“用手拿出番邦宝，三姐拿去仔细瞧”，一瞧，便连忙跪下讨封了。此“宝”即是印，在古代亦即是权力的标志和代表。

旧戏中还有一出《炼印》，说的是官员失去印信便失去了权力的故事。

古时印玺确实能够代表政权，不仅仅作为印鉴。新官到任，未接印前，便不是官。过年封了印，官府便不能行政，更不能执法了。封印和开印都是很郑重的事情，要按规定，不能随意。

明朝封印时间规定是四天。而清朝则规定十二月十九至廿二择吉封印，至明年正月十九至廿一择吉开印，封印时间长达一个月。

看来政府机关放假越来越长，公务人员越来越懒，历史上从来即是如此。

官府年假

俞樾

西湖游览志，乃明嘉靖时田汝成所著，内有一条云：除夕官府封印，不复签押，至新正三日始开。然则明代封印，殆止此四日欤？今制未知何时更定，亦宜查考也。

【六十二字】

〇本文录自《随笔》卷六。
〇嘉靖，明世宗年号，一五二二—一五六六年。
〇田汝成，字叔禾，明钱塘（今杭州）人。

不说现话

【念楼读】 写牛郎织女的诗词，一般都是感怀有情人被无情阻隔，分别多而欢会少，或欣慕生离胜于死别，怨偶总有相聚时，很少有别出机杼的。

光绪三年七夕，恩竹樵填了一首《诉衷情》词，邀友人唱和，潘玉泉的和作中，有这样几句：

神仙过的日子从来就不似人间，
都说道山中方七日世上已千年。
在凡人看来是一年只许一相见，
他们两个却是刚刚离别又团圆。

这一层意思，好像倒是未曾有人说过的。

【念楼曰】 潘君之作，其实也很平庸。他说"仙家岁月"流逝得比人间慢得多，凡人的一年只等于他们短短几天，牛郎织女"小别即团圆"，不会觉得有多么难受。殊不知七夕题材本在刻画相思不得相见的痛苦，这样冷冰冰一解释，反而毫无诗意了。俞曲园看中的，恐怕只是他不跟着人家说同样的话这一点。

在我们的政治社会中，尤其在强调"保持一致"的时候，说现话是必然的，因为不可能有说不同的话的选择。都喊万岁，你怎能喊少几岁，就是喊九千岁也不行啊。但如果还要搞点文化，尤其是搞文学艺术，不说现话便是最起码的要求了。

赋七夕

俞樾

自来赋七夕诗词，大率伤其离多欢少，否则羡其有生离无死别耳。丁丑七夕，恩竹樵方伯赋诉衷情词，索同人和。潘玉泉观察和云，仙家岁月异人间，弹指便经年。一年一度相见，小别即团圆。此意颇未经人道也。

【八十二字】

〇本文录自《随笔》卷七。
〇恩竹樵，名锡，字新甫。
〇潘玉泉，未详。

图书在版编目(CIP)数据

念楼学短/锺叔河著.—长沙:岳麓书社,2021.4

ISBN 978-7-5538-1397-4

Ⅰ.①念… Ⅱ.①锺… Ⅲ.①古典散文—散文集—中国②古典散文—古典文学研究—中国 Ⅳ.①I262

中国版本图书馆 CIP 数据核字(2020)第 190953 号

NIANLOU XUEDUAN

念楼学短

作　　者:锺叔河

责任编辑:李缅燕

特约编辑:王　平

责任校对:舒　舍

封面设计:格局创界文化传播

封面摄影:李　锋

插图制作:唐　巍

图文排版:刘晓霞

岳麓书社出版发行

地址:湖南省长沙市爱民路 47 号

直销电话:0731-88804152　0731-88885616

邮编:410006

版次:2021 年 4 月第 1 版

印次:2021 年 4 月第 1 次印刷

开本:889mm×1194mm　1/32

印张:19.25

字数:396 千字

印数:1—3 000

ISBN 978-7-5538-1397-4

定价:138.00 元

承印:雅昌文化(集团)有限公司

如有印装质量问题,请与本社印务部联系

电话:0731-88884129